知堂谈艺

久久有得

周作人 著

中国文史出版社

目　录

3

汉文学的传统

这里所谓汉文学，平常说起来就是中国文学，但是我觉得用在这里，中国文学未免意思太广阔，所以改用这个名称。中国文学应该包含中国人所有各样文学活动，而汉文学则限于用汉文所写的，这是我所想定的区别，虽然，外国人的著作不算在内。中国人固以汉族为大宗，但其中也不少南蛮北狄的分子，此外又有满蒙回各族，而加在中国人这团体里，用汉文写作，便自然融合在一个大潮流之中，此即是汉文学之传统，至今没有什么变动。要讨论这问题不是容易事，非微力所能及，这里不过就想到的一两点略为陈述，聊供其一得之愚耳。

这里第一点是思想。平常听人议论东方文化如何，中国国民性如何，总觉得可笑，说得好不过我田引水，否则是皂隶传话，尤不堪闻。若是拿专司破坏的飞机潜艇与大乘佛教相比，当然显得大不相同。但是查究科学文明的根源到了希腊，他自有其高深的文教，并不亚于中国，即在西洋也尚存有基督教，实在是东方的出品，所以东西的辩论只可作为政治宗教之争的资料，我们没有关系的人无须去理会他。至于国民性，本来似乎有这东西，可是也极不容易把握得住。说得细微一点，衣食住方法不同，于性格上便可有很大差别，如吃饭与吃面包，即有用筷子与用刀叉之异，同时也可以说是用毛笔与铁笔不同的原因，这在文化上自然就很有些特异的表现。但如说得远大一点，人性总是一样的，无论怎么特殊，难道真有好死恶生的民族么？抓住一种国民，说他有好些拂人之性的地方，不管主意是好或是坏，结果只是领了题目做文章的八股老调罢了，看穿了是不值一笑的。我说汉文学的传统中的思想，恐怕会被误会也是那赋得式的理论，所以岔开去讲了些闲话，其实我的意思是极平凡的，只想说明汉文学里所有的中国思想是一种常识的、实际的，姑称之曰人生主义，这实即古来的儒家思想。后世的儒教徒一面加重法家的成分，讲名教则专为强者保障权利；一面又接受佛教的影响，谈性理则走入玄学里去，两者合起来成为儒家衰微的原因。但是我想原来当不是如此的。《孟子》卷叫《离娄》下有一节云：

> 禹稷当平世，三过其门而不入，孔子贤之。颜子当乱世，居于陋巷，一箪食，一瓢饮，人不堪其忧，颜子不改其乐，孔子贤之。孟子曰：禹稷颜回同道。禹思天下有溺者，由己溺之也，稷思天下有饥者，由己饥之也，是以如是其急也。禹稷颜子易地则皆然。今有同室之人斗者，救之，虽被发缨冠而救之，可也。乡邻有斗者，被发缨冠而往救之，则惑也，虽闭户可也。

末了的譬喻有点不合事理，但上面禹、稷、颜回并列，却很可见儒家的本色。我想他们最高的理想该是禹、稷，但是儒家到底是懦弱的，这理想不知何时让给了墨者，另外排上了一个颜子，成为闭户亦可的态度，以平世乱世、同室乡邻为解释。其实颜回虽居陋巷，也要问为邦等事，并不是怎么消极的。再说就是消极，只是觉得不能利人罢了，也不会如后世"酷儒莠书"那么至于损人罢。焦里堂著《易余籥录》卷十二有一则云：

> 先君子尝曰：人生不过饮食男女，非饮食无以生，非男女无以生生。唯我欲生，人亦欲生，我欲生生，人亦欲生生，孟子好货好色之说尽之矣。不必屏去我之所生，我之所生生，但不可忘人之所生，人之所生生。循学易三十年，乃知先人此言圣人不易。

此真是粹然儒者之言，意思至浅近，却亦以是就极深远，是我所谓常识，故亦即真理也。刘继庄著《广阳杂记》卷二云：

> 余观世之小人未有不好唱歌看戏者，此性天中之诗与乐也；未有不看小说听说书者，此性天中之书与春秋也；未有不信占卜祀鬼神者，此性天中之易与礼也。圣人六经之教原本人情，而后

之儒者乃不能因其势而利导之，百计禁止遏抑，务以成周之刍狗茅塞人心，是何异壅川使之不流，无怪其决裂溃败也。夫今之儒者之心为刍狗之所塞也久矣，而以天下大器使之为之，爰以图治，不亦难乎。

案《淮南子泰族训》中云：

> 民有好色之性，故有大婚之礼；有饮食之性，故有大飨之谊；有喜乐之性，故有钟鼓管弦之音；有悲哀之性，故有衰绖哭踊之节。故先王之制法也，因民之所好而为之节文者也。

古人亦已言之，刘君却是说得更有意思。由是可知，先贤制礼定法全是为人，不但推己及人，还体贴人家的意思，故能通达人情物理，恕而且忠，此其所以为一贯之道欤。章太炎先生著《菿汉微言》中云：

> 仲尼以一贯为道为学，贯之者何？只忠恕耳。诸言絜矩之道，言推己及人者，于恕则已尽矣。人食五谷，麋鹿食荐，即且甘带，鸱鸮嗜鼠，所好未必同也。虽同在人伦，所好高下亦有种种殊异，徒知絜矩，谓以人之所好与之，不知适以所恶与之，是非至忠焉能使人得职耶。尽忠恕者是唯庄生能之，所云齐物即忠恕两举者也。二程不悟，乃云佛法厌弃己身，而以头目脑髓与人，是以己所不欲施人也。诚如是者，鲁养爰居，必以太牢九韶耶？以法施人，恕之事也，以财及无畏施人，忠之事也。

用现在的话来说，恕是用主观，忠是用客观的，忠恕两举则人己皆尽，诚可称之曰圣，为儒家之理想矣。此种精神正是世界共通文化的基本分子，中国人分得一点，不能就独占了，以为了不得，但总之是差强人意的事，应该知道珍重的罢。我常自称是儒家，为朋友们所笑，实在我是佩服这种思想，平常而实在，看来毫不新奇，却有很大好处，正好比空气与水，我觉得这比较昔人所说布帛菽粟还要近似。中国人能保有此精神，自己固然也站得住，一面也就与世界共通文化血脉相通，有生存于世界上的坚强的根据，对于这事我倒是还有点乐观的。儒家思想既为我们所自有，有如树根深存于地下，即使暂时衰萎，也还可以生长起来，只要没有外面的妨害，或是迫压，或是助长。你说起儒家，中国是不会有什么迫压出现的，但是助长则难免，而其害处尤为重大，不可不知。我常想孔子的思想在中国是不会得绝的，因为孔子生于中国，中国人都与他同系统，容易发生同样的倾向，程度自然有深浅之不同，总之无疑是一路的。所以有些老辈的忧虑实是杞忧，我只怕的是儒教徒的起哄，前面说过的师爷化的酷儒与禅和子化的玄儒都起来，供着孔夫子的牌位大做其新运动，就是助长之一，结果是无益有损，至少苗则槁矣了。对于别国文化的研究也是同样，只要是自发的，无论怎么慢慢的，总是在前进，假如有了别的情形，或者表面上成了一种流行，实际反是僵化了，我想如要恢复到原来状态，估计最少须得五十年工夫。说到这里，我觉得上边好些不得要领的话现在可以结束起来了。汉文学里的思想，我相信是一种儒家的人文主义（Humanism），在民间也未必没有，不过现在只就汉文的直接范围内说而已。这自然是很好的东西，希望他在现代也仍强健，成为文艺思想的主流，但是同时却并无一毫提倡的意思，因为我深知凡有助长于一切事物都是有害的。为人生的文学如被误解了，便会变为流氓的口气或是慈善老太太的态度，二者同样不成东西，可以为鉴。俞理初著《癸巳存稿》卷四有文题曰《女》，中引《庄子·天道篇》数语，读了很觉得喜欢，因查原书具抄于此云：

　　昔者舜问于尧曰：天王之用心何如？尧曰：吾不敖无告，不为穷民，苦死者，嘉孺子而哀妇人，此吾所以用心已。

　　此与禹稷的意思正是一样，文人虽然比不得古圣先王，空言也是无补，但能如此用心，庶几无愧多少年读书作文耳。

　　还有第二点应当说，这便是文章。但是上边讲了些废话，弄得头重脚轻，这里只好不管，简单地说几句了事。汉文学是用汉字所写的，那么我们对于汉字不可不予以注意。中国话虽然说是单音，假如一直从头用了别的字母写了，自然也不成问题，现在既是写了汉字，我想恐怕没法更换，还是要利用下去。《尚书》实在太是古奥了，不知怎的觉得与后世文体很有距离，暂且搁在一边不表。再看《诗》与《易》，《左传》与《孟子》，便可见有两路写法，就是现在所谓选学与桐城这两派的先祖，我们各人尽可以有赞成不赞成，总之这都不是偶然的，用时式话说，即是他自有其必然性也。从前我在《论八股文》的一篇小文里曾说："汉字这东西与天下的一切文字不同，连日本朝鲜在内。他有所谓六书，所以有象形会意，有偏旁，有所谓四声，所以有平仄。从这里，必然地生出好些文章上的把戏。"这里除重对偶的骈体，讲腔调的古文外，还有许多雅俗不同的玩意儿。例如对联、诗钟、灯谜，是雅的一面；急口令、笑话，以至拆字，要归到俗的一面去了。可是其生命同样地建立在汉字上，那是很明显的。我们自己可以不做或不会做诗钟之类，可是不能无视他的存在和势力，这会向不同的方面出来，用了不同的形式。近几年来大家改了写白话文，仿佛是变换了一个局面，其实还是用的汉字，仍旧变不到哪里去。而且变的一点里因革又不一定合宜，很值得一番注意。白话文运动可以说是反对"选学妖孽""桐城谬种"而起来的，讲到结果则妖孽是走掉了，而谬种却依然流传着，不必多所拉扯，只看洋八股这名称，即是确证。盖白话文是散文中之最散体的，难以容得骈偶的词或句，但腔调还是用得着，因了题目与著者的不同，可以把桐城派或八大家，《古文观止》或《东莱博议》应用上去，结果并没有比从前能够改好得多少。据我看来，这因革实在有点儿弄颠倒了。我以为我们现在写文章重要的还是努力减少那腔调病，与制艺策论愈远愈好，至于骈偶倒不妨设法利用，因为白话文的语汇少欠丰富，句法也易陷于单调，从汉字的特质上去找出一点装饰性来，如能用得适合，或者能使营养不良的文章增点血色，亦未可知。不过这里的难问题是在于怎样应用，我自己还不能说出办法来，不知道敏感的新诗人关于此点有否注意过，可惜一时无从查问。但是我总自以为这意见是对的，假如能够将骈文的精华应用一点到白话文里去，我们一定可以写出比现在更好的文章来。我又恐怕这种意思近于阿芙蓉，虽然有治病的效力，乱吸了便中毒上瘾，不是玩要的事。上边所说思想一层也并不是没有同样的危险。我近来常感到，天下最平常实在的事往往近于新奇，同时也容易有危险气味，芥川氏有言，危险思想者，欲将常识施诸实行之思想是也，岂不信哉。

汉文学的前途

　　今天所谈的是中国新文学之将来，题目却是汉文学，这里须稍有说明。我意想中的中国文学，无论用白话哪一体，总都是用汉字所写，这就是汉文，所以这样说，假如不用汉字而用别的拼音法，注音字母也好，罗马字也好，反正那是别一件东西了，不在我所说的范围以内。因为我觉得用汉字所写的文字总多少接受着汉文学的传统，这也就是他的特色，若是用拼音字写下去，与这传统便渐有远离的可能了。

　　汉文学的传统是什么，这个问题一时也答不上来，现在只就我感到的一部分来一说，这就是对于人生的特殊态度。中国思想向来很注重人事，连道家也如是，儒家尤为明显，世上所称中国人的实际主义即是从这里出来的。孔孟的话不必多引了，我们只抄《孟子·离娄》里的一节话来看。

　　　　禹稷当平世，三过其门而不入，孔子贤之。颜子当乱世，居
　　于陋巷，一箪食，一瓢饮，人不堪其忧，颜子不改其乐，孔子贤
　　之。孟子曰：禹稷颜回同道。禹思天下有溺者，由己溺之也，稷
　　思天下有饥者，由己饥之也，是以如是其急也。禹稷颜子易地则
　　皆然。

　　我想这禹稷精神当是中国思想的根本，孔孟也从此中出来，读书人自然更不必说了。在诗歌里，自《诗经》《离骚》以至杜甫，一直成为主潮，散文上更为明显，以致后来文以载道的主张发生了流弊，其形势可想而知。这如换一句话说，就可以叫作"为人生的艺术"，但是他虽执着人生，却不偏向到哪一极端去，这是特别的一点。在自家内有道家与法家左右这两派，在外边又有佛教与基督教这两派，他在中间应酬了这两千年，并未

6

发生什么动摇，可知其根本是很深稳的了。其特色平常称之曰中庸，实在也可以说就是不彻底，而不彻底却也不失为一种人生观，而且这也并不是很容易办的事。大抵这完全是从经验中出来的。道家的前辈经验太深了，觉得世事无可为；法家的后生又太浅了，觉得大有可为；儒家却似经过忧患的壮年，他知道这人生不太可乐，也不是可以抛却不管了事的，只好尽力地去干了看。这即是所谓知其不可为而为之的态度。道家与佛教，法家与基督教，各站在一极端，自有他的理想，不是全便是无；儒家不能那样决绝，生活虽难，觉得不必绝粒饿死，也难望辟谷长生，余下的一条路还只是努力求生，如禹稷者即其代表。迫生尽死至，亦便溘然，以个人意见言之，正复恰合于生物之道者欤。

中国民族的这种人生观，在汉文学上可以说是伦理的传统，我看一直占着势力，不曾有什么变动。这是一个很好的木本水源，从这里可以长发出健全的艺术以及生活来，将来的文学自必沿着这道路前进，但是要紧的一点是在强固地立定基础之外，还要求其更切实的广化。中国的伦理根本在于做人，关于这个说明，孔子曰："仁者人也。"近世焦理堂云：

> 先君子尝曰：人生不过饮食男女，非饮食无以生，非男女无以生生。唯我欲生，人亦欲生，我欲生生，人亦欲生生，孟子好货好色之说尽之矣。不必屏去我之所生，我之所生生，但不可忘人之所生，人之所生生。循学易三十年，乃知先人此言圣人不易。

这一节说得极好，当作生活南针的确已是十分好了，但是在学术艺文发展上，对于人其物的认识更是必要，而这在中国似正甚缺少。本来所谓人的发现在世界也还是近代的事，其先只是与神学思想的对立，及生物学人类学日益发达，人类文化的历史遂以大明，于是人的自觉才算约略成就。又孟子曰："民为贵，社稷次之，君为轻。"此固是千古名言，确实足为中国固有思想的代表，唯此但为政治道德之大纲，而其目或尚有未备。《庄子·天道篇》云：

> 昔者舜问于尧曰：天王之用心何如？尧曰：吾不敖无告，不

废穷民，苦死者，嘉孺子而哀妇人，此吾所以用心已。

　　这里"嘉孺子而哀妇人"一句话，恰补充得很好，此固是仁民所有事，但值得特别提出来说，这与现代的儿童研究和妇女问题正拉得上，我想在将来中国的道德政治、学术文艺上，这该有重大的地位，希望中国文化人肯于此予以注意。过去多少年间，中国似乎过分地输入外国思想，以致有类似流弊的现象发生，但稍为仔细考察，其输入并未能及日本前例之三分一，且又未能充分消化吸收，所谓流弊乃即起因于此，盖不消化亦会中毒也。吾人吸收外国思想固极应慎重，以免统系迥殊的异分子之侵入，破坏固有的组织，但如本来已是世界共有的文化与知识，唯以自己的怠惰而落伍，未克取得此公产之一部分，则正应努力赶上获得，始不忝为文明国民。通今与复古正有互相维系之处。中国固有思想重人事，重民生，其发现于哲学文艺上者已至显明，今后则尚期其深化，于实际的利用厚生之上更进而为人间之发现与了解。次又由不敖无告之精神，益广大化，念及于孺子妇人，此亦是一种新的发现与了解也。由此观之，将来新文学之伟大发展，其根基于中国固有的健全的思想者半，其有待于世界的新兴学问之培养者亦半，如或不然，虽日日闭户读《离骚》，即有佳作亦是楚辞之不肖子，没有现代的意味。在现今的中国，希望将近世生物人类儿童妇女各部门的学者学说全介绍进来，这件事显见得是不可能的，但是在文化界至少不可不有这么一种空气，至少有志于文学工作不可不有此一点常识。简单的一句话，也只是说文学不再是象牙塔里的事，须得出至人生的十字街头罢了。中国新文学不能孤立地生长，这里必要思想的分子，有自己的特性而又与世界相流通，此即不是单讲诗文的所能包办，后来的学子所当自勉而不必多让者也。于今不必多征引外国旧事以为佐证，但闻近时有日本文学批评家推举本国文人，以夏目漱石、森鸥外、长谷川二叶亭三氏为代表，以其曾经世界文艺之磨炼，此言大有见解，中国文人正大可作为参考也。

　　在《论语》里孔子曾说过这样的话，曰"修辞立其诚"，又曰"辞达而已矣"。这两句话的意思极是，却也很平常，不必引经据典地说，一般人也都会赞成，认为写文章的正当规律，现在却这样郑重地征引者，别无什么重要缘故，实只是表明其有长久的传统而已。从前我偶讲中国文学的

8

变迁，说这里有言志载道两派，互为消长，后来觉得志与道的区分不易明显划定，遂加以说明云，载自己的道亦是言志，言他人之志即是载道，现在想起来，还不如直截了当地以诚与不诚分别，更为明了。本来文章中原只是思想感情两种分子混合而成，个人所特别真切感到的事，愈是真切也就愈见得是人生共同的，到了这里志与道便无可分了，所可分别的只有诚与不诚一点，即是一个真切地感到，一个是学舌而已。如若有诚，载道与言志同物，又以中国思想偏重人世，无论言志载道皆希望于世有用，此种主张似亦相当地有理。顾亭林著《日知录》卷十九有《文须有益于天下》一则，其文曰：

> 文之不可绝于天地间者，曰明道也，纪政事也，察民隐也，乐道人之善也。若此者有益于天下，有益于将来，多一篇多一篇之益矣。若夫怪力乱神之事，无稽之言，剿袭之说，谀佞之文，若此者有损于己，无益于人，多一篇多一篇之损矣。

又文集卷四《与人书二》中云：

> 孔子之删述六经，即伊尹太公救民于水火之心，而今之注虫鱼命草木者，皆不足以语此也。

顾君的正统思想鄙人深所不取，但这里所说文须有益于天下，却说得不错。盖中国人如本其真诚为文，结果自然多是忧生悯乱之情，即使貌若闲适，词近靡丽，而其宗旨则一，是即是有益于世，谓之明道殆无不可矣。孔子删述六经未为定论，不敢率尔附和，但如云古来贤哲述作，即伊尹太公救民于水火之心，则鄙人亦甚同意，且觉得此比喻下得极妙。安特勒也夫曾云，文学的伟大工作在于消除人间所有种种的界限与距离，案是即仁人之用心，正可为顾君之言作为证明。由是言之，怪力乱神之事，无稽之言，苟出于此种用心，其文学的价值亦仍重大，未可妄意轩轾；唯剿袭谀佞，自是有损无益，其故正由于不诚耳。若注虫鱼命草木乃是学者所有事，与立言固自无关也。统观中国文学的变迁，最大的毛病在于模仿，剿说雷同，以致说诳欺人，文风乃以堕地，故镜情伪一事，诚如顾君所

9

言，至为重要。《日知录》中曾论之曰：

> 黍离之大夫，始而摇摇，中而如噎，既而如醉，无可奈何而付之苍天者，真也。汨罗之宗臣，言之重，辞之复，心烦意乱而其词不能以次者，真也。粟里之征士，淡然若忘于世，而感愤之怀，有时不能自止而微见其情者，真也。其汲汲于自表暴而为言者，伪也。

此论本为钱谦益而发，但语甚有理，读中国古文学者固可以此为参考，即在将来为新文学运动者，读之亦未为无益也。

再从诚说到达，这里的话就只有简单的几句。写文章的目的是要将自己的意思传达给别人知道，那么怎么尽力把意思达出来自然是最要紧的一件事，达意达得好的即是好文章，否则意思虽好而文章达不出，谁能够知道他的好处呢？这些理由很是简单，不必多赘，只在这里将我的私见略述一二点。其一，我觉得各种文体大抵各有用处，骈文也是一种特殊工具，自有其达意之用，但是如为某一文体所拘束，如世间认定一派专门仿造者，有如削足适履，不能行路，无有是处。其二，白话文之兴起完全由于达意的要求，并无什么深奥的理由。因为时代改变，事物与思想愈益复杂，原有文句不足应用，需要一新的文体，乃始可以传达新的意思，其结果即为白话文，或曰语体文，实则只是一种新式汉文，亦可云今文，与古文相对而非相反，其与唐宋文之距离，或尚不及唐宋文与《尚书》之距离相去之远也。这样说来，中国新文学为求达起见，利用语体文，殆毫无疑问，至其采用所谓古文与白话等的分子如何配合，此则完全由作家个人自由规定，但有唯一的限制，即用汉字写成者是也。如由各个人的立场看去，汉字汉文或者颇有不便利处，但为国家民族着想，此不但于时间空间上有甚大的联络维系之力，且在东亚文化圈内亦为不可少的中介，吾人对于此重大问题，以后还须加以注意。

我想谈汉文学的前途，稿纸写了七张，仍是不能得要领。这原来是没法谈的问题。前途当然是有的，只要有人去做。有如一片荒野，本没有路，但如有人开始走了，路就出来了，荒野尽头是大河，有人跳下去游泳，就渡了过去，随后可以有渡船，有桥了。中国文学要有前途，首先要

10

有中国人。中国人的前途——这是又一问题。现在只就文学来谈，我记起古时一句老话，"士先器识而后文章"，我觉得中国文人将来至少须得有器识，那么可以去给我们寻出光明的前途来。我想这希望不会显得太奢罢。

附记：

民国二十九年冬曾写一文曰"汉文学的传统"，现今所说大意亦仍相同，恐不能中青年读者之意，今说明一句，言论之新旧好歹不足道，实在只是以中国人立场说话耳。太平时代大家兴高采烈，多发为高论，只要于理为可，即于事未能，亦并不妨。但不幸而值祸乱，则感想议论亦近平实，大抵以国家民族之安危为中心，遂多似老生常谈，亦是当然也。中国民族被称为一盘散沙，自他均无异词，但民族间自有系维存在，反不似欧人之易于分裂，此在平日视之或无甚足取，唯乱后思之，正大可珍重。我们翻史书，永乐定都北京，安之若故乡，数百年燕云旧俗了不为梗，又看报章杂志之记事照相，东至宁古塔，西至乌鲁木齐，市街住宅种种色相，不但基本如一，即琐末事项有出于迷信敝俗者，亦多具有，常令览者不禁苦笑。反复一想，此是何物在时间空间中有如是维系之力，思想文字语言礼俗，如此而已。汉字汉语，其来已远，近更有语体文，以汉字写国语，义务教育未普及，只等刊物自然流通的结果。现今青年以汉字写文章者，无论地理上距离间隔如何，其感情思想却均相通，这一件小事实有很重大的意义。旧派的人，叹息语体文流行，古文渐衰微了，新派又觉得还不够白话化方言化，也表示不满意，但据我看来，这在文章上正可适用，更重要的乃是政治上的成功，助成国民思想感情的联络与一致。我们固不必要褒扬新文学运动之发起人，唯其成绩在民国政治上实较文学上为尤大，不可不加以承认。以后有志于文学的人亦应认明此点，把握汉文学的统一性，对于民族与文学同样地有所尽力，必先能树立了国民文学的根基，乃可以大东亚文学之一员而参加活动，此自明之事实也。关于文人自肃，亦属重要，唯苦口之言，取憎于人，且即不言而亦易知，故从略。

文学的未来

日本现代诗人萩原朔太郎著散文集《绝望之逃走》中有一篇小文，题曰"文学的未来"，今译述其大意云：

　　读这一件事是颇要用力的工作。人们凭借了印刷出来的符号，必须将这意思诉于脑之理解，用自己的力去构成思想。若是看与听则与此相反，都容易得多。为什么呢？因为刺激通过感觉而来，不必要自己努力，却由他方把意思自兜上来也。

　　但是在现今这样的时代，人们都是过劳，脑力耗费尽了的时代，读的事情更觉得麻烦了。在现今这样的时代，美术音乐特被欢迎，文学也就自然为一般所敬远。特别又有那电影，夺去了文学的广大领域。在现今时代，只有报纸还有读者。但是就是那报纸，也渐觉得读得麻烦，渐将化为以视觉为本位的画报。现在最讲经济的商人们大抵不大读报纸，只去听无线电，以图时间与脑力之节省。最近有美国人预想电报照相法的完成，很大胆地这样公言。他说在近的将来报纸将要消灭，即在今日也已经渐成为落伍的东西了。假如报纸还要如此，那么像文学这样物事自然更只是古色苍然的一种旧世纪的存在罢了。

　　文学的未来将怎样呢？恐怕这灭亡的事断乎不会有罢。但是，今日以后，大众的普遍性与通俗性将要失掉了罢。而且与学问及科学之文献相同，都将引退到安静的图书馆的一室里，只等待特殊的少数的读者罢。在文学本身上，这样或者反而将使质的方面能有进步亦未可知。

萩原的话说得很有意思，文字虽简短而含有丰富的意义。读的文学之力量薄弱，他敌不过听的唱歌说书，看的图绘雕刻，以及听看合一的戏剧，原是当然的，不过近来又添了无线电、画报，以及有声电影，势头来得更凶猛了，于是就加速度地完成了他的没落。这些说来似乎活现一点，其实也浪漫了一点，老实说文学本来就没有浮起来过，他不曾爬得高，所以也不怎么会跌得重。他的地位恐怕向来就只在安静的图书馆的一角，至少也是末了总到这一角里去，即使当初是站在十字街头的。我想文艺的变动终是在个人化着，这个人里自然仍含着多量的民族分子，但其作品总只是国民的而不能是集团的了。有时候也可以有一种诚意的反动，想复归于集团的艺术，特别是在政治上想找文学去做帮手的时候，也更可以有一种非诚意的运动，想用艺术造成集团，结果都是不如意。这原是不足怪的。集团的艺术如不是看也总是听，不然即难接受。儿童喜看"小人书"，文理不大通的人喜念新闻，便是家书也要朗诵，这都是读也不能离开看与听的证据。若单是读——即使如朱晦庵所说十目一行地读，那是不很容易的玩意儿。荷马的史诗，三家的悲剧，莎士比亚的戏曲，原来都是在市场（Agora）唱演过的，看客一散，写成白纸黑字，又传了千年百年，大家敛手推服，认为古今名作，可是读起来很是艰难了。很艰难地读懂了之后自然也会了解他的好处，可是原来所谓大众的普遍性与通俗性却是早已失掉了。一个文人如愿意为集团服务，可以一直跑到市场去，湔除一己的性癖，接受传统的手法与大众的情绪，大抵会得成功，但这种艺术差不多有人亡政息之悲，他的名望只保得一生，即使他的底稿留存，无论是《三国》《水浒》那么好，一经变成文学，即与集团长辞，坐到安静的图书馆的一角里去，只有并不特殊也总是少数的读者去十目一行地读读而已。我相信读这一件事实在是非常贵族的，也是很违反自然的。古人虽说啄木鸟会画符，却总不曾听说大猩猩会得通信，所以仓颉造天地玄黄等字而鬼夜哭，实在不是无故的罢。写而不是画，要读了想而不是念了听的，这样的东西委实很是别扭，我想是无法可以改良的。他的命运大约是如萩原所说，最好让他去没落，去成为古色苍然的旧世纪的存在，在别一方面如要积极地为集团服务或是有效地支配大众，那么还是去利用别的手段。一句话就是，凡可以听可以看或可以听且看的，如音乐美术、画报戏曲、有声电影，当更可胜任愉快。世界上如肯接收这个条陈，采用看与听的东西去

13

做宣传，却将读的东西放下了，这还可以有一种好处，即世间可得到一点文学的自由，虽然这还说不到言论的自由。文学既不被人利用去做工具，也不再被干涉，有了这种自由，他的生命就该稳固一点了，所以我的意思倒有几分与萩原相同，对于文学的未来还是抱点乐观的。

与友人论国民文学书

木天兄：

　　承示你同伯奇兄的论国民文学的信，我觉得对于你们的意见能够充分了解。传道者说："日光之下并无新事。"我想这本来也是很自然很平常的道理，不过是民族主义思想之意识的发现到文学上来罢了。这个主张的理由明若观火，一国的文学如不是国民的，那么应当如何，难道可以是殖民的或遗老的么？无论是幸不幸，我们既生为中国人，便不自主地分有汉族的短长及其运命。我们第一要自承是亚洲人（"Asiatics"！）中之汉人，拼命地攻上前去，取得在人类中汉族所应享的幸福，成就所能做的工作，——倘若我们不自菲薄，不自认为公共的奴才。只可惜中国人里面外国人太多，西崽气与家奴气太重，国民的自觉太没有，所以政治上既失了独立，学术文艺上也受了影响，没有新的气象。国民文学的呼声可以说是这种堕落民族的一针兴奋剂，虽然效果如何不能预知，总之是适当的办法。

　　但是我要附加一句，提倡国民文学同时必须提倡个人主义。我见有些鼓吹国家主义的人对于个人主义竭力反对，不但国家主义失其根据，而且使得他们的主张有点宗教的气味，容易变成狂信。这个结果是凡本国的必好，凡别国的必坏，自己的国土是世界的中心，自己的争战是天下之正义，而犹称之曰"自尊心"。我们反抗人家的欺侮，但并不是说我们便可以欺侮人；我们不愿人家抹杀我们的长处，但并不是说我们还应护自己的短。我们所要的是一切的正义，凭了正义我们要求自主与自由，也正凭了正义我们要自己谴责，自己挞伐。我们现在这样地被欺侮，一半固然是由于别人的强横，一半——至少至少一半——也在于自己的堕落。我们在反对别人之先或同时，应该竭力发掘铲除自己的恶根性，这才有民族再生的

15

希望，否则只是拳匪思想之复活。拳匪的排外思想我并不以为绝对地非是，但其本国必是而外国必非的偏见，可以用"国粹"反抗新法的迷信，终是拳匪的行径，我所绝对反对的。有人信奉国家主义之后便非古文不做，非古诗不诌，这很令我怀忧，恐正当的国家主义要恶化了。我们提倡国民文学于此点要十分注意，不可使其有这样的流弊。所以我仿你的说法要加添几句，便是在积极地鼓吹民族思想以外，还有这几件工作：

> 我们要针砭民族卑怯的瘫痪，
> 我们要消除民族淫猥的淋毒，
> 我们要切开民族昏愦的痈疽，
> 我们要阉割民族自大的疯狂。

以上是三月一日我复你的一封信，曾登在《京报副刊》第八十号上，今重录于此，因为现在我的意见还只是这样。我不知怎的很为遗传学说所迫压，觉得中国人总还是中国人，无论是好是坏，所以保存国粹正可不必，反正国民性不会消灭，提倡欧化也是虚空，因为天下不会有像两粒豆那样相似的民族，叫他怎么化得过来。现在要紧的是唤起个人的与国民的自觉，尽量地研究介绍今古的文化，让他自由地渗进去，变成民族精神的滋养料，因此可望自动地发生出新汉族的文明来。这是我任意的梦想，也就是我所以赞成国民文学的提倡之理由。但是，有时又觉得这些梦想也是轻飘飘的，不大靠得住。如吕涝（Gustave Le Bon）所说，人世的事都是死鬼做主，结果几乎令人要相信幽冥判官——或是毗骞国王手中的账簿，中国人是命里注定的奴才，这又使我对于一切提倡不免有点冷淡了。我的微小的愿望，现在只在能够多了解一分，不在能成功一厘，所以这倒也还无妨无妨。草草。

平民的文学

平民文学这四个字，字面上极易误会，所以我们先得解说一回，然后再行介绍。

平民的文学正与贵族的文学相反。但这两样名词，也不可十分拘泥，我们说贵族的平民的，并非说这种文学是专做给贵族或平民看，专讲贵族或平民的生活，或是贵族或平民自己做的。不过说文学的精神的区别，指他普遍与否，真挚与否的区别。

中国现在成了民国，大家都是公民。从前头上顶了一个什么皇帝，那时率土之滨，莫非王臣，大家便同是奴隶，向来没有贵族平民这名称阶级。虽然大奴隶对于小奴隶，上等社会对于下等社会，大有高下，但根本上原是一样的东西。除却当时的境遇不同以外，思想趣味，毫无不同，所以在人物一方面上，分不出什么区别。

就形式上说，古文多是贵族的文学，白话多是平民的文学。但这也不尽如此。古文的著作，大抵偏于部分的，修饰的，享乐的，或游戏的，所以确有贵族文学的性质。至于白话这几种现象，似乎可以没有了。但文学上原有两种分类，白话固然适宜于"人生艺术派"的文学，也未尝不可做"纯艺术派"的文学。纯艺术派以造成纯粹艺术品为艺术唯一之目的，古文的雕章琢句自然是最相近，但白话也未尝不可雕琢，造成一种部分的修饰的享乐的游戏的文学，那便是虽用白话也仍然是贵族的文学。譬如古铜铸的钟鼎，现在久已不适实用，只能尊重他是古物，收藏起来，我们日用的器具要用瓷的盘碗了。但铜器现在固不适用，瓷的也只做成盘碗的适用，倘如将可以做碗的瓷，烧成了二三尺高的五彩花瓶，或做了一座纯白的观世音，那时，我们也只能将他同钟鼎一样珍重收藏，却不能同盘碗一样适用。因为他虽是一个艺术品，但是纯艺术品，不是我们所要求的人生

17

的艺术品。

照此看来，文学的形式上，是不能定出区别，现在再从内容上说。内容的区别又是如何？上文说过贵族文学形式上的缺点，是偏于部分的，修饰的，享乐的，或游戏的，这内容上的缺点，也正是如此。所以平民文学应该着重与贵族文学相反的地方，是内容充实，就是普遍与真挚两件事。第一，平民文学应以普通的文体，记普遍的思想与事情。我们不必记英雄豪杰的事业，才子佳人的幸福，只应记载世间普通男女的悲欢成败。因为英雄豪杰、才子佳人，是世上不常见的人。普通男女是大多数，我们也便是其中的一人，所以其事更为普遍，也更为切己。我们不必讲偏重一面的畸形道德，只应讲说人间交互的实行道德。因为真的道德一定普遍，决不偏枯。天下决无只有在甲应守，在乙不必守的奇怪道德。所以愚忠愚孝，自不消说，即使世间男人多所最喜欢说的殉节守贞，也是全不合理，不应提倡。世上既然只有一律平等的人类，自然也有一种一律平等的人的道德。第二，平民文学应以真挚的文体，记真挚的思想与事实。既不坐在上面，自命为才子佳人，又不立在下风，颂扬英雄豪杰。只自认是人类中的一个单体，混在人类中间，人类的事，便也是我的事。我们说及切己的事，那时心急口忙，只想表出我的真意实感，自然不暇顾及那些雕章琢句了。譬如对众表白意见，虽可略加努力，说得美妙动人，却总不至于凑成一支小曲，唱得十分好听，或编成一个笑话，说得哄堂大笑，却把演说的本意没却了。但既是文学作品，自然应有艺术的美，只需以真为主，美即在其中。这便是人生的艺术派的主张，与以美为主的纯艺术派所以有别。

平民文学的意义，照上文所说，大略已可明白，还有我所最怕被人误会的两件事，非加说明不可。

第一，平民文学决不单是通俗文学。白话的平民文学比古文原是更为通俗，但并非单以通俗为唯一之目的。因为平民文学不是专做给平民看的，乃是研究平民生活——人的生活——的文学。他的目的，并非要想将人类的思想趣味，竭力按下，同平民一样，乃是想将平民的生活提高，得到适当的一个地位。凡是先知或引路的人的话，本非全数的人尽能懂得，所以平民的文学，现在也不必个个"田夫野老"都可领会。近来有许多人反对白话，说这总非田夫野老所了解，不如仍用古文。现在请问，田夫野老大半不懂植物学的，倘说因为他们不能懂，便不如抛了高宾球三氏的

《植物学》，去看《本草纲目》，能说是正当办法么？正因他们不懂，所以要费心力去启发他。正同植物学应用在农业药物上一样，文学也须应用在人生上。倘若怕与他们现状不合，一味想迁就，那时植物学者只好照《本不可草纲目》讲点玉蜀黍性寒，何首乌性温给他们听，文人也只好编几一部《封鬼传》《八侠十义》《杀孙报》给他们看，还讲什么我的科学观文学观呢？

第二，平民文学决不是慈善主义的文学。在现在平民时代，所有的人都只应守着自立与互助两种道德，没有什么叫慈善。慈善这句话，乃是富贵人对贫贱人所说，正同皇帝的行仁政一样，是一种极侮辱人类的话。平民文学所说，近在研究全体的人的生活，如何能够改进到正当的方向，决不是说施粥施棉衣的事。平民的文学者，见了一个乞丐，决不是单给他一个铜子，便安心走过。捉住了一个贼，也决不是单给他一元钞票放了，便安心睡下。他照常未必给一个铜子或一元钞票，但他有他心里的苦闷，来酬付他受苦或为非的同类的人。他所注意的，不单是这一人缺一个铜子或一元钞票的事，乃是对于他自己的与共同的人类的运命。他们用一个铜子或用一元钞票赎得心的苦闷的人，已经错了。他们用一个铜子或一元钞票买得心的快乐的人，更是不足道的。伪善的慈善主义根本里全藏着傲慢与私利，与平民文学的精神绝对不能相容，所以也非排除不可。

在中国文学中，想得上文所说理想的平民文学原极为难。因为中国所谓文学的东西，无一不是古文。被挤在文学外的章回小说十种，虽是白话，却都含着游戏的夸张的分子，他够不上这资格。只有《红楼梦》要算最好，这书虽然被一班无聊文人学坏，成了《玉梨魂》派的范本，但本来仍然是好。因为他能写出中国家庭中的喜剧悲剧，到了现在，情形依旧不改，所以耐人研究。在近时著作中，举不出什么东西，还只是希望将来的努力能翻译或造作出几种有价值有生命的文学作品。

人的文学

我们现在应该提倡的新文学，简单地说一句，是"人的文学"。应该排斥的，便是反对的非人的文学。

新旧这名称，本来很不妥当，其实太阳底下何尝有新的东西？思想道理，只有是非，并无新旧。要说是新，也单是新发现的新，不是新发明的新。"新大陆"是在十五世纪中，被哥仑布发现，但这地面是古来早已存在。电是在十八世纪中，被弗兰克林发现，但这物事也是古来早已存在。无非以前的人不能知道，遇见哥仑布与弗兰克林才把他看出罢了。真理的发现，也是如此。真理永远存在，并无时间的限制，只因我们自己愚昧，闻道太迟，离发现的时候尚近，所以称他新。其实他原是极古的东西，正如新大陆同电一般，早在这宇宙之内，倘若将他当作新鲜果子、时式衣裳一样看待，那便大错了。譬如现在说"人的文学"这一句话，岂不也像时髦？却不知世上生了人，便同时生了人道。无奈世人无知，偏不肯体人类的意志，走这正路，却迷入兽道鬼道里去，彷徨了多年，才得出来。正如人在白昼时候，闭着眼乱闯，末后睁开眼睛，才晓得世上有这样好阳光；其实太阳照临，早已如此，已有了许多年代了。

欧洲关于这"人"的真理的发现，第一次是在十五世纪，于是出了宗教改革与文艺复兴两个结果。第二次成了法国大革命，第三次大约便是欧战以后将来的未知事件了。女人与小儿的发现，却迟至十九世纪，才有萌芽。古来女人的位置，不过是男子的器具与奴隶。中古时代，教会里还曾讨论女子有无灵魂，算不算得一个人呢。小儿也只是父母的所有品，又不认他是一个未长成的人，却当他作具体而微的成人，因此又不知演了多少家庭的与教育的悲剧。自从莆罗培尔（Froebel）与戈特文（Godwin）夫人以后，才有光明出现。到了现在，造成儿童学与女子问题这两大研究，可望长出极好的结果来。中国讲到这类问题，却须从头做起，人的问题，从来未经解决，女人小儿更不必说了。如今第一步先从人说起，生了四千余年，现在却还讲人的意义，从新要发现"人"，去"辟人荒"，也是可笑的事。但老了再学，总比不学该胜一筹罢。我们希望从文学上起首，提倡一点人道主义思想，便是这个意思。

我们要说人的文学，须得先将这个人字略加说明。我们所说的人，不是世间所谓"天地之性最贵"，或"圆颅方趾"的人。乃是说，"从动物进化的人类"。其中有两个要点：（一）"从动物"进化的；（二）从动物"进化"的。

我们承认人是一种生物。他的生活现象与别的动物并无不同，所以我们相信人的一切生活本能都是美的善的，应得完全满足。凡有违反人性不自然的习惯制度，都应该排斥改正。

但我们又承认人是一种从动物进化的生物。他的内面生活，比别的动物更为复杂高深，而且逐渐向上，有能够改造生活的力量。所以我们相信人类以动物的生活为生存的基础，而其内面生活，却渐与动物相远，终能达到高尚和平的境地。凡兽性的余留，与古代礼法可以阻碍人性向上的发展者，也都应该排斥改正。

这两个要点，换一句话说，便是人的灵肉二重的生活。古人的思想，以为人性有灵肉二元，同时并存，永相冲突。肉的一面，是兽性的遗传；灵的一面，是神性的发端。人生的目的，便偏重在发展这神性；其手段，便在灭了体质以救灵魂。所以古来宗教，大都厉行禁欲主义，有种种苦行，抵制人类的本能。一方面却别有不顾灵魂的快乐派，只愿"死便埋我"。其实两者都是趋于极端，不能说是人的正当生活。到了近世，才有人看出这灵肉本是一物的两面，并非对抗的二元。兽性与神性，合起来便只是人性。英国十八世纪诗人勃莱克（Blake）在《天国与地狱的结婚》一篇中，说得最好：

（一）人并无与灵魂分离的身体。因这所谓身体者，原只是五官所能见的一部分的灵魂。

（二）力是唯一的生命，是从身体发生的。理就是力的外面的界。

（三）力是永久的悦乐。

他这话虽然略含神秘的气味，但很能说出灵肉一致的要义。我们所信的人类正当生活，便是这灵肉一致的生活。所谓从动物进化的人，也便是指这灵肉一致的人，无非用别一说法罢了。

这样"人"的理想生活，应该怎样呢？首先便是改良人类的关系。彼此都是人类，却又各是人类的一个，所以须营一种利己而又利他，利他即是利己的生活。第一，关于物质的生活，应该各尽人力所及，取人事所需。换一句话，便是各人以心力的劳作，换得适当的衣食住与医药，能保持健康的生存。第二，关于道德的生活，应该以爱智信勇四事为基本道德，革除一切人道以下或人力以上的因袭的礼法，使人人能享自由真实的幸福生活。这种"人"的理想生活，实行起来，实于世上的人无一不利。富贵的人虽然觉得不免失去了他的所谓尊严，但他们因此得从非人的生活里救出，成为完全的人，岂不是绝大的幸福么？这真可说是二十世纪的新福音了。只可惜知道的人还少，不能立地实行。所以我们得在文学上略略提倡，也稍尽我们爱人类的意思。

但现在还须说明，我所说的人道主义，并非世间所谓"悲天悯人"或"博施济众"的慈善主义，乃是一种个人主义的人间本位主义。这理由是：第一，人在人类中，正如森林中的一株树木，森林盛了，各树也都茂盛，但要森林盛，仍非靠各树各自茂盛不可。第二，个人爱人类，就只为人类中有了我，与我相关的缘故。墨子说，"爱人不外己，己在所爱之中"，便是最透彻的话。上文所谓利己而又利他，利他即是利己，正是这个意思。所以我说的人道主义，是从个人做起。要讲人道，爱人类，便须先使自己有人的资格，占得人的位置。耶稣说"爱邻如己"，如不先知自爱，怎能"如己"地爱别人呢？至于无我的爱，纯粹的利他，我以为是不可能的。人为了所爱的人，或所信的主义，能够有献身的行为。若是割肉饲鹰，投身给饿虎吃，那是超人间的道德，不是人所能为的了。

用这人道主义为本，对于人生诸问题加以记录研究的文字，便谓之"人的文学"。其中又可以分作两项：（一）是正面的，写这理想生活，或人间上达的可能性；（二）是侧面的，写人的平常生活，或非人的生活，都很可以供研究之用。这类著作，分量最多，也最重要。因为我们可以因

22

此明白人生实在的情状，与理想生活比较出差异与改善的方法。这一类中写非人的生活的文学，世间每每误会，与非人的文学相混，其实却大有分别。譬如法国莫泊三（Maupassant）的小说《一生》（*Une Vie*），是写人间兽欲的人的文学；中国的《肉蒲团》却是非人的文学。俄国库普林（Kuprin）的小说《坑》（*Jama*），是写娼妓生活的人的文学；中国的《九尾龟》却是非人的文学。这区别就只在著作的态度不同。一个严肃，一个游戏。一个希望人的生活，所以对于非人的生活，怀着悲哀或愤怒；一个安于非人的生活，所以对于非人的生活，感着满足，又多带些玩弄与挑拨的形迹。简明说一句，人的文学与非人的文学的区别，便在著作的态度，是以人的生活为是呢，非人的生活为是呢这一点上。材料方法，别无关系。即如提倡女人殉葬——即殉节——的文章，表面上岂不说是"维持风教"；但强迫人自杀，正是非人的道德，所以也是非人的文学。中国文学中，人的文学本来极少。从儒教道教出来的文章，几乎都不合格。现在我们单从纯文学上举，例如：

（一）色情狂的淫书类

（二）迷信的鬼神书类（《封神榜》《西游记》等）

（三）神仙书类（《绿野仙踪》等）

（四）妖怪书类（《聊斋志异》《子不语》等）

（五）奴隶书类（甲种主题是皇帝状元宰相，乙种主题是神圣的父与夫）

（六）强盗书类（《水浒》《七侠五义》《施公案》等）

（七）才子佳人书类（《三笑姻缘》等）

（八）下等谐谑书类（《笑林广记》等）

（九）黑幕类

（十）以上各种思想和合结晶的旧戏

这几类全是妨碍人性的生长，破坏人类的平和的东西，统应该排斥。这宗著作，在民族心理研究上，原都极有价值。在文艺批评上，也有几种可以容许。但在主义上，一切都该排斥。倘若懂得道理，识力已定的人，自然不妨去看。如能研究批评，便于世间更为有益，我们也极欢迎。

人的文学，当以人的道德为本，这道德问题方面很广，一时不能细说。现在只就文学关系上，略举几项。譬如两性的爱，我们对于这事，有两个主张：（一）是男女两本位的平等；（二）是恋爱的结婚。世间著作，有发挥这意思的，便是绝好的人的文学。如诺威伊孛然（Ibsen）的戏剧《娜拉》（*Et Dukkehjem*）、《海女》（*Fruen fra Havet*），俄国托尔斯泰（Tolstoj）的小说 *Anna Karenina*，英国哈兑（Hardy）的小说《台斯》（*Tess*）等就是。恋爱起源，据芬阑学者威思德马克（Westermarch）说，由于"人的对于我快乐者的爱好"，却又如奥国卢阆（Lucke）说，"因多年心的进化，渐变了高尚的感情"。所以真实的爱与两性的生活，也须有灵肉二重的一致。但因为现世社会境势所迫，以致偏于一面的不免极多。这便须根据人道主义的思想，加以记录研究，却又不可将这样生活当作幸福或神圣，赞美提倡。中国的色情狂的淫书，不必说了。旧基督教的禁欲主义的思想，我也不能承认他是。又如俄国陀思妥也夫斯奇（Dostojevskij）是伟大的人道主义作家，但他在一部小说中，说一男人爱一女子，后来女子爱了别人，他却竭力斡旋，使他们能够配合。陀思妥也夫斯奇自己，虽然言行竟是一致，但我们总不能承认这种种行为是在人情以内，人力以外，所以不愿提倡。又如印度诗人泰戈尔（Tagore）作的小说，时时颂扬东方思想。有一篇记一寡妇的生活，描写对的"心的撒提（Suttee）"（撒提是印度古话，指寡妇与她丈夫的尸体一同焚化的习俗），又一篇说一男人弃了他的妻子，在英国别娶，他的妻子还典卖了金珠宝玉，永远地接济他。一个人如有身心的自由，以自由选择，与人结了爱，遇着生死的别离，发生自己牺牲的行为，这原是可以称道的事。但须全然出于自由意志，与被专制的因袭礼法逼成的动作，不能并为一谈。印度人身的撒提，世间都知道是一种非人道的习俗，近来已被英国禁止。至于人心的撒提，便只是一种变相。一是死刑，一是终身监禁。照中国说，一是殉节，一是守节。原来撒提这字，据说在梵文，便正是节妇的意思。印度女子被"撒提"了几千年，便养成了这一种畸形的贞顺之德。讲东方化的，以为是国粹，其实只是不自然的制度习惯的恶果。譬如中国人磕头惯了，见了人便无端地要请安拱手作揖，大有非跪不可之意，这能说是他的谦和美德么？我们见了这种畸形的所谓道德，正如见了塞在坛子里养大的、身子像萝卜形状的人，只感着恐怖嫌恶悲哀愤怒种种感情，决不该将他提倡，拿他赏赞。

其次如亲子的爱。古人说，父母子女的爱情，是"本于天性"，这话说得最好。因他本来是天性的爱，所以用不着那些人为的束缚，妨害他的生长。假如有人说，父母生子，全由私欲，世间或要说他不道。今将他改作由于天性，便极适当。照生物现象看来，父母生子，正是自然的意志。有了性的生活，自然有生命的延续，与哺乳的努力，这是动物无不如此。到了人类，对于恋爱的融合，自我的延长，更有意识，所以亲子的关系尤为浓厚。近时识者所说儿童的权利，与父母的义务，便即据这天然的道理推演而出，并非时新的东西。至于世间无知的父母，将子女当作所有品，牛马一般养育，以为养大以后，可以随便唤他骑他，那便是退化的谬误思想。英国教育家戈思德（Gorst）称他们为"猿类之不肖子"，正不为过。日本津田左右吉著《文学上国民思想的研究》卷一说："不以亲子的爱情为本的孝行观念，又与祖先为子孙而生存的生物学的普遍事实，人为将来而努力的人间社会的实际状态，俱相违反，却认作子孙为祖先而生存，如此道德中，显然含有不自然的分子。"祖先为子孙而生存，所以父母理应爱重子女，子女也就应该爱敬父母。这是自然的事实，也便是天性。文学上说这亲子的爱的，希腊诃美罗斯（Homeros）史诗《伊理亚斯》（*Ilias*）与欧里毕兄斯（Euripides）悲剧《德罗夜兄斯》（*Troiades*）中，说赫克多尔（Hektor）夫妇与儿子的死别的两节，在古文学中，最为美妙。近来诺威伊孛然的《群鬼》（*Gengangere*），德国士兑曼（Sudemann）的戏剧《故乡》（*Heimat*），俄国都介涅夫（Turgenjev）的小说《父子》（*Ottsy idjeti*）等，都很可以供我们的研究。至于郭巨埋儿、丁兰刻木那一类残忍迷信的行为，当然不应再行赞扬提倡。割股一事，尚是魔术与食人风俗的遗留，自然算不得道德，不必再叫他混入文学里，更不消说了。

照上文所说，我们应该提倡与排斥的文学，大致可以明白了。但关于古今中外这一件事上，还须追加一句说明，才可免了误会。我们对于主义相反的文学，并非如胡致堂或乾隆做史论，单依自己的成见，将古今人物排头骂例。我们立论，应抱定"时代"这一个观念，又将批评与主张分作两事。批评古人的著作，便认定他们的时代，给他一个正直的评价，相应的位置。至于宣传我们的主张，也认定我们的时代，不能与相反的意见通融让步，唯有排斥的一条方法。譬如原始时代，本来只有原始思想，行魔术食人的人，那便只得将他捉住，送进精神病院去了。其次，对于中外这个问题，我们也只需抱定时代这一个观念，不必再划出什么别的界限。地理上历史上，原有种种不同，但世界交通便了，空气流通也快了，人类可望逐渐接近，同一时代的人，便可相并存在。单位是个我，总数是个人。不必自以为与众不同，道德第一，划出许多畛域。因为人总与人类相关，彼此一样，所以张三李四受苦，与彼得约翰受苦，要说与我无关，便一样无关，说与我相关，也一样相关。仔细说，便只为我与张三李四或彼得约翰虽姓名不同，籍贯不同，但同是人类之一，同具感觉性情。他以为苦的，在我也必以为苦。这苦会降在他身上，也未必不能降在我的身上。因为人类的运命是同一的，所以我要顾虑我的运命，便同时须顾虑人类共同的运命。所以我们只能说时代，不能分中外。我们偶有创作，自然偏于见闻较确的中国一方面，其余大多数都还须绍介译述外国的著作，扩大读者的精神，眼里看见了世界的人类，养成人的道德，实现人的生活。

新文学的要求

今日承贵会招我讲演，实在是我的光荣。现在想将我对于新文学的要求，略说几句。从来对于艺术的主张，大概可以分作两派：一是艺术派，一是人生派。艺术派的主张，是说艺术有独立的价值，不必与实用有关，可以超越一切功利而存在。艺术家的全心只在制作纯粹的艺术品上，不必顾及人世的种种问题。譬如做景泰蓝或雕玉的工人，能够做出最美丽精巧的美术品，他的职务便已尽了，于别人有什么用处，他可以不问了。这"为什么而什么"的态度，固然是许多学问进步的大原因；但在文艺上，重技工而轻情思，妨碍自己表现的目的，甚至于以人生为艺术而存在，所以觉得不甚妥当。人生派说艺术要与人生相关，不承认有与人生脱离关系的艺术。这派的流弊，是容易讲到功利里边去，以文艺为伦理的工具，变成一种坛上的说教。正当的解说，是仍以文艺为究极的目的；但这文艺应当通过了著者的情思，与人生有接触。换一句话说，便是著者应当用艺术的方法，表现他对于人生的情思，使读者能得艺术的享乐与人生的解释。这样说来，我们所要求的当然是人生的艺术派的文学。在研究文艺思想变迁的人，对于各时代各派别的文学，原应该平等看待，各各还他一个本来的位置；但在我们心想创作文艺，或从文艺上得到精神的粮食的人，却不能不决定趋向，免得无所适从，所以我们从这两派中，就取了人生的艺术派。但世间并无绝对的真理，这两派的主张都各自有他的环境与气质的原因；我们现在的取舍，也正逃不脱这两个原因的作用，这也是我们应该承认的。如欧洲文学在十九世纪中经过了传奇主义与写实主义两次的大变动，俄国文学总是一种理想的写实主义，这便因俄国人的环境与气质的关系，不能撒开了社会的问题，趋于主观与客观的两极端。我们称述人生的文学，自己也以为是从学理上立论，但事实也许还有下意识的作用；背着

27

过去的历史，生在现今的境地，自然与唯美及快乐主义不能多有同情。这感情上的原因，能使理性的批判更为坚实，所以我相信人生的文学实在是现今中国唯一的需要。

人生的文学是怎么样的呢？据我的意见，可以分作两项说明：

一、这文学是人性的，不是兽性的，也不是神性的。

二、这文学是人类的，也是个人的；却不是种族的，国家的，乡土及家族的。

关于第一项，我曾做了一篇《人的文学》略略说过了。大旨从生物学的观察上，认定人类是进化的动物，所以人的文学也应该是人间本位主义的。因为原来是动物，故所有共通的生活本能都是正当的，美的，善的；凡是人情以外人力以上的神的属性，不是我们的要求。但又因为是进化的，故所有已经淘汰，或不适于人的生活的，兽的属性，也不愿他复活或保留，妨害人类向上的路程。总之是要还他一个适如其分的人间性，也不要多，也不要少就是了。

我们从这文学的主位的人的本性上，定了第一项的要求，又从文学的本质上，定了这第二项的要求。人间的自觉，还是近来的事，所以人性的文学也是百年内才见发达，到了现代可算是兴盛了。文学上人类的倾向，却原是历史上的事实；中间经过了几多变迁，从各种阶级的文艺又回到平民的全体的上面来，但又加了一重个人的色彩，这是文艺进化上的自然的结果，与原始的文学不同的地方也就在这里了。

关于文学的意义，虽然诸家的议论各各有点出入，但就文艺起源上论他的本质，我想可以说是作者的感情的表现。《诗序》里有一节话，虽是专说诗的起源的，却可以移来做上文的说明："情动于中而形于言，言之不足，故咏歌之；咏歌之不足，故嗟叹之；嗟叹之不足，故不知手之舞之，足之蹈之。"

我们考察希腊古代的颂歌（Hymn）、史诗（Epic）、戏曲（Drama）发达的历史，觉得都是这样情形。上古时代生活很简单，人的感情思想也就大体一致，不出保存生活这一个范围；那时个人又消纳在族类里面，没有独立表现的机会，所以原始的文学都是表现一团体的感情的作品。譬如戏曲的起源是由于一种祭赛，仿佛中国从前的迎春。这时候大家的感情，都会集在期望春天的再生这一点上，这期望的原因，就在对于生活资料缺乏的忧虑。这忧虑与期待的"情"实在迫切了，自然而然地发为言动，在仪式上是一种希求的具体的表现，也是实质的祈祷，在文学上便是歌与舞的最初的意义了。后来的人将歌舞当作娱乐的游戏的东西，却不知道他原来是人类的关系生命问题的一种宗教的表示。我们原不能说事物的原始的意义定是正当的界说，想叫化学回到黄白术去；但我相信在文艺上这意义还是一贯，不但并不渐走渐远，而且反有复原的趋势，所以我们于这文学史上的回顾，也不能不相当地注意。但是几千年的时间，夹在中间，使这两样相似的趋势生了多少变化，正如现代的共产生活已经不是古代的井田制度了。古代的人类的文学，变为阶级的文学；后来阶级的范围逐渐脱去，于是归结到个人的文学，也就是现代的人类的文学了。要明白这意思，墨子说的"己在所爱之中"这一句话，最注解得好。浅一点说，我是人类之一，我要幸福，须得先使人类幸福了，才有我的份；若更进一层，那就是说我即是人类。所以这个人与人类的两重的特色，不特不相冲突，而且反是相成的。古代的个人消纳在族类的里面，个人的简单的欲求都是同类所共具的，所以便将族类代表了个人。现代的个人虽然原也是族类的一个，但他的进步的欲求，常常超越族类之先，所以便由他代表了族类了。譬如怕死这一种心理，本是人类共通的本性；写这种心情的歌诗，无论出于群众，出于个人，都可互相了解，互相代表，可以称为人类的文学了。但如爱自由，求幸福，这虽然也是人类所共具的，但因为没有十分迫切，在群众每每忍耐过去了；先觉的人却叫了出来，在他自己虽然是发表个人的感情，个人的欲求，但他实在也替代了他以外的人类发表了他们自己暂时还未觉到，或没有才力能够明白说出的感情与欲求了。还有一层与古代不同的地方，便是古代的文学纯以感情为主，现代却加上了多少理性的调剂。许多重大问题，经了近代的科学的大洗礼，理论上都能得到了解决。如种族国家这些区别，从前当作天经地义的，现在知道都不过是一种偶像。所以现代觉醒的新人的主见，大抵是如此："我只承认大的方面有人类，小的方面有我，是真实的。"人类里边有皮色不同、习俗不同的支派，正与国家地方家族里有生理、心理上不同的分子一样，不是可以认为异类的铁证。我想这各种界限的起因，是由于利害的关系，与神秘的生命上的联络的感情。从前的人以为非损人不能利己，所以联合关系密切的人，组织一个攻守同盟；现在知道了人类原是利害相共的，并不限定一族一国，而且利己利人，原只是一件事情，这个攻守同盟便变了人类对自然的问题了。从前的人从部落时代的"图腾"思想，引申到近代的民族观念，这中间都含有血脉的关系；现在又推上去，认定大家都是从"人"（Anthropos）这一个图腾出来的，虽然后来住在各处，异言异服，觉得有点隔膜，其实原是同宗。这样的大人类主义，正是感情与理性的调和的出产物，也就是我们所要求的人道主义的文学的基调。

这人道主义的文学，我们前面称他为人生的文学，又有人称为理想主义的文学；名称尽有异同，实质终是一样，就是个人以人类之一的资格，用艺术的方法表现个人的感情，代表人类的意志，有影响于人间生活幸福的文学。所谓人类的意志这一句话，似乎稍涉理想，但我相信与近代科学的研究也还没有什么冲突；至于他的内容，我们已经在上文分两项说过，此刻也不再说了。这新时代的文学家，是"偶像破坏者"。但他还有他的新宗教，——人道主义的理想是他的信仰，人类的意志便是他的神。

文学史的教训

中国文学史不知道谁做得最好，朋友们所做的也有好几册，看过也都已忘记了，但是在电灯没有的时候，仰卧在床上，偶然想起这里边的几点，和别国的情形来比较看，觉得颇有意思。最显著的一件是，世界各民族文学发生大抵诗先于文，中国则似乎是例外。《诗经》是最古的诗歌总集，其中只有商颂五篇，即使不说是周时宋人所作，也总是武丁以后，距今才三千年，可是《尚书》中有虞书夏书，至今各存有两篇，《尧典》《皋陶谟》云是虞史伯夷所作，《禹贡》亦作于虞时，至于《甘誓》更有年代可稽，当在四千一百五十年前也。《皋陶谟》之末有舜与皋陶的歌三章，只是简单的话而长言之，是歌咏在史上的表现，但其成绩不好总是实在的。外国的事情假如以古希腊为例，史诗一类发达最早，即以现存资料而论，成绩也很好，诃美洛斯与赫西阿陀斯的四篇长诗，除印度以外，可以称为世界无比的大作，虽然以时代而论不过只是在中国殷周之际。反复地想起来，中国的《尚书》仿佛即与史诗相当，不过因为没有神话，所以不写神与英雄的事迹，却都是关于政治的事，便只是史而非诗，其所以用散文写的理由或者亦即在此。国风小雅这一部分在希腊也是缺少，及抒情诗人兴起，则与中国汉魏以来的情形可以相比，没有多大的不同了。讲到散文发达之迹，两国又有很相像之点，这件事觉得很有意义，值得加以注意。希腊散文有两个源流，即史与哲学，照中国的说法是史与子，再把六经分析来说，《书》与《春秋》是史，《易》《礼》也就是子了。赫洛陀多斯与都屈迭台斯正与马班相当，梭格拉底与柏拉图仿佛是孔孟的地位。此外诸子争鸣，这情形也有点相似，可是奇怪的是中国总显得老成，不要说太史公，便是《左传》《国语》也已写得那一手熟练的文章，对于人生又是那么精通世故，这是希腊的史家之父所未能及的。柏拉图的文笔固然极

31

好，《孟子》《庄子》却也不错，只是小品居多，未免不及，若是下一辈的亚理士多德这类人，我们实在没有，东西学术之分歧恐怕即起于此，不得不承认而且感到惭愧。希腊爱智者中间后来又分出来一派所谓智者，以讲学授徒为业，这更促进散文的发达，因为那时雅典施行一种民主政治，凡是公民都可参与，在市朝须能说话，关于政治之主张，法律之申辩，皆是必要。这种学塾的势力大见发展，直至后来罗马时代也还如此，虽然政治的意义渐减，其在文章与思想上的影响却是极大的。我所喜爱的古代文人之一，以希腊文写作的叙利亚人路吉亚诺斯，便是这种的一位智者，他的好些名篇可以当作这派的代表作，虽然已是二千年前的东西，却还是像新印出来的，简直是现代通行的随笔，或是称他为杂文也好，因为文章不很简短，所以不大好谥之曰小品。中国散文大概因为他起头很早，在舜王爷的时候已经写了不少，经验多了的缘故罢，左丘明的文笔已是那么漂亮，《战国策》的那些简直是智者的诡辩的那一路，想见苏秦张仪之流也曾经很下过功夫，不过这里只留下头悬梁锥刺股的故事，其教本与窗课等均已不得而知罢了。大约还是如上边所说，因为态度太老成，思想太一统，以后文章尽管发达，总是向宫廷一路走去。贾太傅上书著论，司马长卿做赋，目的在于想得官家的一顾，使我们并辈凡人看了觉得喜欢的实在不大有，恐怕直至现今这传统的做法也还未曾变更。汉魏六朝的文字中我所喜的也有若干，大都不是正宗的一派，文章不太是做作，虽然也可以绮丽优美，思想不太是一尊，要能了解释老，虽然不必归心哪一宗，如陶渊明颜之推等都是好的。古希腊便还不差，除了药死梭格拉底之外，在思想文字方面总是健全的，这很给予读古典文学的人以愉快与慰安。但是到了东罗马时代，尤思帖亚奴斯帝令封闭各学塾，于是希腊文化遂以断绝，时为中国梁武帝时。而中国时至唐朝韩退之出，也同样地发生一种变动，史称其"文起八代之衰"，实则正统的思想与正宗的文章合而定于一尊，至少散文上受其束缚，直至于今未能解脱，其危害于中国者实深且远矣。儒家是中国的国民思想，其道德政治的主张均以实践为主，不务空谈，其所谓道实只是人之道，人人得而有之，别无什么神秘的地方。乃韩退之特别作《原道》，郑而重之而说明之曰：尧以是传之舜，舜以是传之禹，禹以是传之汤，汤以是传之文武周公，文武周公传之孔子，孔子传之孟轲，轲之死不得其传焉。其意若曰，于今传之区区耳。案，此盖效孟子之颦，而不知孟子之本为东施之颦，并不美观也。孟子的文章我已经觉得有点儿太鲜甜，有如生荔枝，多吃要发头风，韩退之则尤其做作，摇头顿足地作态，如云"呜呼，其亦幸而出于三代之后，不见黜于禹汤文武周公孔子也，其亦不幸而不出于三代之前，不见正于禹汤文武周公孔子也"，这完全是滥八股腔调，读之欲呕，八代的骈文里何尝有这样的烂污泥。平心说来，其实韩退之的诗，如"山石荦确行径微，黄昏到寺蝙蝠飞"，我也未尝不喜欢，其散文或有纰缪，何必吹求责备？但是不幸他成为偶像，将这样的思想文章作为后人模范，这以后的十代里盛行时文的古文，既无意思，亦缺情趣，只是琅琅的好念，如唱皮黄而已，追究起这个责任来，我们对于韩退之实在不能宽恕。罗马皇帝封闭希腊学堂，以基督教为正宗，希腊文学从此消沉了，中国散文则自韩退之被定为道与文之正统以后，也就渐以堕落，这两者情形很有点相像。所可幸的是中国文学尚有复兴之望，只要能够摆脱这个束缚，而希腊则长此中绝，即使近代有新文学兴起，也是基督教文化的产物，与以前迥不相同了。

我们说过中国没有史诗而散文的史发达独早，与别国的情形不同，这里似乎颇有意义。没有神话，或者也是理由之一。此外则我想或者汉文不很适合，亦未可知。《诗经》里虽然有赋比兴三体，而赋却只是直说，实在还是抒情，便是汉以后的赋也多说理叙景咏物，绝少有记事的。这些消极方面的怕不足做证据，我们可以从译经中来找材料。印度的史诗是世界著名的，佛经中自然也富有这种分子，最明显的如《佛所行赞经》五卷，《佛本行经》七卷，汉文译本用的都是偈体。本来经中短行译成偈体，原是译经成法，所以这里也就沿用，亦未可知，但是假如普通韵文可以适用，这班经师既富信心，复具文才，不会不想利用以增加效力的。再找下去，可以遇见弹词以及宝卷。弹词有撰人名氏，现存的大抵都是清朝人所作；宝卷则不署名，我想时代还当更早，其中或者有明朝的作品罢。我们现在且不管他的时代如何，所要说明的只是此乃是一种韵文的故事，虽然夹叙夹唱，有一小部分是说白。其韵文部分的形式有七字成一句，三五字成一句者，有三三四字以三节成一句者，俗名"攒十字"，均有韵，此与偈语殊异，而词句俚俗，又与高雅的汉文不同。尝读英国古时民间叙事小歌，名曰"拔辣特"，其句多落套趁韵，却又朴野有风趣，如叙闺中帐钩云，"东边碰着叮咚响，西边碰着响咚叮"，仿佛相似。我们提起弹词，第一联想到的大抵是《天雨花》，文人学士一半将嗤笑之，以为文辞粗俗，一半又或加以许可，则因其或有裨于风化也。实在这两样看法都是不对的，我觉得《天雨花》写左维明的道学气最为可憎，而那种句调却也不无可取，有如老夫人移步出堂前，语固甜俗，但是如欲以韵语叙此一节，风骚诗词各式既无可用，又不拟作偈，自只有此一法可以对付，亦即谓之最好的写法可也。史诗或叙事诗的写法盖至此而始成功，唯用此形式乃可以汉文叶韵作叙事长篇，此由经验而得，确实不虚。但或古人不及知，或雅人不愿闻，则亦无可奈何，又如或新人欲改作，此事不无可能，只是根本恐不能出此范围，不然亦将走人新韵语之一路去耳。不佞非是喜言运命论者，但是因史诗一问题，觉得在语言文字上也有他的能力的限度，其次是国民兴趣的厚薄问题，这里不大好勉强，过度便难得成功。中国叙事诗五言有《孔雀东南飞》，那是不能有二之作，七言则《长恨歌》《连昌宫词》之类，只是拔辣特程度，这是读古诗的公认之事实，要写更长的长篇就只有弹词宝卷体而已。写新史诗的不知有无其人，是否将努力去找出新文体来，但过去的这些事情即使不说教训，也总是很好的参考也。

小说发达的情状，中国希腊颇有点近似，但在戏曲方面则又截然不同，说来话长，今且不多谈，但以关于诗文者为限。现在再就散文说几句，以为结束。中国散文发达比希腊还早，这在世界文学史上是特殊的事，而且连绵四千年这传统一直接连着，至少春秋以来的文脉还活着在国文里，虞夏的文辞则还可以读懂。希腊文化为基督教所压倒了，可是他仍从罗马间接地渗进西欧去，至文艺复兴时又显露出来。法国的蒙田与英国的培根都是这样地把希腊的散文接种过去，至今成为这两国文艺的特色之一。西洋文学的新潮流后来重复向着古国流过去，希腊想必也在从新写独幕剧与写实小说，中国在这方面原来较差，自然更当努力，只有杂文在过去很有根底，其发达特别容易点。虽然英法的随笔文学至今还未有充分的介绍，可以知道现今散文之兴盛其原因大半是内在的，有如草木的根在土里，外边只要有日光雨水的刺激，就自然生长起来了。这里我们所要特别注意的是，我们说散文发达由于本来有根底，这只是说明事实，并非以此自豪，以为是什么国粹，实在倒是因此我们要十分警戒，不可使现代的新散文再陷入到旧的泥坑里去，因为他的根长在过去里边，极是容易有这危险。我在上边说过，左丘明那时候已经有那一手熟练的文章，这一面是很

34

可佩服的事情，一面也就是毛病。我们即使不像韩退之那么专讲摇头摆尾的义法，也总容易犯文胜之弊，便是雅达有余而诚不足。现今写国语文的略不小心就会这样地做出新的古文来，此乃是正宗文章的遗传病，我们所当谨慎者一。其次则是正统思想的遗传病，韩退之的直系可以不必说了，文学即宣传之主张在实际上并不比文以载道好，结果都是定于一尊，不过这一尊或有时地之殊异罢了。假如我们根据基督教的宗旨，写一篇大文攻击拜物教的迷信，无论在宗教的立场上怎么有理，我既然以文艺为目的，那么这篇文章也就只是新《原道》，没有着笔之价值。过于热心的朋友们容易如此空费气力，心里不赞成韩退之，却无意地做了他的伙计，此为所当谨慎者之二。中国散文的历史颇长，这是可喜的事，但因此也有些不利的地方，我们须得自己警惕，庶几可免，此文学史所给予的教训，最切要亦最可贵者也。

文艺上的宽容

英国伯利（Bury）教授著《思想自由史》第四章上有几句话道："新派对于罗马教会的反叛之理智上的根据，是私人判断的权利，便是宗教自由的要义。但是那改革家只对于他们自己这样主张，而且一到他们将自己的信条造成了之后，又将这主张取消了。"这个情形不但在宗教上是如此，每逢文艺上一种新派起来的时候，必定有许多人，——自己是前一次革命成功的英雄，拿了批评上的许多大道理，来堵塞新潮流的进行。我们在文艺的历史上看见这种情形的反复出现，不免要笑，觉得聪明的批评家之稀有，实不下于创作的天才。主张自己的判断的权利而不承认他人中的自我，为一切不宽容的原因，文学家过于尊信自己的流别，以为是唯一的"道"，至于蔑视别派为异端，虽然也无足怪，然而与文艺的本性实在很相违背了。

文艺以自己表现为主体，以感染他人为作用，是个人的而亦为人类的，所以文艺的条件是自己表现，其余思想与技术上的派别都在其次，——是研究的人便宜上的分类，不是文艺本质上判分优劣的标准。各人的个性既然是各各不同（虽然在终极仍有相同之一点，即是人性），那么发现出来的文艺当然是不相同。现在倘若拿了批评上的大道理要去强迫统一，即使这不可能的事情居然实现了，这样文艺作品已经失了他唯一的条件，其实不能成为文艺了。因为文艺的生命是自由不是平等，是分离不是合并，所以宽容是文艺发达的必要的条件。

然而宽容绝不是忍受。不滥用权威去阻遏他人的自由发展是宽容，任凭权威来阻遏自己的自由发展而不反抗是忍受。正当的规则是，当自己求自由发展时对于迫压的势力，不应取忍受的态度；当自己成了已成势力之后，对于他人的自由发展，不可不取宽容的态度。聪明的批评家自己不妨

36

属于已成势力的一分子，但同时应有对于新兴潮流的理解与承认。他的批评是印象的鉴赏，不是法理的判决，是诗人的而非学者的批评。文学固然可以成为科学的研究，但只是已往事实的综合与分析，不能作为未来的无限发展的轨范。文艺上的激变不是破坏文艺的法律，乃是增加条文，譬如无韵诗的提倡，似乎是破坏了"诗必须有韵"的法令，其实他只是改定了旧时狭隘的范围，将他放大，以为"诗可以无韵"罢了。表示生命之颤动的文学，当然没有不变的科律；历代的文艺在他自己的时代都是一代的成就，在全体上只是一个过程。要问文艺到什么程度是大成了，那犹如问文化怎样是极顶一样，都是不能回答的事，因为进化是没有止境的。许多人错把全体的一过程认作永久的完成，所以才有那些无聊的争执，其实只是自扰，何不将这白费的力气去做正当的事，走自己的路程呢？

近来有一群守旧的新学者，常拿了新文学家的"发挥个性，注重创造"的话做挡牌，以为他们不应该"而对于为文言者仇雠视之"；这意思似乎和我所说的宽容有点相像，但其实是全不相干的。宽容者对于过去的文艺固然予以相当的承认与尊重，但是无所用其宽容，因为这种文艺已经过去了，不是现在的势力所能干涉，便再没有宽容的问题了。所谓宽容乃是说已成势力对于新兴流派的态度，正如壮年人的听任青年的活动。其重要的根据，在于活动变化是生命的本质，无论流派怎么不同，但其发展个性注重创造，同是人生的文学的方向，现象上或是反抗，在全体上实是继续，所以应该宽容，听其自由发育。若是"为文言"或拟古（无论拟古典或拟传奇派）的人们，既然不是新兴的更进一步的流派，当然不在宽容之列。——这句话或者有点语病，当然不是说可以"仇雠视之"，不过说用不着人家的宽容罢了。他们遵守过去的权威的人，背后得有大多数人的拥护，还怕谁去迫害他们呢？老实说，在中国现在文艺界上，宽容旧派还不成为问题，倒是新派究竟已否成为势力，应否忍受旧派的迫压，却是未可疏忽的一个问题。

临末还有一句附加的说明，旧派的不在宽容之列的理由，是他们不合发展个性的条件。服从权威正是把个性泪没了，还发展什么来？新古典派——并非英国十八世纪的——与新传奇派，是融合而非模拟，所以仍是有个性的。至于现代的古文派，却只有一个拟古的通性罢了。

国粹与欧化

在《学衡》上的一篇文章里，梅光迪君说："实则模仿西人与模仿古人，其所模仿者不同，其为奴隶则一也。况彼等模仿西人，仅得糟粕，国人之模仿古人者，时多得其神髓乎。"我因此引起一种对于模仿与影响，国粹与欧化问题的感想。梅君以为模仿都是奴隶，但模仿而能得其神髓，也是可取的。我的意见则以为模仿都是奴隶，但影响却是可以的；国粹只是趣味的遗传，无所用其模仿，欧化是一种外缘，可以尽量地容受他的影响，当然不以模仿了事。

倘若国粹这一个字，不是单指那选学桐城的文章和纲常名教的思想，却包括国民性的全部，那么我所假定遗传这一个释名，觉得还没有什么不妥。我们主张尊重各人的个性，对于个性的综合的国民性自然一样尊重，而且很希望其在文艺上能够发展起来，造成有生命的国民文学。但是我们的尊重与希望无论怎样的深厚，也只能以听其自然长发为止，用不着多事地帮助，正如一颗小小的稻或麦的种子，里边原自含有长成一株稻或麦的能力，所需要的只是自然的养护，倘加以宋人的揠苗助长，便反不免要使他"则苗槁矣"了。我相信凡是受过教育的中国人，以不模仿什么人为唯一的条件，听凭他自发地用任何种的文字，写任何种的思想，他的结果仍是一篇"中国的"文艺作品，有他的特殊的个性与共通的国民性相并存在，虽然这上边可以有许多外来的影响。这样的国粹直沁进在我们的脑神经里，用不着保存，自然永久存在，也本不会消灭的。他只有一个敌人，便是"模仿"。模仿者成了人家的奴隶，只有主人的命令，更无自己的意志，于是国粹便跟了自性死了。好古家却以为保守国粹在于模仿古人，岂不是自相矛盾么？他们的错误，由于以选学桐城的文章、纲常名教的思想为国粹，因为这些都是一时的现象，不能永久地自然地附着于人心，所以

38

要勉强地保存，便不得不以模仿为唯一的手段，奉模仿古人而能得其神髓者为文学正宗了。其实既然是模仿了，决不会再有"得其神髓"这一回事；创作的古人自有他的神髓，但模仿者的所得却只有皮毛，便是所谓糟粕。奴隶无论怎样地遵守主人的话，终究是一个奴隶而非主人，主人的神髓在于自主，而奴隶的本分在于服从，叫他怎样地去得呢？他想做主人，除了从不做奴隶入手以外，再没有别的方法了。

我们反对模仿古人，同时也就反对模仿西人，所反对的是一切的模仿，并不是有中外古今的区别与成见。模仿杜少陵或泰戈尔，模仿苏东坡或胡适之，都不是我们所赞成的，但是受他们的影响是可以的，也是有益的，这便是我对于欧化问题的态度。我们欢迎欧化是喜得有一种新空气，可以供我们的享用，造成新的活力，并不是注射到血管里去，就替代血液之用。向来有一种乡愿的调和说，主张中学为体西学为用，或者有人要疑我的反对模仿欢迎影响说和他有点相似，但其间有这一个差异：他们有一种国粹优胜的偏见，只在这条件之上才容纳若干无伤大体的改革，我却以遗传的国民性为素地，尽他本质上的可能的量去承受各方面的影响，使其融合沁透，合为一体，连续变化下去，造成一个永久而常新的国民性，正如人的遗传之逐代增入异分子而不失其根本的性格。譬如国语问题，在主张中学为体西学为用者的意见，大抵以废弃周秦古文而用今日之古文为最大的让步了；我的主张则就单音的汉字的本性上尽最大可能的限度，容纳"欧化"，增加他表现的力量，却也不强他所不能做到的事情。照这样看来，现在各派的国语改革运动都是在正轨上走着，或者还可以逼紧一步，只不必到"三株们的红们的牡丹花们"的地步，曲折语的语尾变化虽然是极便利，但在汉文的能力之外了。我们一面不赞成现代人的做骈文律诗，但也并不忽视国语中字义声音两重的对偶的可能性，觉得骈律的发达正是运命的必然，非全由于人为，所以国语文学的趋势虽然向着自由的发展，而这个自然的倾向也大可以利用，炼成音乐与色彩的言讯，只要不以词害意就好了。总之我觉得国粹欧化之争是无用的，人不能改变本性，也不能拒绝外援，到底非大胆地是认两面不可。倘若偏执一面，以为彻底，有如两个学者，一说"诗也有本能"，一说要"取消本能多"，大家高论一番，聊以快意，其实有什么用呢？

贵族的与平民的

关于文艺上贵族的与平民的精神这个问题，已经有许多人讨论过，大都以为平民的最好，贵族的是全坏的。我自己以前也是这样想，现在却觉得有点怀疑。变动而相连续的文艺，是否可以这样截然地划分？或者拿来代表一时代的趋势，未尝不可，但是可以这样显然地判出优劣么？我想这不免有点不妥，因为我们离开了实际的社会问题，只就文艺上说，贵族的与平民的精神，都是人的表现，不能指定谁是谁非，正如规律的普遍的古典精神与自由的特殊的传奇精神，虽似相反而实并存，没有消灭的时候。

人家说近代文学是平民的，十九世纪以前的文学是贵族的，虽然也是事实，但未免有点皮相。在文艺不能维持生活的时代，固然只有那些贵族或中产阶级才能去弄文学，但是推上去到了古代，却见文艺的初期又是平民的了。我们看见史诗的歌咏神人英雄的事迹，容易误解以为"歌功颂德"，是贵族文学的滥觞，其实他正是平民的文学的真鼎呢。所以拿了社会阶级上的贵族与平民这两个称号，照着本义移用到文学上来，想划分两种阶级的作品，当然是不可能的事。即使如我先前在《平民的文学》一篇文里，用普遍与真挚两个条件，去做区分平民的与贵族的文学的标准，也觉得不很妥当。我觉得古代的贵族文学里并不缺乏真挚的作品，而真挚的作品便自有普遍的可能性，不论思想与形式的如何。我现在的意见，以为在文艺上可以假定有贵族的与平民的这两种精神，但只是对于人生的两样态度，是人类共通的，并不专属于某一阶级，虽然他的分布最初与经济状况有关，——这便是两个名称的来源。

平民的精神可以说是淑本好耳所说的求生意志，贵族的精神便是尼采所说的求胜意志了。前者是要求有限的平凡的存在，后者是要求无限的超越的发展；前者完全是入世的，后者却几乎有点出世的了。这些渺茫的话，我们倘引中国文学的例，略略比较，就可以得到具体的释解。中国汉晋六朝的诗歌，大家承认是贵族文学，元代的戏剧是平民文学。两者的差异，不仅在于一是用古文所写，一是用白话所写，也不在于一是士大夫所作，一是无名的人所作，乃是在于两者的人生观的不同。我们倘以历史的眼光看去，觉得这是国语文学发达的正轨，但是我们将这两者比较地读去，总觉得对于后者有一种漠然的不满足。这当然是因个人的气质而异，但我同我的朋友疑古君谈及，他也是这样感想。我们所不满足的，是这一代里平民文学的思想，大是现世的利禄的了，没有超越现代的精神，他们是认人生，只是太乐天了，就是对于现状太满意了。贵族阶级在社会上凭借了自己的特殊权利，世间一切可能的幸福都得享受，更没有什么欲羡与留恋，因此引起一种超越的追求，在诗歌上的隐逸神仙的思想即是这样精神的表现。至于平民，于人们应得的生活的悦乐还不能得到，他的理想自然是限于这可望而不可即的贵族生活，此外更没有别的希冀，所以在文学上表现出来的是那些功名妻妾的团圆思想了。我并不想因此来判分那两种精神的优劣，因为求生意志原是人性的，只是这一种意志不能包括人生的全体，却也是自明的事实。

我不相信某一时代的某一倾向可以做文艺上永久的模范，但我相信真正的文学发达的时代必须多少含有贵族的精神。求生意志固然是生活的根据，但如没有求胜意志叫人努力地去求"全而善美"的生活，则适应的生存容易是退化的而非进化的了。人们赞美文艺上的平民的精神，却竭力地反对旧剧，其实旧剧正是平民文学的极峰，只因他的缺点太显露了，所以遭大家的攻击。贵族的精神走进歧路，要变成威廉第二的态度，当然也应该注意。我想文艺当以平民的精神为基调，再加以贵族的洗礼，这才能够造成真正的人的文学。倘若把社会上一时的阶级争斗硬移到艺术上来，要实行劳农专政，他的结果一定与经济政治上的相反，是一种退化的现象，旧剧就是他的一个影子。从文艺上说来，最好的事是平民的贵族化，——凡人的超人化，因为凡人如不想化为超人，便要化为末人了。

国语文学谈

　　近年来国语文学的呼声很是热闹，就是国语文学史也曾见过两册，但国语文学到底是怎么一回事，我终于没有能够明了。国语文学自然是国语所写的文学了，国语普通又多当作白话解，所以大家提起国语文学便联想到白话文，凡非白话文即非国语文学。然而一方面界限仍不能划得这样严整，照寻常说法应该算是文言的东西里边也不少好文章，有点舍不得，于是硬把他拉过来，说他本来是白话；这样一来，国语文学的界限实在弄得有点糊涂，令我觉得莫名其妙。据我的愚见，这原是简单不过的一件事，国语文学就是华语所写的一切文章，上自典谟，下至滩簧，古如尧舜（姑且这样说），今到郁达夫，都包括在内，他们的好坏优劣则是别一问题，须由批评家文学史家去另行估价决定。我相信所谓古文与白话文都是华语的一种文章语，并不是绝对的不同的东西，他们今昔的相互的关系仿佛与满洲及中国间的关系相似。以前文言的皇帝专制，白话军出来反抗，在交战状态时当然认他为敌，不惜用尽方法去攻击他；但是后来皇帝倒了，民国成立，那废帝的族类当然还他本来面目，成为五族之一，是国民的一部分，从前在檄文上称我汉族光复旧物的人此刻也自然改变口气，应称我中华国民了。五四前后，古文还坐着正统宝位的时候，我们的恶骂力攻都是对的，到了已经逊位列入齐民，如还是不承认他是华语文学的一分子，正如中华民国人民还说满洲一族是别国人，承认那以前住在紫禁城里的是他们的皇上，这未免有点错误了。我常说国语文学只是汉文学的新名称，包含所有以汉文写出的文学连八股文试帖诗都在里边，因为他们实在是一种特别文体的代表作品，虽然文艺的价值自然没有什么。近来日本京大教授铃木虎雄博士刊行一册《支那文学研究》，除诗文戏曲小说之外还有八股文一编，专论这种文体，可谓先得我心，不过我还没有见到这部书，不能确说他是如何说法的。

我相信古文与白话文都是汉文的一种文章语，他们的差异大部分是文体的，文字与文法只是小部分。中国现在还有好些人以为纯用老百姓的白话可以作文，我不敢附和。我想一国里当然只应有一种国语，但可以也是应当有两种语体，一是口语，一是文章语。口语是普通说话用的，为一般人民所共喻；文章语是写文章用的，须得有相当教养的人才能了解，这当然全以口语为基本，但是用字更丰富，组织更精密，使其适于表现复杂的思想感情之用，这在一般的日用口语是不胜任的。两者的发达是平行并进，文章语虽含有不少的从古文或外来语转来的文句，但根本的结构是跟着口语的发展而定，故能长葆其生命与活力。虽然没有确实的例证，我推想古文的发生也是如此，不过因为中途有人立下正宗的标准，一味以保守模拟为务，于是乱了步骤，口语虽在活动前进，文章语却归于停顿，成为硬冷的化石了。所以讲国语文学的人不能对于古文有所歧视，因为他是古代的文章语，是现代文章语的先人，虽然中间世系有点断缺了，这个系属与趋势总还是暗地里接续着，白话文学的流派决不是与古文对抗从别个源头发生出来的。我们看见有许多民间文学的存在，但这实是原始文学的遗留与复活，讲到系统乃是一切文学的长辈，并不是如大家所想的那样是为革贵族文学之命而崛起的群众。我们要表现自己的意思，所以必当弃模拟古文而用独创的白话，但同时也不能不承认这个事实，把古文请进国语文学里来，改正以前关于国语文学的谬误观念。

我们承认了古文在国语文学里的地位，这只是当然的待遇，并不一定有什么推重他的意思，古文作品中之缺少很有价值的东西已是一件不可动移的事实。其理由可以有种种不同的说法，但我相信这未必是由于古文是死的，是贵族的文学。我们翻开字典来看，上面的确有许多不但不懂他的意义连音都读不出的古字，这些确是死字废语了，但古文却并不是专用这种字凑成的，他们所用的字有十之八九是很普通，在白话中也是常用的字面，你说他死，他实在是还活着的，不过经作者特别这么地一安排，成功了一个异样的形式罢了。或者有人说所谓死的就是那形式——文体，但是同一形式的东西也不是没有好的，有些东西很为大家所爱，这样舍不得地爱，至于硬说他是古白话，收入（狭义的）国语文学史里去了，那么这种文体也似乎还有一口气。至于说贵族与平民，只在社会制度上才有好坏之可言，若思想精神上之贵族的与平民的，完全是别一回事，不能这样简单地一句话来断定他的优劣。我在这里又有一个愚见，觉得要说明古文之所以缺乏文学价值，应当从别一方面着眼，这便是古文的模拟的毛病。大家知道，文学的重要目的是在表现自己的思想感情，各人的思想感情各自不同，自不得不用独特的文体与方法曲折写出，使与其所蕴怀者近似，而古文则重在模拟，这便是文学的致命伤，尽够使作者的劳力归于空虚了。模拟本来并非绝对不行的事，在初学者第一步自然是只好模拟，但应当及时停止，去自辟途径才行，正如小儿学语，句句都是模仿大人的话，等到大略知道，便能自由运用，联合若干习得的文句，组成一句新鲜独立的话，表示自己的意思。倘若到了少年，还是一味仿效老太爷的口气，如八哥学舌一般，那就是十足的低能儿，大家都要笑他了。你或者要问，既然如此，做不模拟的古文岂不就好了么？这自然是对的。但我不知道有没有这样的古文，倘若你能创造出一种新古文体来，那么也大可以做，不过至少我自己实在没有这样自信，还只是做做我的白话文罢。

上文所说的古文的毛病如若是不错的，我还有一句话想警告做白话文的朋友们：请诸位谨防模拟。模拟这个微生物是不仅长在古文里面的，他也会传染到白话文上去。白话文的生命是在独创，并不在他是活的或平民的，一传染上模拟病也就没了他的命了。模仿杜子美或胡适之，模仿柳子厚或徐志摩，都是一样的毛病。近来新文学界发生了这种病没有，我不知道，只由于一片老婆心，姑预先警告一声罢咧。

我洗手学为善士，不谈文学，摘下招牌，已二年于兹矣。伏园嘱我为纪念增刊作文，预约已阅月余，终于想不出题材，不得已攘臂下车，写了这一篇，既可笑矣，而所说的话又都只是极平凡的常谈，更无谓了。伏园读之得无亦将立而笑我乎？十四年，基督生日。

日本近三十年小说之发达

我们平常对于日本文化，大抵先存一种意见，说他是"模仿"一来的。西洋也有人说，"日本文明是支那的女儿"。这话未始无因，却不尽确当。日本的文化，大约可说是"创造的模拟"。这名称似乎费解，英国人 Laurence Binyon 著的《亚细亚美术论》中有一节论日本美术的话，说得最好，可以抄来做个说明：

> 照一方面说，可以说日本凡事都从支那来；但照这样说，也就可说西洋各国，凡事都从犹太希腊罗马来。世界上民族，须得有极精微的创造力和感受性，才能有日本这样造就。他们的美术，就是竭力模仿支那作品的时候，也仍旧含有一种本来的情味。他们几百年来，从了支那的规律，却又能造出这许多有生气多独创的作品，就可以见他们具有特殊的本色同独一的柔性（Docility）。如有人说 Ingres 的画不过是模仿 Raphael 的，果然是浅薄的视察；现在倘说，日本的美术不过是模仿支那的，也就一样是浅薄的观察。（《大西洋月刊》——六之三）

在文学一方面，也是如此。所以从前虽受了中国的影响，但他们的纯文学，却仍有一种特别的精神。如列代的和歌，平安朝（七八○至一一八○）的物语，江户时代（六一○至一八七○）的平民文学——俳句川柳之类，都是极好的例。到了维新以后，西洋思想占了优势，文学也生了一个极大变化。明治四十五年中，差不多将欧洲文艺复兴以来的思想逐层通过，一直到了现在，就已赶上了现代世界的思潮，在"生活的河"中，一同游泳。从表面上看，也可说是"模仿"西洋，但这话也不尽然。照上来所说，正是创造的模拟。这并不是说，将西洋新思想和东洋的国粹合起来，算是好，凡是思想，愈有人类的世界的倾向，便愈好。日本新文学便是不求调和，只去模仿的好——又不只模仿思想形式，却将他的精神倾注在自己心里，混合了，随后又倾倒出来，模拟而独创的好。譬如有两个人，都看佛经，一个是饱受了人世的忧患的人，看了便受了感化，时常说些人生无常的话，虽然是从佛经上看来，一面却就是他自己实感的话；又一个是富贵的读书人，也看了一样的话，可只是背诵那经上的话。这便是两样模拟的分别，也就是有诚意与无诚意的分别。日本文学界，因为有自觉肯服善，能有诚意地去"模仿"，所以能生出许多独创的著作，造成二十世纪的新文学。

我们现在略说日本近三十年小说的发达，一面可以证明上文所说的事实，又看他逐渐发达的径路，同中国新小说界的情形来比较，也是一件颇有益有趣味的事。

一、日本最早的小说，是一种物语类，起于平安时代，去今约有一千年。其中紫式部做的《源氏物语》五十二帖早有名。镰仓（十三世纪）室町（十四五六世纪）两时代，是所谓武士文学的时代，这类小说变成军记，多讲战事。到了江户时代（十七世纪至十九世纪），平民文学渐渐兴盛，小说又大发达起来。今只将他们类举出来，分作下列八种。

（一）假名草子，是一种志怪之类。

（二）浮世草子，一种社会小说，井原西鹤最有名。

（三）实录物，历史演义。

（四）洒落本，又称蒟蒻本，多记游廓情事。

（五）读本，又称教训读本。

（六）滑稽本。

（七）人情本。

（八）草双纸，有赤本、黑本、青本、黄表纸诸称；又或合订，称合卷物。

这八种都是通俗小说，流行于中等以下的社会。其中虽间有佳作，当得起文学的名称的东西，大多数都是迎合下层社会心理而作，所以千篇一律，少有特色。著作者的位置也很低，仿佛同画工或是说书的一样，他们也自称戏作者，作书的目的，不过是供娱乐，或当教训。在当时儒教主义时代，原不当他作文学看待。到了明治初年，这种戏作者还是颇多，他们的意见也还是如此。所以明治五年（一八七二）政府对于教导职发下三条教则：第一，体敬神爱国之旨；第二，明天道人道之义；第三，奉戴皇上，遵守朝旨。教他们去行的时候，假名恒鲁文同条野采菊两个人代表了小说家，呈递答文中有几处说得很妙：

> 今以戏作为业者，仅余等二人，及此他二三子而已。此无他知识日开月进，故贱稗史之妄语，不复重也。……夫剧作者，本非以示识者，但以导化不识者也。倘犹依然株守，非特将陷于迂远，流于暧昧，其弊且将引人于过失。故决议尔后当一变从来之作风，谨本教则三条之趣旨，以从事著作。再余等虽属下劣贱业，唯与歌舞伎作者稍有差别，乞予鉴察为幸。

看这两节，当时小说界的情形可想见了。明治维新以后，到了十七八年，国民的思想都单注在政治同学术一方面，文学一面还未注意。翻译的外国小说，虽颇流行，多是英国 Lytton 同 Disraeli 的政治小说一类。有几个自己著作的，如柴东海散史的《佳人之奇遇》，矢野龙溪的《经国美谈》，末广铁肠的《雪中梅》《花闲莺》，也都是讲政治的。诗歌一面，有坪内、天野、高田三人译的《春江奇谈》（*Lady of the Lake*），坪内逍遥译的《自由太力余波切味》（*Julius Caesar*），但也都含有政治的气味。

二、如上所说，明治初年的小说，就只是这两类：

（一）旧小说，是教训、讽刺、洒落三类；

（二）新小说，是翻译的，或拟作的政治小说两类。

当时有几个先觉，觉得不大满足，就发生一种新文学的运动。坪内逍遥首先发起，他根据西洋的学理，做了一部《小说神髓》，指示小说的做法，又自己做了一部小说，名叫《一读三叹当世书生气质》，于明治十九年（一八八六）先后刊行。这两种书的出版，可算是日本新小说史上一件大事。因为以后小说的发达，差不多都从两部书而起的。

《小说神髓》分上下两卷，上卷说小说的原理，下卷教创作的法则。他先说明艺术的意义，随后断定小说在艺术中的位置。次述小说的变迁和种类，辨明 Novel 同 Romance 的区别，排斥从前的劝善惩恶说，提倡写实主义。他说：

> 小说之主脑，人情也，世态风俗次之。人情者，人间之情态，所谓百八烦恼是也。
>
> 穿人情之奥，著之于书，此小说家之务也。顾写人情而徒写其皮相，亦未得谓之真小说。……故小说家当如心理学者，以学理为基本，假作人物；而对于此假作之人物，亦当视之如世界之生人。若描写其感情，不当以一己之意匠，逞意造作，唯当以旁观态度，如实摹写，始为得之。

《当世书生气质》就是据这理论而作，描写当时学生生活。虽然文章还沾草双纸的气味，但已是破天荒的著作；表面又题文学士春之家胧，也就很增重小说的价值。所以长谷川二叶亭作《浮云》也借他这"春之家"的名号来发表，可以想见他当时的势力了。

二叶亭四迷精通俄国文学，翻译绍介很有功劳。一方面也自己创作，《浮云》这一篇，写内海文三失业失恋、烦闷无烦的情状，比《书生气质》更有进步。又创言文一致的体裁，也是一件大事业。但是他志在经世，不以文学家自任，所以著作不多。隔了二十年，才又做了《其面影》同《平凡》两篇也都是名作。他因为受了俄国文学的影响，所以他的著作是"人生的艺术派"一流，脱去戏作者的游戏态度，也是他的一大特色，很有影响于后世的。

三、同二叶亭的人生的艺术派相对，有砚友社的"艺术的艺术派"。尾崎红叶、山田美妙等几个人发起砚友社，本是一种名士的文会，后来发刊杂志《我乐多文库》（"我乐多"的意义是破旧器具或一切废物）发表著作，在小说界上很占势力。这一派也依据《小说神髓》奉写实主义，但是不重在真，只重在美，所以观察不甚彻透，文章却极优美。红叶的小说最有名的是《金色夜叉》，最好的是《多情多恨》。

幸田露伴的著作，同红叶一样有名，他们的意见却正相反：一个是主观的理想派，一个是客观的写实派。可是他们的思想都不彻底。露伴的思想，一种是努力，一种是悟道。做的小说便都表现这两种思想。何以不彻底呢？因为他不是从实人生观察得来，只是主观断定的，所以他小说的有名，大抵还是文章一面居多。

一样是主观的倾向，却又与露伴不同的，有北村透谷的文学界一派。露伴的主观是主意的，透谷是主情的。露伴于人生问题，不会切实地感着，透谷感得十分痛切，甚至因此自尽。原来人生的艺术派，由二叶亭从俄国文学绍介进来，不久就被砚友社这一派压倒，森鸥外从德国留学回去，翻译外国诗歌小说，又振兴起来。明治二十六年（一八九三），北村透谷等便发起文学界，岛崎藤村、田山花袋也都加入。他们的主张正同十八世纪末欧洲的传奇派（Romanticism）一样，就是破坏因袭，尊重个性；对于从来的信仰道德，都不信任，只是寻求自己的理想。最初的文学，不过当作娱乐，其次描写人生，也只是表面；到了这时，关系的问题，是自己的生活，不是别人的事了。文学与人生两件事，关联得愈加密切，这也是新文学发达的一步。

四、中日战后，国民对于社会的问题，渐渐觉得切紧。砚友社派的人就发起一种观念小说，仿佛同露伴的理想小说相类，表示著者对于这件事的观念，描写社会上矛盾冲突种种悲剧，却含有一个解决的方法，就是一种附有答案的问题小说。川上眉山的《表里》（Uraomote）、泉镜花的《夜行巡查》最有名。观念小说大抵是悲剧，再进一步，更求深刻，便变了悲惨小说。广津柳浪的《黑蜥蜴今户心中》（心中即情死此事中国甚少见）就是这派的代表著作。悲剧小说内容，可分四类：（一）残废疾病；（二）变态恋爱；（三）娼妓生活；（四）下层社会。砚友社的艺术派，终于渐渐同人生接近，是极可注意的事。

樋口一叶是砚友社派的女小说家，二十五岁时死了，前后四年，做了十几篇小说。前期的著作受着砚友社的影响，也用那一流的写实法，但是天分极高，所写的女主人多是自己化身，所以特别真挚。后期的著作，如《浊江》（Nigorie）、《争长》（Takekurabe）等，尤为完善，几乎自成一家。她虽是砚友社派的人，她的小说却是人生派的艺术。有人评她说，"一叶盖代日本女子，以女子身之悲哀诉诸世间"，很是确当。但她又能将这悲哀用客观态度从容描写，代为艺术，更是难及。高山樗牛极赞美她，说："观察有灵，文字有神；天才至高，超绝一世。"又说："其来何时迟，其去何早。"一叶在明治文学史上好像是一颗大彗星，忽然就去了。

五、观念小说以来，文学渐同社会接触，但终未十分切实，内田鲁庵发表《时代精神论》，攻击当时的小说家。他说：

> 今之小说家，身常与社会隔离，故未尝理解时代之精神。政治宗教学术之社会，与彼等若风马牛也。……我国今日政治宗教伦理上，新旧思想之乖离，非即预兆将来之大冲突，大破裂乎？日日读新闻，感兴百出，可慨者可恐者，所在多有，与读维新前后之历史，有同一之感。转而翻《文艺俱乐部》或《新小说》（案皆杂志名），则天下太平无事。二者相较，宛如隔世。

鲁庵便自己做了许多小说，就是社会小说的发端，其中《年终廿八日》最为有名。中村春雨、木下尚江也都做这一类的著作，但是人生问题不会明白，这社会问题也就难以解决，所以社会小说不能十分发展，就衰退了。

社会小说之外，有一种家庭小说，也在这时候兴起。小说的内容，不必定写家庭事情，不过是指家庭的读物，所以在文学上，位置不很高。这一类著作，大抵讲离合悲欢的事，打动人的感情，略含着道德的意义，与教训小说相差无几。菊池幽芳同德富芦花是这派名家。芦花的《不如归》（《杜鹃鸟》的别名）最为有名，重版到一百多次。虽也只是一种伤感的通俗文学，但态度很是真挚，所以特有可取。芦花后来忽然悟彻，到俄国访了Tolstoj回来，退往乡村，也学他躬耕去了。

六、上来所说砚友社写实派，兴了悲惨小说以来，渐同现实生活接近，只是柳浪以后专做新闻小说，这一面渐荒废了。小栗风叶接着兴起，其初模仿红叶，随后渐渐地转变，脱离了砚友社道德善恶的见解，只将实在人生模写出来，便已满足。这描写丑恶一件事，已经大有自然主义的风气。但是他虽有此意气，还未十分受着科学精神的影响，所以根基不大确实。到小杉天外做《流行歌》（一八九九）始是有意识地模仿Zola，用科学的态度将人当作一个生物来描写他。他又从性欲一面，观察恋爱，描写他生理的原因，都是一种进步。但《流行歌》序中又如是说：

> 自然但为自然而已，不善不恶，不美不丑。唯或一时代或一国家之或一人，取自然之一角，以意称之曰善曰恶，曰美曰丑

而已。

　　读者之感动与否，于诗人无预也。诗人唯如实描写其空想之物而已。如画家作肖像时，谓君鼻称高，以饱加面，可乎？

照上文第二节看来，他的自然主义也还缺根本的自觉。第二年永井荷风做《地狱之花》又进了一步。他序中说：

　　人类之一面，确犹不免为兽性。此其由于肉体上生理之诱惑欤？抑由于自动物进化之祖先之遗传欤？……余今所欲为者，即观察此由遗传与境遇而生之放纵强暴之事实，毫无忌讳，而细写之也。

荷风深通法国文学，他的主张就从 Zola《实验小说论》而来。天外描写黑暗，有点好奇心在内；荷风只认定人间确有兽性，要写人生，自不能不写这黑暗。这是二人不同的点，也就是二人优劣的点。

七、自然派小说的兴盛，在日俄战争以后，前后共有七年（一九〇六至一九一二）。其先有三个前驱，就是国木田独步、岛崎藤村同田山花袋。

国木田独步同一叶一样，也是一个天才。他先时而生，他的名作《独步集》在明治三十四年（一九〇一）时，早已出版。待到自然主义大盛，识得他的才能的时候，也就死了。藤村本是抒情派诗人，花袋出自文学界，都从主观转入客观。三十七年花袋做《露骨的描写》一文，岛村抱月、长谷川天溪诸批评家，也极力提倡。外国自然派文学，经二叶亭、鸥外、抱月、升曙梦、马场孤蝶、上田敏等翻译介绍，也兴盛起来，自然主义渐占势力。到了藤村的《破我》（三十九年），花袋的《蒲团》（四十年出版，蒲团就是棉被）出现，可算是极盛时代。

此后五六年间，作家辈出，最有名的是：

　　德田秋声　代表著作——《烂》
　　正宗白鸟　　《何往》
　　真山青果　　《南小泉村》
　　岩野泡鸣　　《耽溺》

51

近松秋江　　《故妇》

中村星湖　　《星湖集》

　　总而言之，日本自然派小说，直接从法国 Zola 与 Mauppassant 一派而来，所以这几重特色——一重客观不重主观，二尚真不尚美，三主不凡不主奇异，也都相同。但虽是模仿，仍然自有本色，所以可贵。只是唯物主义的决定论（Determinism），带有厌世的倾向，往往引人入于色望，所以有人感着不满，有一种反动起来。这也是文艺上的一派，别有他的主张。至于那骂自然派小说不道德，"要坏乱风俗"的顽固派，原是一种成见，并不从思想上来，当然不必论的。

　　八、这非自然主义的文学中，最有名的，是夏目漱石。他本是东京大学教授，后来辞职，进了朝日新闻社，专做评论小说。他所主张的是所谓"低回趣味"又称"有余裕的文学"。当初他同正冈子规、高滨虚子等改革俳句，发刊一种杂志，名字就叫鸟名的《子规》（*Hototogis'*）。他最初做的小说《我是猫》就载在这种杂志上面。是中学老师家里的一只猫，记他自己的经历见闻，很是诙谐，自有一种风趣。高滨虚子做了一部短篇集，名曰《鸡头》（即是鸡冠花），漱石作序，中间说：

　　　　余裕的小说，即如名字所示，非急迫的小说也，避非常一字之小说也，日用衣服之小说也。如借用近来流行之文句，即或人所谓触着不触着之中，不触着的小说也。……或人以为不触着者，即非小说；余今故明定不触着的小说之范围，以为不触着的小说，不特与触着的小说，同有存在之权利，且亦能收同等之成功……世界广矣。此广阔世界之中，起居之法，种种不同。随缘临机，乐此种种起居，即余裕也。或观察之，亦余裕也。或玩味之，亦余裕也。

　　自然派说，凡小说须触着人生；漱石说，不触着的，也是小说，也一样是文学。并且又何必那样急迫，我们也可以缓缓地、从从容容地赏玩人生。譬如走路，自然派是急忙奔走；我们就缓步逍遥，同公园散步一般，也未始不可。这就是余裕派的意思同由来。漱石在《猫》之后，做《虞美

52

人草》也是这一派的余裕文学。晚年做《门》和《行人》等，已多客观的倾向，描写心理，最是深透。但是他的文章，多用说明叙述，不用印象描写；至于构造文辞，均极完美，也与自然派不同，独成一家，不愧为明治时代一个散文大家。

森鸥外本是医学博士，兼文学博士，充军医总监，现任博物馆长，翻译以外，多有创作。他近来的主张，是遣兴文学。短篇小说《游戏》（*Aso-bi*）的里面说：

> 这个汉子就是著作的时候，也同小孩子游戏时一样的心情。这并不是说，他就一点没有苦处。无论什么游戏，都须得超过障碍。他也晓得艺术不是玩耍，也自觉得倘将自己用的家伙，交与真的巨匠大家，也可造成震动世界的作品。但是虽然自觉，却总存着游戏的心情。……总之在本村无论做什么事，都是一种游戏。

这几句话，很可见他的态度，他是理智的人，所以对于凡事，都是这一副消极的态度，没有兴奋的时候，颇有现代虚无思想倾向。所以他的著作，也多不触着人生。遣兴主义，名称虽然不同，到底也是低回趣味一流，称作余裕派，也没什么不可。

九、自然主义是一种科学的文学，专用客观，描写人生，主张无技巧无解决。人世无论如何恶浊，只是事实如此，奈何他不得，单把这实情写出来，就满足了。但这冷酷的态度，终不能令人满足，所以一方面又起反动，普通称作新主观主义。其中约可分作两种：

一是享乐主义。片上天弦论明治四十四年文坛情状，有这一节，说得明白：

> 一二年来，对于自然派静观实写之态度，表示不满，见于著作者，所在多有。自然派欲保存人生之经验，此派之人，则欲注油于生命之火，尝尽本生之味。彼不以记录生活之历史为足，而欲自造生活之历史。其所欲者，不在生之观照，而在生之享乐；不仅在艺术之制作，而欲以己之生活，造成艺术品也。

此派中永井荷风最有名。他本是纯粹的自然派，后来对于现代文明深感不满，便变了一种消极的享乐主义。所做长篇小说《冷笑》是他的代表著作。谷崎润一郎是东京大学出身，也同荷风一派，更带点颓废派气息。《刺青》《恶魔》等，都是名篇，可以看出他的特色。

一是理想主义。自然派文学，描写人生，并无解决，所以时常引入到绝望里去。现在却肯定人生，定下理想，要靠自由意志，去改造生活，这就暂称作理想主义。法国 Borgson 创造的进化说，Rolland 的至勇主义，俄国 Tolstoj 的人道主义，同英美诗人 Blake 与 Whitman 的思想，这时也都极盛行。明治四十二年，武者小路实笃等一群青年文士，发刊杂志《白桦》，提倡这派新文学。到大正三四年（一九一二至一九一三）时，势力渐盛，如今白桦派几乎成了文坛的中心。武者小路以外，有长与善郎、里见弴、志贺直哉等，也都有名。

早稻田大学，自从出了岛村抱月、相马御风、片上天弦等以后，文学上很有势力。随后新进文士也出了不少。中村星湖离了客观的自然主义，提倡问题小说，兴起主张本位的艺术。相马泰三著作，带着唯美的倾向。谷崎精二是润一郎的兄弟，却是人道主义的作家，有短篇集《生与死之爱》可以见他的思想一斑。

十、以上所说，是日本近三十年来小说变迁的大概。因为时间局促，说得甚是粗浅。好在文科加了日本文，希望将来可以直接研究，这篇不过当一个 Index 罢了。

讲到中国近来新小说的发达，与日本比较，可以看出几处异同，很有研究的价值。中国以前做小说，本也是一种"下劣贱业"，向来没人看重。到了庚子——十九世纪的末一年——以后，《清议》《新民》各报出来，梁任公才讲起《小说与群治之关系》，随后刊行《新小说》，这可算是一大改革运动，恰与明治初年的情形相似。即如《佳人之奇遇》《经国美谈》诸书，俱在那时译出，登在《清议报》上。《新小说》中梁任公自做的《新中国未来记》，也是政治小说。

又一方面，从旧小说出来的讽刺小说也发达起来。从《官场现形记》起，经过了《怪现状》《老残游记》，到现在的《广陵潮》《留东外史》，著作不可谓不多，可只全是一套版。形式结构上，多是冗长散漫，思想上又没有一定的人生观，只是"随意言之"。问他著书本意，不是教训，便是讽刺嘲骂诬蔑。讲到底，还只是"戏作者"的态度，好比日本假名坦鲁文的一流。所以我还把他放在旧小说项下，因为他总是旧思想、旧形式。即如他还用说书的章回体，对偶的题目，这就是一种极大的束缚。章回要限定篇幅，题目须对课一样地配合，抒写就不能自然满足。即使写得极好，如《红楼梦》，也只可承认他是旧小说的佳作，不是我们现在所需要的新文学。他在中国小说发达史上，原占着重要的位置，但是他不能用历史的力来压服我们。新小说与旧小说的区别，思想果然重要，形式也甚重要。旧小说的不自由的形式，一定装不下新思想，正同旧诗旧词旧曲的形式，装不下诗的新思想一样。

现代的中国小说，还是多用旧形式者，就是作者对于文学和人生还是旧思想，同旧形式不相抵触的缘故。作者对于小说，不是当他作闲书，便当作教训讽刺的器具，报私怨的家伙。至于对着人生这个问题，大抵毫无意见，或未曾想到。所以做来做去，仍在这旧圈子里转，好的学了点《儒林外史》，坏的就像了《野叟曝言》，此外还有《玉梨魂》派的鸳鸯蝴蝶体，《聊斋》派的某生者体，那可更古旧得厉害，好像跳出在现代的空气以外，且可不必论也。

中国讲新小说也二十多年了，算起来却毫无成绩，这是什么理由呢？据我说来，就只在中国人不肯模仿，不会模仿。因为这个缘故，所以旧派小说还出几种，新文学的小说就一本也没有。创作一面，姑且不论也罢；即如翻译，也是如此。除却一二种摘译的小仲马《茶花女遗事》，托尔斯泰《心狱》外，别无世界名著。其次司各得、迭更司还多，接下去便是高能达利、哈葛得、白髭拜、无名氏诸作了。这宗著作，果然没有什么可模仿，也决没人去模仿他，因为译者本来也不是佩服他的长处所以译他。所以译这本书者，便因为他有我的长处，因为他像我的缘故。所以司各得小说之可译可读者，就因为他像《史》《汉》的缘故，正与将赫胥黎《天演论》比周秦诸子，同一道理。大家都存着这样一个心思，所以凡事都改革不完成，不肯自己去学人，只愿别人来像我。即使勉强去学，也仍是扛定老主意，以"中学为体，西学为用"。学了一点，便古今中外，扯作一团，来做他传奇主义的《聊斋》，自然主义的《子不语》，这是不肯模仿不会模仿的必然的结果了。

我们要想救这弊病，须得摆脱历史的因袭思想，真心地先去模仿别人。随后自能从模仿中，蜕化出独创的文学来，日本就是个榜样。照上文所说，中国现时小说情形，仿佛明治十七八年时的样子，所以目下切要办法，也便是提倡翻译及研究外国著作。但其先又须说明小说的意义，方才免得误会，被一班人拉去归入子部杂家，或并入《精忠岳传》一类闲书。——总而言之，中国要新小说发达，须得从头做起，目下所缺第一切要的书，就是一部讲小说是什么东西的《小说神髓》。

希腊神话

　　哈理孙女士（Jane Ellen Hartison）生于一八五〇年，现在该有八十四岁了，看她过了七十还开始学波斯文，还从俄文翻译两种书，那么可见向来是很康健的罢。我最初读到哈理孙的书是在民国二年，英国的家庭大学丛书中出了一本《古代艺术与仪式》（*Ancient Art and Ritual* 一九一三），觉得他借了希腊戏曲说明艺术从仪式转变过来的情形非常有意思，虽然末尾大讲些文学理论，仿佛有点儿鹘突，《希腊的原始文化》的著者罗士（R. T. Rose）对于她著作表示不满也是为此。但是这也正因为大胆的缘故，能够在沉闷的希腊神话及宗教学界上放进若干新鲜的空气，引起一般读者的兴趣，这是我们非专门家所不得不感谢她的地方了。

　　哈理孙是希腊宗教的专门学者，重要著作我所有的有这几部：《希腊宗教研究绪论》（*Prolegomena to the Study of Greek Religion* 一九二二 三版），《德米思》（*Themis* 一九二七 二版），《希腊宗教研究结论》（*Epilegomena* 一九二一）。其 *Alpha and Omega*（或可译作"一与亥"乎？）一种未得。此外又有三册小书，大抵即根据上述诸书所编，更简要可诵。一为"我们对于希腊罗马的负债"丛书（*Our Debt to Greeceand Rome*）的第二十六编《神话》（*Mythology* 一九二四），虽只是百五十页的小册，却说得很得要领，因为他不讲故事，只解说诸神的起源及其变迁，是神话学而非神话集的性质，于了解神话上极有用处。二为"古今宗教"丛书中的《古代希腊的宗教》（*Religion of Ancient Greece* 一九〇五），寥寥五六十页，分神话仪式秘法三节，很简练地说明希腊宗教的性质及其成分。三为《希腊罗马的神话》（*Myths of Greece and Rome* 一九二七），是"彭恩六便士"丛书之一，差不多是以上二书的集合，分十二小节，对于阿林坡思诸神加以解释，虽别无新意，但小册廉价易得，于读者亦不无便利。好的希腊神话集在英文中固然仓促不容易找，好的希腊神话学更为难求，哈理孙的这些小书或者可以算是有用的入门书罢。

《希腊罗马的神话》引言上说：

希腊神话的研究长久受着两重严重的障害。其一，直至现世纪的起头，希腊神话大抵是依据罗马或亚力山大的中介而研究的。一直到很近的时代，大家总用了拉丁名字去叫那希腊诸神，如宙斯（Zeus）是约夫（Jove），海拉（Hera）是由诺（Juno），坡塞同（Poseidon）是涅普条因（Neptune）之类。我们不想来打死老虎，这样的事现在已经不实行了。现在我们知道，约夫并不就是宙斯，虽然很是类似，密涅伐（Minerva）也并不就是雅典娜（Athena）。但是一个错误——因为更微妙所以也更危险的错误依然存留着。我们弃掉了拉丁名字，却仍旧把拉丁或亚力山大的性质去加在希腊诸神的上边，把他们做成后代造作华饰的文艺里的玩具似的神道。希腊的爱神不再叫作邱匹德（Cupid）了，但我们心里都没有能够去掉那带弓箭的淘气的胖小儿的印象，这种观念怕真会使得德斯比亚本地崇拜爱神的上古人听了出惊罢，因为在那里最古的爱洛斯（Eros，爱神）的像据说原来是一块未曾雕琢的粗石头呀。

第二个障害是，直到近时希腊神话的研究总是被看作全然附属于希腊文学研究之下。要明白理解希腊作家——如诗人戏曲家以至哲学家的作品，若干的神话知识向来觉得是必要的。学者无论怎么严密地应用了文法规则之后有时还不能不去查一下神话的典故。所以我们所有的并不是神话史，不是研究神话如何发生的书，却只是参考检查用的神话辞典。总而言之，神话不被当作一件他的本身值得研究的东西，不是人类精神历史的一部分，但只是附随的，是文学的侍女罢了。使什么东西居于这样附随的地位，这就阻止他不能发达，再也没有更有效的方法了。

还有一层，研究希腊神话而不注意仪式一方面，也是向来的缺点。《神话》引言中说："各种宗教都有两种分子，仪式与神话。第一是关于他

58

的宗教上一个人之所作为，即他的仪式。其次是一个人之所思索及想象，即他的神话，或者如我们愿意这样叫，即他的神学。但是他的作为与思索却同样地因了他的感觉及欲求而形成的。"神话与仪式二者的意义往往互相发明，特别像希腊宗教里神话的转变很快，后来要推想他从前的意思和形式，非从更为保守的仪式中间去寻求难以得到线索，哈理孙的工作在这里颇有成就。她先从仪式去找出神话的原意，再回过来说明后来神话变迁之迹，很能使我们了解希腊神话的特色，这是很有益的一点。关于希腊神话的特别发达而且佳妙的原因，在《古代希腊的宗教》中很简明地说过：

> 希腊的宗教的材料，在神学（案即神话）与仪式两部分，在发展的较古各时期上，大抵与别的民族的相同。我们在那里可以找到鬼魂精灵与自然神，祖先崇拜，家族宗教，部落宗教，神之人形化，神国之组织，个人宗教，魔术，祓除，祈祷，祭献，人类宗教的一切原质及其变化。希腊宗教的特色并不是材料，只在他的运用上。在希腊人中间，宗教的想象与宗教的动作，虽然在他们行为上并非全无影响，却常发动成为人类活动的两种很不相同的形式，——此二者平常看作与宗教相远的，其实乃不然。这两种形式是艺术，文字的或造型的，与哲学。凭了艺术与哲学的作用，野蛮分子均被消除，因为愚昧丑恶与恐怖均因此净化了，宗教不但无力为恶，而且还有积极的为善的能力了。

《神话》第三章论山母中关于戈耳共（Gorgon）的一节很能具体地证明上边所说的话，其末段云：

> 戈耳共用了眼光杀人，他看杀人，这实在是一种具体的恶眼（Evil Eye）。那分离的头便自然地帮助了神话的作者。分离的头，那仪式的面具，是一件事实。那么，那没有身子的可怕的头是哪里来的呢？这一定是从什么怪物的身上切下来的，于是又必须有一个杀怪物的人，贝尔修斯（Perseas）便正好补这个缺。所可注意的是希腊不能在他们的神话中容忍戈耳共的那丑恶。他们把他变成了一个可爱的含愁的女人的面貌。照样，他们也不能容忍那

地母的戈耳共形象。这是希腊的美术家与诗人的职务，来洗除宗教中的恐怖分子。这是我们对于希腊的神话作者的最大的负债。

哈理孙写有一篇自传，当初登在《国民》杂志（*The Nation*）上，后又单行，名曰"学子生活之回忆"（*Reminiscences of a Student's Life* 一九二五）。末章讲到读书，说一生有三部书很受影响，一是亚列士多德的《伦理学》，二是柏格孙的《创造的进化》，三是弗洛伊特的《图腾与太步》（*Totem and Taboo*）。而《金枝》（*The Golden Bough*）前后的人类学考古学的书当然也很有关系，因为古典学者因此知道比较人类学在了解希腊拉丁的文化很有帮助了。"泰勒（Tylor）写过了也说过了，斯密斯（Robertson Smith）为异端而流放在外，已经看过东方的星星了，可是无用，我们古典学者的聋蛇还是塞住了我们的耳朵，闭上了我们的眼睛。但是一听到《金枝》这句咒语的声音，眼上的鳞片便即落下了，我们听见，我们懂得了。随后伊文思（Arthur Evans）出发到他的新岛去，从他自己的迷宫里打电报来报告牛王（Minotauros）的消息，于是我们不得不承认这是一件重要的事件，这与荷马问题有关了。"

《回忆》中讲到所遇人物的地方有些也很有意思，第二章坎不列治与伦敦起首云：

在坎不列治，许多男女名流渐渐与我的生活接触起来了。女子的学院在那时是新鲜事情，有名的参观人常被领导来看我们，好像是名胜之一似的。屠格涅夫（Turgenev）来了，我被派去领他参观。这是千载一时的机会。我敢请他说一两句俄文听听么？他的样子正像一只和善的老的雪白狮子。啊呀，他说的好流利的英文，这是一个重大的失望。后来拉斯金（Ruskin）来了。我请他看我们的小图书馆。他看了神气似乎不很赞成。他严重地说道，青年女子所读的书都该用白牛皮纸装订才是。我听了惊然，想到这些红的摩洛哥和西班牙皮装都是我所选定的。几个星期之后那个老骗子送他的全集来给我们，却全是用深蓝色的小牛皮装的！

末了记述一件很有趣的事：

我后来在纽能学院所遇见的最末的一位名人即是日本的皇太子。假如你必须对了一个够做你的孙子的那样年轻人行敬礼，那么这至少可以使你得点安慰，你如知道他自己相信是神。正是这个使我觉得很有趣。我看那皇太子非常地有意思。他是很安详，有一种平静安定之气，真是有点近于神圣。日本文是还保存着硬伊字音的少见的言语之一种。所有印度欧罗巴语里都已失掉这个音，除俄罗斯文外，虽然有一个俄国人告诉我，他曾听见一个伦敦卖报的叫比卡迭利（Piccadilly）的第三音正是如此。那皇太子的御名承他说给我听有两三次，但是，可惜，我终于把他忘记了。

所谓日本的硬伊字音不知道是怎么一回事，假如这是俄文里好像是 bl 或亚拉伯数字六十一那样的字，则日本也似乎没有了，因为我们知道日本学俄文的朋友读到这音也十分苦斗哩，——或者这所说乃是朝鲜语之传讹乎。

结论的末了说：

在一个人的回忆的末后似乎该当说几句话，表示对于死之来临是怎样感想。关于死的问题，在我年轻的时候觉得个人的不死是万分当然的。单一想到死就使得我暴躁发急。我是那样执着于生存，我觉得敢去抗拒任何人或物，神或魔鬼，或是运命她自己，来消灭我。现在这一切都改变了。假如我想到死，这只看作生之否定，一个结局，一条未了的必要的弦罢了。我所怕的是病，即坏的错乱的生，不是怕的死。可是病呢，至现在为止，我总逃过了。我于个人的不死已没有什么期望，就是未来的生存也没有什么希求。我的意识很卑微地与我的身体同时开始，我也希望他很安静地与我的身体一同完了。

会当长夜眠，无复觉醒时。

那么这里是别一个思想。我们现在知道在我们身内带着生命

61

的种子，不是一个而是两个生命，一是种族的生命，一是个人的生命。种族的生命维持种族的不死，个人的生命却要受死之诱惑，这种情形也是从头就如此的。单细胞动物确实是不死的，个人的复杂性却招到了死亡。那些未结婚的与无儿的都和种族的不死割断了关系，献身于个人的生活，——这是一条侧线，一条死胡同，却也确是一个高尚的目的。因了什么奇迹我免避了结婚，我也不知道，因为我一生都是在爱恋中的。但是，总而言之，我觉得喜欢。我并不怀疑我是损失了许多，但我很相信得到的更多。结婚至少在女人方面要妨害两件事，这正使我觉得人生有光荣的，即交际与学问。我对于男子所要求的是朋友，并不是丈夫。家庭生活不曾引动过我。这在我看去顶好也总不免有点狭隘与自私，顶坏是一个私地狱。妻与母的职务不是一件容易事，我的头里又满想着别的事情，那么一定非大失败不可。在别方面，我却有公共生活的天赋才能。我觉得这种生活是健全，文明，而且经济的正当。我喜欢宽阔地却也稍朴素地住在大屋子里，有宽大的地面与安静的图书馆。我喜欢在清早醒来觉得有一个大而静的花园围绕着。这些东西在私人的家庭里现已或者即将不可能了，在公共生活里却是正当而且是很好的。假如我从前很富有，我想设立妇女的一个学问团体，该有献身学术的誓言和美好的规律与习惯，但在现在情形之下，我在一个学院里过上多年的生活也就觉得满足了。我想文化前进的时候家庭生活如不至于废灭，至少也将大大地改变收缩了罢。

　　老年是——请你相信我——一件好而愉快的事情。这是真的，你被轻轻地挤下了戏台，但那时你却可以在前排得到一个很好的座位去做看客，而且假如你已经好好地演过了你的戏，那么你也就很愿意坐下来看看了。一切生活都变成没有以前那么紧张，却更柔软更温暖了。你可以得到种种舒服的，身体上的小小自由，你可以打着瞌睡听干燥的讲演，倦了可以早点去睡觉。少年人对你都表示一种尊敬，这你知道实在是不敢当的。各人都愿意来帮助你，似乎全世界都伸出一只好意的保护的手来。你老了的时候生活并没有停住，他只发生一种很妙的变化罢了。你仍旧爱着，不过你的爱不是那烧得鲜红的火炉似的，却是一个秋天太阳的柔美的光辉。你还不妨仍旧恋爱下去，还为了那些愚蠢的原因，如声音的一种调子，凝视的眼睛的一种光亮，不过你恋得那么温和就是了。在老年时代你简直可以对男子表示你喜欢和他在一起而不致使他想要娶你，或是使他猜想你是想要嫁他。

这末了几节文章我平常读了很喜欢，现在趁便就多抄了些，只是译文很不惬意，但也是无法，请读者看其大意可也。

地方与文艺

中国人平常都抱地方主义，这是自明的事实。最近如浙江一师毒饭事件发生后，报上也载有死者的同乡会特别要求什么立碑建祠，正是一个好例。在现今这样的时势之下，再来提倡地方主义的文艺，未免心眼太狭了，决不是我的本意。我所要说的，只是很平凡的话，略说地方和文艺的关系罢了。

风土与住民有密切的关系，大家都是知道的，所以各国文学各有特色，就是一国之中也可以因了地域显出一种不同的风格，譬如法国的南方普洛凡斯的文人作品，与北法兰西便有不同，在中国这样广大的国土当然更是如此。这本是不足为奇，而且也是很好的事。我们常说好的文学应是普遍的，但这普遍的只是一个最大的范围，正如算学上的最大公倍数，在这范围之内，尽能容极多的变化，决不是像那不可分的单独数似的不能通融的。这几年来中国新兴文艺渐见发达，各种创作也都有相当的成绩，但我们觉得还有一点不足。为什么呢？这便因为太抽象化了，执着普遍的一个要求，努力去写出预定的概念，却没有真实地强烈地表现出自己的个性，其结果当然是一个单调。我们的希望即在于摆脱这些自加的锁枢，自由地发表那从土里滋长出来的个性。

现在只就浙江来说罢，浙江的风土，与毗连省份不见得有什么大差，在学问艺术的成绩上也是仿佛，但是仔细看来却自有一种特性。近来三百年的文艺界里可以看出有两种潮流，虽然别处也有，总是以浙江为最明显，我们姑且称作飘逸与深刻。第一种如名士清谈，庄谐杂出，或清丽，或幽玄，或奔放，不必定含妙理而自觉可喜。第二种如老吏断狱，下笔辛辣，其特色不在词华，在其着眼的洞彻与措语的犀利。在明末时这种情形很是显露，虽然据古文家看来，这时候文风正是不振，但在我们觉得，这

64

在文学进化上却是很重要的一个时期，因为那些文人多无意地向着现代语这方向进行，只是不幸被清代的古学潮流压倒了。浙江的文人略早一点如徐文长，随后有王季重、张宗子，都是做那飘逸一派的诗文的人物；王张的短文承了语录的流，由学术转到文艺里去，要是不被间断，可以造成近体散文的开始了。毛西河的批评正是深刻一派的代表。清朝的西泠五布衣显然是飘逸的一派，袁子才的声名则更是全国的了，同他正相反的有章实斋，我们读《妇学》很能明白他们两方面的特点。近代的李莼客与赵益甫的抗争也正是同一的关系。俞曲园与章太炎虽然是师弟，不是对立的时人，但也足以代表这两个不同的倾向。我们不做文学史的严密的研究，只是随便举出一点事实以为一例。大抵不是什么派的道学家或古文家，较少因袭的束缚，便能多少保全他的个性，他的著作里自然地呈现出这些特色。道学家与古文家的规律，能够造出一种普遍的思想与文章，但是在普遍之内更没有别的变化，所以便没有艺术的价值了。这一件事实在足以给我们一个教训，因为现在的思想文艺界上也正有一种普遍的约束，一定的新的人生观与文体，要是因袭下去，便将成为新道学与新古文的流派，于是思想和文艺的停滞就将起头了。我们所希望的，便是摆脱了一切的束缚，任情地歌唱，无论人家文章怎样地庄严，思想怎样地乐观，怎样地讲爱国报恩，但是我要做风流轻妙或讽刺谴责的文字，也是我的自由，而且无论说的是隐逸或是反抗，只要是遗传环境所融合而成的我的真的心搏，只要不是成见地执着主张派别等意见而有意造成的，也便都有发表的权利与价值。这样的作品，自然地具有他应具的特性，便是国民性、地方性与个性，也即是他的生命。

我们不能主张浙江的文艺应该怎样，但可以说他总应有一种独具的性质。我们说到地方，并不以籍贯为原则，只是说风土的影响，推重那培养个性的土之力。尼采在《察拉图斯忒拉》中说："我恳愿你们，我的兄弟们，忠于地。"我所说的也就是这"忠于地"的意思，因为无论如何说法，人总是"地之子"，不能离地而生活，所以忠于地可以说是人生的正当的道路。现在的人太喜欢凌空的生活，生活在美丽而空虚的理论里，正如以前在道学古文里一般，这是极可惜的，须得跳到地面上来，把土气息泥滋味透过了他的脉搏，表现在文字上，这才是真实的思想与文艺。这不限于描写地方生活的"乡土艺术"，一切的文艺都是如此，或者有人疑惑，我所说的近于传统主义，便是中国人最喜欢说的国粹主义。我答他说，决不。我相信，所谓国粹可以分作两部分，活的一部分混在我们的血脉里，这是趣味的遗传，自己无力定他的去留的，当然发表在我们一切的言行上，不必等人去保存他；死的一部分便是过去的道德习俗，不适宜于现在，没有保存之必要，也再不能保存得住。所以主张国粹只是说空话废话，没有一顾的价值。近来浙江也颇尽力于新文学，但是不免有点人云亦云的样子。我希望以后能够精进，跳出国粹乡风这些成见以外，却真实地发挥出他的特性来，造成新国民文学的一部分。

儿童的书

　　美国斯喀德（Scudder）在《学校里的儿童文学》一篇文里曾说："大多数的儿童经过了小学时期，完全不曾和文学接触。他们学会念书，但没有东西读。他们不曾知道应该读什么书。"凡被强迫念那书贾所编的教科书的儿童，大都免不掉这个不幸，但外国究竟要比中国较好，因为他们还有给儿童的书，中国则一点没有，即使儿童要读也找不到。

　　据我自己的经验讲来，我幼时念的是"圣贤之书"，却也完全不曾和文学接触，正和念过一套书店的教科书的人一样。后来因为别的机缘，发现在那些念过的东西以外还有可看的书，实在是偶然的幸运。因为念那圣贤之书，到十四岁时才看得懂"白话浅文"，虽然也看《纲鉴易知录》当日课的一部分，但最喜欢的却是《镜花缘》。此外也当然爱看绣像书，只是绣得太是呆板了，所以由《三国志演义》的绘图转到《尔雅图》和《诗中画》一类那里去了。中国向来以为儿童只应该念那经书的，以外并不给预备一点东西，让他们自己去挣扎，止那精神上的饥饿；机会好一点的，偶然从文字堆中——正如在秽土堆中捡煤核的一样——掘出一点什么来，聊以充腹，实在是很可怜的。这儿童所需要的是什么呢？我从经验上代答一句，便是故事与画本。

　　二十余年后的今日，教育文艺比那时发达得多了，但这个要求曾否满足，有多少适宜的儿童的书了么？我们先看画本罢。美术界的一方面因为情形不熟，姑且不说绘画的成绩如何，只就儿童用的画本的范围而言，我可以说不会见到一本略好的书。不必说克路轩克（Cruikshank）或比利平（Bilibin）等人的作品，就是如竹久梦二的那些插画也难得遇见。中国现在的画，失了古人的神韵，又并没有新的技工。我见许多杂志及教科书上的图都不合情理，如阶石倾斜，或者母亲送四个小孩去上学，却是一样的大小。这样日常生活的景物还画不好，更不必说纯凭想象的童话绘了，——然这童话绘却正是儿童画本的中心。我至今还很喜欢看鲁滨孙等人的奇妙的插画，觉得比历史绘更为有趣。但在中国却一册也找不到。幸而中国没有买画本给小儿做生日或过节的风气，否则真是使人十分为难了。儿童所喜欢的大抵是线画，中国那种的写意画法不很适宜，所以即使往古美术里去找也得不到什么东西，偶然有些织女钟馗等画略有趣味，也稍缺少变化。如焦秉贞的《耕织图》却颇适用，把他翻印出来，可以供少年男女的翻阅。

儿童的歌谣故事书，在量上是很多了，但在质上未免还是疑问。我以前曾说过："大抵在儿童文学上有两种方向不同的错误：一是太教育的，即偏于教训；一是太艺术的，即偏于玄美。教育家的主张多属于前者，诗人多属于后者。其实两者都不对，因为他们不承认儿童的世界。"中国现在的倾向自然多属于前派，因为诗人还不曾着手干这件事业。向来中国教育重在所谓经济，后来又中了实用主义的毒，对儿童讲一句话，睐一睐眼，都非含有意义不可，到了现在这种势力依然存在，有许多人还把儿童故事当作法句譬喻看待。我们看那《伊索寓言》后面的格言，已经觉得多事，更何必去模仿他。其实艺术里未尝不可寓意，不过须得如做果汁冰酪一样，要把果子味混透在酪里，决不可只把一块果子皮放在上面就算了事。但是这种作品在儿童文学里，据我想来本来还不能算是最上乘，因为我觉得最有趣的是有那无意思之意思的作品。安徒生的《丑小鸭》，大家承认他是一篇佳作，但《小伊达的花》似乎更佳；这并不因为他讲花的跳舞会，灌输泛神的思想，实在只因他那非教训的无意思，空灵的幻想与快活的嬉笑，比那些老成的文字更与儿童的世界接近了。我说无意思之意思，因为这无意思原自有他的作用。儿童空想正旺盛的时候，能够得到他们的要求，让他们愉快地活动，这便是最大的实益。至于其余观察记忆，言语练习等好处即使不说也罢。总之儿童的文学只是儿童本位的，此外更没有什么标准。中国还未曾发现了儿童，——其实连个人与女子也还未发现，所以真的为儿童的文学也自然没有，虽市场上摊着不少的卖给儿童的书本。

艺术是人人的需要，没有什么阶级性别等等差异。我们不能指定这是工人的，那是女子所专有的文艺，更不应说这是为某种人而做的；但我相信有一个例外，便是"为儿童的"。儿童同成人一样地需要文艺，而自己不能造作，不得不要求成人的供给。古代流传下来的神话传说，现代野蛮民族里以及乡民及小儿社会里通行的歌谣故事，都是很好的材料，但是这些材料还不能就成为"儿童的书"，须得加以编订才能适用。这是现在很切要的事业，也是值得努力的工作。凡是对儿童有爱与理解的人都可以着手去做，但在特别富于这种性质而且少有个人的野心之女子们，我觉得最为适宜。本于温柔的母性，加上学理的知识与艺术的修养，便能比男子更为胜任。我固然尊重人家的创作，但如见到一本为儿童的美的画本或故事书，我觉得不但尊重而且喜欢，至少也把他看得同创作一样的可贵。

北京的风俗诗

　　竹枝词在文学史上自有其源流变迁，兹不具详。这本来是诗，照例应属于集部，宋朝人的郴江嘉禾各种百咏在四库总目里都收入别集内，而提要中又称其于地志考据不为无助，可见以内容论这也可以属于史部，而且或者更为适切亦未可知。但是这一类诗的性质也不完全统一，大抵可以分作三样来说。一是所咏差不多全属历史地理的性质的，较早的一部分如宋元的各种百咏，虽说是歌咏其土风之胜，实际上只是山川古迹，往往与平常怀古之诗相似，如李太白诗云"宫女如花满春殿，只今唯有鹧鸪飞"，作为越中百咏之一也是绝好的作品。二是如《四库提要》所云，踵前例而稍变其面目者，朱竹垞的《鸳鸯湖棹歌》一百首是最好的例，所谓诗情温丽固是特色，因此极为世人所重。经谭舟石、陆和仲、张文鱼诸人赓续和作，共约四百首，蔚为大观，所咏范围亦益扩大，使读者兴趣随以增加。如《棹歌》之十八云"白花满把蒸成露，紫葚盈筐不取钱"，又五十二云"不待上元灯火夜，徐王庙下鼓咚咚"。这里加入岁时风物的分子，都是从来所少的，这不但是好诗料，也使竹枝词扩充了领域，更是很好的事。寒斋所有又是看了觉得喜欢的。乾嘉以来有钱沃臣《蓬岛樵歌》，正续各百首，所咏事物甚众而注亦详备，蔡云《吴歈百绝》，厉秀芳《真州竹枝词》四百首，前有引万二千余言，皆专咏年中行事者。《武林新年杂咏》系吴谷人等六人合著，又用五言律诗，体例少异，却亦是此类的佳作。三是以风俗人情为主者，此种竹枝词我平常最喜欢，可是很不可多得，好的更少。这是风俗诗，平铺直叙不能诗好，拉扯故典陪衬，尤其显得陈腐，余下来的办法便只有加点滑稽味，即漫画法是也。所以这一类竹枝词说大抵是讽刺诗并无不可，不过这里要不得那酷儒莠书的一路，须得有诙谐的风趣贯串其中，这才辛辣而仍有点蜜味。可惜中国历来滑稽的文学与思想不

70

很发达，谐诗的成绩与漫画一样的不佳，实在是无可如何的。我想道家思想本来是还博大的，他有发生这种艺术的可能，但是后来派生出来的儒法两家却很讲正经，所以结果如此也未可知。汉武帝时柏梁台联句，东方朔和郭舍人都那么开玩笑，可见其时还有这样风气，看东方朔的诫子诗，可以知道他原是道家的人。《史记·滑稽列传》中云："太史公曰：天道恢恢，岂不大哉，谈言微中，亦可以解纷。"这两句话说得很好，与鄙见大抵相同。滑稽——或如近时所谓幽默的话，固然会有解纷之功用，就是在谈言微中上也自有价值，可以存在，此正是天道恢恢所以为大也。太史公所记，淳于髡与二优人皆周秦时人，褚先生所补六章中除王先生与西门豹并非滑稽外，郭舍人东方朔即联句者，与东郭先生皆汉武时人物，此后惜无复有记录。佛教新兴，以至禅宗成立，思想界得一解放的机缘，又以译经的便利，文章上发生一种偈体，这与语录的散文相对，都很有新的意义。在韵文方面，韵这一关终于难以打破，受了偈的影响而创造出来的还只是王梵志和寒山子的五言诗，以至牛山的志明和尚的七言绝句。正如语录文被宋朝的道学家拿了去应用一样，这种诗体也被他们拿了过去，大做其他们的说理诗，最明显的是《击壤集》著者鼎鼎大名的邵尧夫，其实就是程朱也还是脱不了这一路的影响。本来文字或思想的通用别无妨碍，不过我们这里是说滑稽的文诗，所必要的是具有博大的人情，现在却遇见这样的话，如朱晦庵骂胡澹庵的诗云"世路无如人欲险，几人到此误平生"，能不令人索然兴尽，掷卷不欲再观。大概在这方面儒生的成绩不能及和尚，不但是创始与追随之差，实在也恐怕是人物之不相及。志明的《牛山四十屁》中有云：

> 秦时寺院汉时墙，破破衣衫破破床。
> 感激开坛新长老，常将语录赐糊窗。

又云：

> 闲看乡人着矢棋，新兴象有过河时。
> 马儿蹩脚由他走，我只装呆总不知。

71

这些诗虽不能说怎样了不得的好，总之谐诗的风格确已具备，可以作讽刺诗了，拉过来说则作风俗诗也正是恰好，问题只是在于时机而已。明朝因王阳明、李卓吾的影响，文学思想上又来了一次解放的风潮，公安派着重性灵，把道学家的劝世歌似的说理诗挽救了过来，可是他们还是抓住诗的系统，虽是口里说着劈破玉打草秆是真人之诗，却仍不能像和尚们摔下头巾，坦率干脆地做了异端。这风气传到清朝，在康熙的李笠翁、乾隆的郑板桥诸人上面可以看出。我曾见一册《哑然绝句诗》，是曾子六十七世孙曾衍东所做，全是板桥一派而更为彻底一点，所以也是难得。等到《文章游戏》四集的编者缪莲仙，《岂有此理》二集的作者周竹君出现，老实承认是异端，同牛山志明长老的态度一样，自做他的打油诗，不想来抢夺诗坛的交椅，这样表明之后，谐诗独自的地位也可以算是立定了。单行的著作我只看到郭尧臣的《捧腹集诗钞》一卷，蔡铭周的《怪吟杂录》二卷，别的不知道还有些什么。此外则我所想说的歌咏北京风俗的竹枝词也可以算在这里边。本来各地方的竹枝词很不少，可是多自附于著作之林，大抵追随竹垞的一路，上焉者也能做到温丽地步，成为一首好绝句，其次则难免渐入于平庸窘迫，觉得还是小注较有趣味了。清代的北京竹枝词如樊文卿的《燕都杂咏》，计五言绝句三百六十余首，材料不为不丰富，可是仍用正宗的诗体咏史地的故实，正是上边的一个好例，与咏风俗的讽刺诗相去很远。可以称是风俗诗的，就鄙人所知就没有多少种。大概可以分列如左：

甲，杨米人著《都门竹枝词》一百首，未见，只在乙的小引中提及，大约是乾嘉间之作罢。

乙，无名氏著《都门竹枝词》八十首，嘉庆癸酉年刊，小引中说本有一百首，其二十首删去不存云。

丙，得硕亭著京都竹枝词一百八首，题曰"草珠一串"，序文不记年月，唯中云甲戌见竹枝词八十首，案即癸酉之次年，为嘉庆十九年也。

丁，杨静亭著《都门杂咏》一百首，序署道光二十五年即乙巳岁，原附《都门纪略》后，今所见只同治元年甲子徐永年改订本，所收除静亭原作外，又增入盛子振、王乐山、金建侯、张鹤泉四人分咏，总共二百十七首，计静亭诗有一百首，可知未曾删削，唯散编在内而已。光绪三年丁丑改出单行本，易名为"都门竹枝词"，增加三十五首，不著撰人名字，且并原本五人题名亦删去之，殊为不当。至十三年丁酉《都门纪略》改编为《朝市丛载》，照样收入，又增二十余首，则文辞且欠妥适，更不足取矣。光绪后亦有新作，今不多赘。

照上边所记看来，大概以乙丙两种为优，因为讽刺多轻妙，能发挥风俗诗的本领。《草珠一串》序云："《京都竹枝词》八十首不知出自谁手，大半讥刺时人时事者多，虽云讽刺，未寓箴规，匪独有伤忠厚之心，且恐蹈诽谤之罪，友人啧啧称善，余漫应之而未敢附和也。"可见在癸酉甲戌当时，这讽刺觉得很锐利，作者不署名或者也由于此，到了今日已是百余年后，无从得知本事，可是感觉说得刻薄，总是真的，而这刻薄的某种程度在讽刺诗上却也是必要，所以不能一定说他不对。平心而论，此无名氏的著作比较硕亭得老夫子或者还是高出一分，也正难说。说到这里，我联想起日本的讽刺诗或风俗诗来，这叫作川柳，在民国十二年夏天我在燕京文学会讲演过一回，其中有一节云：

> 川柳的讽刺大都是类型的，如荡子、迂儒、出奔、负债之类，都是所谓柳人的好资料，但其所讽刺者并不限于特殊事项，即极平常的习惯言动，也因了奇警的着眼与造句，可以变成极妙的漫画。好的川柳，其妙处全在确实地抓住情景的要点，毫不客气而又含蓄地抛掷出去，使读者感到一种小的针刺，似痛似痒的，又如吃到一点芥末，辣得眼泪要出来，却霎时过去了，并不像青椒那么黏缠。川柳揭穿人情之机微，根本上没有什么恶意，我们看了那里所写的世相，不禁点头微笑，但一面因了这些人情弱点，或者反使人觉得人间之更为可爱。所以他的讽刺乃是乐天家的一种玩世不恭的态度，而并不是厌世者的诅咒。

上边提到东方朔，现在可以知道凡滑稽家他们原是一伙儿的。中国风俗诗或谐诗未曾像川柳似的有过一段发达的历史，要那么理想的好自然也不容易，但原则上我想总是一致的，至少我们的看法可以如此。要举出充分的例来，有点可惜珍贵的纸，姑且把别家割爱了，只引用无名氏的词本，而且可以关于书生生活为限，这就是上文所谓迂儒的一类。如《考试》十首之一云：

水陆交驰应试来，桥头门外索钱财。
乡谈一怒人难懂，被套衣包已割开。

其二云：

惯向街头雇贵车，上车两手一齐爬。
主人拱手时辰久，靠着门旁叫腿麻。

又其三云：

短袍长褂着镶鞋，摇摆逢人便问街。
扇络不知何处去，昂头犹自看招牌。

这里把南来的考相公写得神气活现，虽然牛山和尚曾有"老僧望见遍身酥"之咏，对于游山相公大开玩笑，现今一比较却是后来居上多多了。又《教馆》十首亦多佳作，今录其三首云：

一月三金笑口开，择期启馆托人催。
关书聘礼何曾见，自雇驴车搬进来。

又其八云：

偶尔宾东不合宜，顿思逐客事离奇。
一天不送先生饭，始解东君馆已辞。

其十云：

谋得馆时盼馆开，未周一月已搬回。
通称本是教书匠，随便都能雇得来。

这诗真是到现在还有生命，凡是做过书房或学堂的先生的人谁看了都觉得难过。近年坊间颇盛行的四大便宜的俚语云"挤电车，吃大盐，贴邮票，雇教员"。教书匠的名号至今存在，那么受雇解雇的事自然也是极寻常的事，这条原理不料在一百三十年前已经定下了。替塾师诉苦的打油诗向来不少，如《捧腹集》中就有《青毡生随口曲》七绝十四首，《蒙师叹》七律十四首，可是无论处境怎样窘迫，也还不过是"栗爆偶然攒一个，内东顷刻噪如鸦"之类而已，不至于绝食示意，立刻打发走路。《随口曲》有云：

> 一岁修金十二千，节仪在内订从前。
> 适来有件开心事，代笔叨光夹百钱。

原注云："市语以二百为夹百。"

> 乡馆从来礼数宽，短衫单裤算衣冠。
> 燥脾第一新凉候，赤脚蓬头用午餐。
> 最难得是口头肥，青菜千张又粉皮。
> 闻说明朝将庠潦，可能晚膳有鳊鲏。

这样看来，塾师生活里也还有点有趣的地方，不似都门教馆的一味暗淡，岂海宁州的境况固较佳乎，理或有之，却亦未敢断言也。

关于近代散文

　　我与国文的因缘说起来很有点儿离奇。我曾经在大学里讲过几年国文，可是我自己知道不是弄国文的，不能担当这种工作。在书房里我只读完了四书，五经则才读了一半，这就是说《诗》与《易》，此外都只一小部分。进了水师学堂之后，每礼拜有一天的汉文功课，照例做一篇管仲论之类的文章，老师只给加些圈点，并未教示什么义法与规矩。民国前六年往日本，这以后就专心想介绍翻译外国文学，虽然成绩不能很好，除了长篇小说三部，中篇二部，即《炭画》与《黄蔷薇》之外，只有两册《域外小说集》刊行于世。民国元年在本省教育司做了半年卧病的视学，后来改而教书，自二年至六年这中间足足五十个月，当了省立第五中学的英文教员，至其年四月这才离开绍兴，来到北京。当时蔡子民先生接办北京大学，由家兄写信来叫我，说是有希腊罗马文学史及古英文等几门功课，可以分给我担任，于是跑来一看，反正那时节火车二等单趟不过三四十元，出门不是什么难事。及至与蔡先生见面，说学期中间不能添开功课，这本来是事实，还是教点预科的作文罢。这使我听了大为丧气，并不是因为教不到本科的功课，实在觉得国文非我能力所及，虽然经钱玄同、沈尹默诸位朋友竭力劝挽，我也总是不答应，从马神庙回寓的路上就想定再玩两三日，还是回绍兴去。可是第二天早半天蔡先生到会馆来，叫我暂在北大附设的国史编纂处充任编纂之职，月薪一百二十元。刚在洪宪倒坏之后，中交票不兑现，只作五六折使用，却也不好推辞，便即留下，在北京过初次的夏天。这其间不幸发了一次很严重的疹子，接着又遇见那滑稽而丑恶的复辟，这增进了我好些见识，所以也可以说是不幸中之幸。秋间北大开学，我加聘为文科教授，担任希腊罗马文学史、欧洲文学史两课各三小时，一面翻译些外国小说，送给《新青年》发表，又在《晨报副刊》上写点小文章，这样仿佛是我的工作上了轨道。至文学研究会成立，沈雁冰、郑西谛接办《小说月报》，文学运动亦已开始了。恰巧友人沈尹默、钱玄同、马幼渔、叔平、隅卿等在办理孔德学校，拉我参加，尹默托我代改高小国文作文本，我也答应了，现今想起来是我与国文发生关系之始。其后又与尹默、玄同分担任初中四年国文教课，则已在民国十二三年顷矣。十一年夏天承胡适之先生的介绍，叫我到燕京大学去教书，所担任的是中国文学系的新文学组，我被这新字所误，贸贸然应允了，岂知这还是国文，根本原是与我在五年前所坚不肯担任的东西一样，真是大上其当。这不知怎样解说好，是缘分呢，还是运命，我总之是非教国文不可。那时教师只是我一个人，助教是许地山，到第二年才添了一位讲师，便是俞平伯。我的功课是两小时，地山帮教两小时，即是我的国语文学这一门的一部分。我自己担任的国语文学大概也是两小时罢，我不知道这应当怎样教法，要单讲现时白话文，随后拉过去与《儒林外史》《红楼梦》《水浒传》相联结，虽是容易，却没有多大意思，或者不如再追上去，到古文里去看也好。我最初的教案便是如此，从现代起手，先讲胡适之的《建设的文学革命论》，其次是俞平伯的《西湖六月十八夜》，底下就没有什么了。其时冰心女士还在这班里上课，废名则刚进北大预科，徐志摩更是尚未出现，这些人的文章后来也都曾选过，不过那是在民国十七八年的时候。这之后加进一点话译的《旧约》圣书，是《传道书》与《路得记》罢，接着便是《儒林外史》的楔子，讲王冕的那一回，别的白话小说就此略过。接下去是金冬心的《画竹题记》等，郑板桥的题记和家书数通，李笠翁的《闲情偶寄》抄，金圣叹的《水浒传序》。明朝的有张宗子、王季重、刘同人，以至李卓吾，不久随即加入了三袁，及倪元璐、谭友夏、李开先、屠隆、沈承、祁彪佳、陈继儒诸人，这些改变的前后年月现今也不大记得清楚了。大概在这三数年内，资料逐渐收集，意见亦由假定而渐确实，后来因沈兼士先生招赴辅仁大学讲演，便约略说一过，也别无什么新鲜意思，只是看出所谓新文学在中国的土里原有他的根，只要着力培养，自然会长出新芽来，大家的努力决不白费，这是民国二十一年的事。至于资料，又渐由积聚而归删汰，除重要的几个人以外，有些文章都不收入，又集中于明代，起于李卓吾，以李笠翁为殿。这一回再三斟酌，共留存了十人，文章长短七十余篇，重复看了一遍，看出其中可以分作两路，一是叙景兼事的纪游文，一是说理的序文，大抵关于思想文学问题的。此本出于偶然，但是我想到最初所选用的胡俞二君的大文，也正是这两条路的代表作，我觉得这偶然便大有意味，说是非偶然亦可也。还有一层，明季的新文学发动于李卓吾，其思想的分子很是重要，容肇祖君在《李卓吾评传》中也曾说及。民初的新文学运动正是一样，他与礼教问题是密切有关的，形式上是文字文体的改革，但假如将其中的思想部分搁下不提，那么这运动便成了出了气的烧酒，只剩下新文艺腔，以供各派新八股之采用而已。明末这些散文，我们这里称之曰近代散文，虽然已是三百年前，其思想精神却是新的，这就是李卓吾的一点非圣无法气之留遗，说得简单一点，不承认权威，疾虚妄，重情理，这也就是现代精神，现代新文学如无此精神也是不能生长的。古今不同的地方有这一点，李卓吾打破固有的虚妄，却是走进佛教里去，被道学家称为异端；现今则以中国固有的疾虚妄的精神为主，站在儒家的立场来清算一切谬误，接受科学知识做帮助，这既非教旨，亦无国属，故能有利无弊。我本来不是弄国文的人，现在却来谈论国文，又似乎很有意见，说得津津有味，岂不怪哉。我自己还是相信没有教国文的能力，但我是中国人，对于汉文自不能一点不懂不会，至少与别的事物相比总得要多知道一点。而且究竟讲过十年以上，虽然不知说得对与不对，总之于不知为不知之外问我所知，则国文终不得不拿来搪塞说是其一矣。近代散文的资料至今存在，闲中取阅，重为订定，人数篇数具如上述。国文教员乐得摆脱，破书断简落在打鼓担里有何可惜，但凡有所主张亦即有其责任，我今对于此事更有说明，非重视什么主张，实只是表明自己的责任而已。

论小说教育

吴渔川口述的《庚子西狩丛谈》五卷，以前曾经阅过，近日得上海新翻印本，寒夜听窗外风声，重读一遍，多所感触。关于庚子资料，龙顾山人《庚子诗鉴》所集已多，唯吴君所述者系其亲历，自别有亲切有味之处，但是不佞特别有感者，却在于笔述者罴园居士之论断。居士总论拳乱之根本症结，不外二端，一则民智之过陋，一则生计之窳薄，易言之即是愚与贫耳。其论民智之过陋云：

> 北方人民简单朴质，向乏普通教育，耳目濡染，只有小说与戏剧之两种观感，戏剧仍本于小说，即谓之小说教育可也。小说中之有势力者无过于两大派，一为《封神》《西游》，侈仙道鬼神之魔法；一为《水浒》《侠义》，状英雄草泽之强梁。由此两派思想混合制造，乃适为构成义和拳之原质。故各种教术之统系于北方为独盛，自义和团而上溯之，若白莲天方八卦等教，皆不出于直鲁晋豫各境。据前清嘉庆年间那彦成疏中所述教匪源流，盖亡虑数十百种，深根固蒂，滋蔓已遍于大河南北，名目虽异，实皆与拳教同一印版，被之者普，而入之者深，虽以前清之历次铲刈，而根本固不能拔也。

后面论拔本塞源之计，以为应从改革民众社会着手，也分为二端，一则注重于普通教育，一则注重于普通生业。其论普通教育云：

> 改良小说，改良戏剧，组织乡约里社，实行宣讲，以种种方法，使下级社会与中上级逐渐接近，以相当之知识，递相输灌，

使多数民众略明世界大势与人类生存之正理，勿侈言学校普及，
炫难得之远功，而忽可能之近效，则事半而功自倍。

论生计这一方面本来也颇有精义，现在只抄取关于民智这一部分，其
脉案其方剂都很得要领，殊不易得。特别是注重社会教育，欲使下级社会
与中上级逐渐接近，又使多数民众略明世界大势与人类生存之正理，这两
点很是切要，自有特殊的见识，非一般知识阶级所及。刘君说这话的时候
是在民国十六年，现在又已过了十六年的光阴，重复听到，还觉得极有意
义，但中国国内情形之无甚进步，也即此可见了。

下级社会与中上级游离，固然是不好的事，但是中国的现象，又显得
中上级社会的见识渐与下级接近，其重大性也极值得考虑。大家知道，庚
子事变的远因在于中国民智之过陋与生计之窳薄，其近因在于外国教士之
跋扈，政府诸要人之荒谬。这末一件事，易言之，即是官与拳匪同是一般
见识。刚毅奏称董福祥是臣的王天霸，此逸事已脍炙人口，证明他的知识
不出戏剧小说，此外袒拳诸臣工既已明见处分，其荒谬是无可疑的了。但
是举朝衮衮诸公，幸免于拳案的惩戒者，不知其中究有若干人不信奉关圣
帝君与文昌帝君的。关圣原来也是拳匪所奉，即信仰文昌帝君，此又与鸿
钧老祖有何区别？小说教育，可以说是中国的国民教育，自天子以至于庶
人一是皆以此为本，这里已经分不出什么上下或天泽之辨了。翁方纲在
《陶庐杂录》序中云：

梧门蒙古世家，原名运昌，以与关帝号音相近，诏改法
式善。

关帝号者何？云长也。这与运昌二音平仄阴阳均不一致，却奉诏避讳
更名。诏者何？乾隆皇帝之命令也。据说戏子唱三国的戏，扮关羽的报名
必曰"吾乃关公是也"。这样便两极端碰在一起，变成了一个圈子了。中
国人心中有两个圣贤英雄，曰关羽、岳飞；有两个奸臣恶人，曰曹操、秦
桧。这是从哪里来的？大家知道这出于两部书，一曰《三国演义》，一曰
《说岳全传》，其支流则有说书与演戏，使之渐益普及与深入。士大夫如读
宋朝史书以至野史杂记，有感于靖康之际，慷慨奋发，痛三字狱之冤，大

80

骂秦桧，此犹是人情之常；若阅陈寿《三国志·关羽传》，乃极致倾倒，则为无理矣。今既轻信小说，关岳并尊，又接受万历时之乱命，称关羽为伏魔大帝，种种神怪之说益多，悉见于文人之记载，由上及下，变本加厉，士子供关帝像诵《明圣经》，而老百姓乃练拳舞刀，关圣附身矣。故小说教育殆已遍及于中国上下，而士大夫实为之首，虽时至今日，政体变革，新式教育已实行四十年之久，此种情形大旨仍无异于昔日也。本来小说非不可读，且并非不可用之于教育，只要用得其道，简单地说就是当作小说去看。艺术据说原从宗教出来，宗教极是严肃的东西，但是一步退后，不加入巡行礼赞的行列里，保持着一点距离，立着观看，即是由宗教的体验出而人于艺术的赏玩了。俗语云，只看见和尚吃馒头，弗看见和尚受戒。受戒与吃馒头，在和尚虽是苦乐不同，有义务与权利之别，但都是正经事；唯在家人旁立负手而观之，或有兴趣与才能，作为略画，则渐移而为艺术，盖其苦乐之情固尚存在，而中有距离，非如身受者之切迫而无回旋之余地也。《三国》《说岳》本是演义，《封神》《水浒》更是假作故事，都很明了，不必多说，即是古代神话，如希伯来希腊所有者，最初实是教典史书，人民所共信守，但是时代转移，也就被视为文艺作品，其影响及于后世文学美术者极大，如宙斯大神今固已非复君临阿林坡斯山上之帝君，然其威严的像与故事则仍俨然存在也。中国的读书人不知怎的把许多事都弄颠倒了，史书只当作写史论的题目资料，拿来一段千数年前的往事，也不细问前因后果，但依据正名之说，加以褒贬，如念符咒，以为有益于人心世道，而演义说部则视若正史，大是奇事。一班士人能做诗文，谈性理，似非民众所能企及，但除此而外，其思想感情殆无甚大差异。史传中朱温之恶甚于曹操，张弘范吴三桂辈之恶甚于秦桧，老百姓不读史，只听演义，故不知曹秦之外尚有朱张吴等，士人读史而亦只信演义，故知有朱张吴而亦仍只恨曹秦，其见识结果与老百姓一样，但白多读了许多书而已。照这样情形看来，最先应做的乃是把中上级的知识提高，随后再使下级社会与中上级接近，减去小说教育之势力，民智庶几可以上进。至其方法，不过在于使士大夫知道正当读书之法，即是史当作史读，小说当作小说看而已，别无其他巧妙，所难者只是千年旧习不易猝改，又学徒众多，缺少良塾师忍坐冷板凳而为之指教耳。

总而言之，中国现今本来还是革命尚未成功，思想界也依然还是旧秩序，那是当然的事。要打破这个混沌情形，靠外来思想的新势力是不行的，一则传统与现状各异，不能适合，二则喧宾夺主，反动必多，所以可能的方法还是自发的修正与整理。我想思想革命有这两要点，至少要能做到，一是伦理之自然化，一是道谊之事功化。中国儒家重伦理，此原是很好的事，然持之太过，以至小羊老鸦皆明礼教，其意虽佳，事乃近诬，可谓自然之伦理化。今宜通物理，顺人情，本天地生物之心，推知人类生存之道，自更坚定足据，平实可行。次则儒者常言，正其谊不谋其利，明其道不计其功，此语固亦甚佳，但个人可以用作修身之准则，若对于家国人民，必须将道义见诸事功，始能及物，乃为不负，否则空言无补，等于清谈也。上述两点原来也颇平凡，看去别无什么了不得的地方，可是我觉得极是切要，可是也非常难办，比两极端的主张为尤甚，盖中庸的做法在旧的嫌过激，新的又嫌保守，大抵两不讨好也。此事还是着重在知识阶级，须是中学教得好，普通学科皆能活用，常识既已完具，再予以读书之指导，对于古今传承的话知所取舍，便可算成功了。中坚层既已造成，再加推广当不甚难，鬒园居士的理想乃可实现，否则骑瞎马者还是盲人，与庚子前后情形无大差异，民智与民生之改进仍无希望。我时时想起明季的李卓吾，他的行为不免稍有怪僻处，但其见识思想多极明白通达，甚不易得，而一直为世人所恶，视若二毛子，无非因有带有思想革命之倾向耳，由是可知此种运动以至提倡实大不易，我辈现今得以略略谈谈者，实在乃民国之赐，正不可不知感激者也。

古 文 学

　　研究本国的古文学，不是国民的义务，乃是国民的权利。艺术上的造诣，本来要有天才做基础，但是思想与技工的涵养也很重要，前人的经验与积贮便是他必要的材料。我的一个朋友近来从西京写信来说道："……叹息前人给我们留下了无数的绫罗绸缎，只没有剪制成衣，此时正应该利用他，下一番裁缝功夫，莫只做那裂帛撕扇的快意事。蔑视经验，是我们的愚陋；抹杀前人，是我们的罪过。"实在很是确当。这前人的经验与积贮当然并不限于本国，只是在研究的便宜上，外国的文学因为言语及资料的关系，直接的研究较为困难，所以利用了自己国语的知识进而研究古代的文学，涵养创作力或鉴赏文艺的趣味，是最上算的事，这正是国民所享的一种权利了。

　　我们既然认定研究古文学为权利而非义务，所以没有服从传统的必要。我们读古代文学，最妨碍我们的享乐，使我们失了正解或者堕入魔道的，是历来那些"业儒"的人的解说。正如玉帛钟鼓本是正当的礼乐，他们却要另外加上一个名分的意义一般，于是在一切叙事抒情的诗文上也到处加了一层纲常名教的涂饰。"关关雎鸠"原是好好的一首恋爱诗，他们却说这是"后妃之德也，风之始也，所以风天下而正夫妇也"。"南有樛木"也是结婚歌，却说是"后妃逮下也，言能逮下而无嫉妒之心也"。经了这样的一番解说，那业儒者所崇拜的多妻主义似乎得了一重拥护，但是已经把诗的真意完全抹杀，倘若不是我们将他订正，这两篇诗的真价便不会出现了。希伯来的《雅歌》以前也被收入犹太教以及基督教的圣经里，说是歌咏灵魂与神之爱的，现在早已改正，大家承认他作一卷结婚歌集了。我们若是将《诗经》旧说订正，把《国风》当作一部古代民谣去读，于现在的歌谣研究或新诗创作上一定很有效用，这是可以断言的。中国历代的诗未尝不受《诗经》的影响，只因有传统关系，仍旧因在"美刺"的束缚里，那正与小说的讲劝惩相同，完全成了名教的奴隶了。还有些人将忠君爱国当作评诗的标准，对于《古诗十九首》，觉得他们与这标准有点不合，却又舍不得屏弃，于是奇想天开，将这些诗都解作"思君之作"。这自然都是假的，——并非因为我们憎恶君主政治所以反对他们，实在因为这解说是不合事理的。世上有君主叫臣下替他尽忠的事实，但在文学上讲来，那些忠爱的诗文（如果显然是属于这一类的东西），倘若不是故意的欺人，便是非意识的自欺，不能说是真的文艺。中国文艺上传统的主张，正是这虚矫的"为名教的艺术"，这个主张倘不先行打破，冒冒失失地研究古代文学，非但得不到好处，而且还要上当，走入迷途，这是不可不用心警戒的事。

古文学的研究，于现代文艺的形式上也有重大的利益。虽然现在诗文著作都用语体文，异于所谓古文了，但终是同一来源，其表现力之优劣在根本上总是一致，所以就古文学里去查考前人的经验，在创作的体裁上可以得到不少的帮助。譬如讨论无韵诗的这个问题，我们倘若参照历来韵文的成绩，自《国风》以至小调——民众文学虽然多是新作，但其传袭的格调源流甚古——可以知道中国言文的有韵诗的成绩及其所能变化的种种形式，以后新作的东西，纵使思想有点不同，只要一用韵，格调便都逃不出这个范围。试看几年来的有韵新诗，有的是"白话唐诗"，有的是词曲，有的是——小调，而且那旧诗里最不幸的"挂脚韵"与"趁韵"也常常出现了。那些不叶韵的，虽然也有种种缺点，倒还不失为一种新体——有新生活的诗，因为他只重在"自然的音节"，所以能够写得较为真切。这无尾韵而有内面的谐律的诗的好例，在时调俗歌里常能得到。我们因此可以悟出做白话诗的两条路：一是不必押韵的新体诗，一是押韵的"白话唐诗"以至小调。这是一般的说法。至于有大才力能做有韵的新诗的人，当然是可以自由去做，但以不要像"白话唐诗"以至小调为条件。有才力能做旧诗的人，我以为也可以自由去做，但也仍以不要像李杜苏黄或任何人为条件。只有古文还未通顺的人，不必去赞叹旧诗，更不配去做了。——然而现在偏是文理不通的人愈喜欢做古文做旧诗，这真可以说是"自然的嘲弄"了。

情　诗

读汪静之君的诗集《蕙的风》，便想到了"情诗"这一个题目。

这所谓情，当然是指两性间的恋慕。古人论诗本来也不抹杀情字，有所谓"发乎情止乎礼义"之说。照道理上说来，礼义原是本于人情的，但是现在社会上所说的礼义却并不然，只是旧习惯的一种不自然的遗留，处处阻碍人性的自由活动，所以在他范围里，情也就没有生长的余地了。我的意见以为只应"发乎情，止乎情"，就是以恋爱之自然的范围为范围，在这个范围以内我承认一切的情诗。倘若过了这界限，流于玩世或溺惑，那便是变态的病理的，在诗的价值上就有点疑问了。

我先将"学究地"说明对于性爱的意见。《爱之成年》的作者凯本德说，"性是自然界里的爱之譬喻"，这是一句似乎玄妙而很是确实的说明。生殖崇拜（Phallicism）这句话用到现今已经变成全坏的名字，专属于猥俗的仪式，但是我们未始不可把他恢复到庄严的地位，用作现代性爱的思想的名称，而一切的情歌也就不妨仍加以古昔的 Asmata Phallika（原意生殖颂歌）的徽号。凯本德在《爱与死之戏剧》内，根据近代细胞学的研究，声言"恋爱最初（或者毕竟）大抵只是两方元质的互换"。爱伦凯的《恋爱与结婚》上也说："恋爱要求结合，不但为了别一新生命的创造，还因为两个人互相因缘地成为一个新的而且比独自存在更大的生命。"所以性爱是生的无差别与绝对的结合的欲求之表现，这就是宇宙间的爱的目的。凯本德有《婴儿》一诗，末尾这么说：

完全的三品：男，女，与婴儿；
在这里是一切的创造了。

不知爱曾旅行到什么地方？

……

他带这个回来，——这最甜美的意义的话：

两个生命作成一个，看似一个，

在这里是一切的创造了。

    恋爱因此可以说是宇宙的意义，个体与种族的完成与继续。我们不信有人格的神，但因了恋爱而能了解"求神者"的心情，领会"入神"（Eothousiasmos）与"忘我"（Ekstasia）的幸福的境地。我们不愿意把《雅歌》一类的诗加以精神的解释，但也承认恋爱的神秘主义的存在，对于波斯"毛衣派"诗人表示尊重。我相信这二者很有关系，实在恋爱可以说是一种宗教感情。爱慕，配偶与生产，这是极平凡极自然，但也是极神秘的事情。凡是愈平凡愈自然的，便愈神秘，阶以在现代科学上的性的知识日渐明了，性爱的价值也益增高，正因为知道了微妙重大的意义，自然兴起严肃的感情，更没有从前那戏弄的态度了。

    诗本是人情迸发的声音，所以情诗占着其中的极大地位，正是当然的，但是社会上还流行着半开化时代的不自然的意见，以为性爱只是消遣的娱乐而非生活的经历，所以富有年老的人尽可耽溺，若是少年的男女在文字上质直地表示本怀，便算是犯了道德的律。还有一层，性爱是不可免的罪恶与污秽，虽然公许，但是说不得的，至少也不得见诸文学。在别一方面却又可惊地宽纵，曾见一个老道学家的公刊的笔记，卷首高谈理气，在后半的记载里含有许多不愉快的关于性的暗示的话。正如老人容易有变态性欲一样，旧社会的意见也多是不健全的。路易士（E. Lewis）在《凯本德传》里说：

    社会把恋爱关在门里，从街上驱逐他去，说他无耻；扣住他的嘴，遏止他的狂喜的歌；用了卑猥的礼法将他围住；又因了经济状况，使健全的少年人们不得在父母的创造之欢喜里成就了爱的目的。这样的社会在内部已经腐烂，已受了死刑的宣告了。

    在这社会里不能理解情诗的意义，原是当然的，所以我们要说情诗，非先把这种大多数的公意完全排斥不可。

我们对于情诗，当先看其性质如何，再论其艺术如何。情诗可以艳冶，但不可涉于轻薄，可以亲密，但不可流于狎亵。质言之，可以一切，只要不及于乱。这所谓乱，与从来的意思有点不同，因为这是指过分，——过了情的分限，即是性的游戏的态度，不以对手当作对等的人，自己之半的态度。简单地举一个例，私情不能算乱，而蓄妾是乱；私情的俗歌是情诗，而咏"金莲"的词曲是淫诗。在艺术上，同是情诗也可以分出优劣，在别一方面，淫诗中也未尝没有以技工胜者，这是应该承认的，虽然我不想把他邀到艺术之宫里去。照这样看来，静之的情诗即使艺术的价值不一样（如胡序里所详说），但是可以相信没有"不道德的嫌疑"。不过这个道德是依照我自己的定义，倘若由传统的权威看去，不特是有嫌疑，确实是不道德的了。这旧道德上的不道德，正是情诗的精神，用不着我的什么辩解。静之因为年岁与境遇的关系，还未有热烈之作，但在他那缠绵婉转的情诗里却尽有许多佳句。我对于这些诗的印象，仿佛是散在太空里的宇宙之爱的霞彩，被静之用了捉蝴蝶的网兜住了多少，在放射微细的电光。所以见了《蕙的风》里的"放情地唱"，我们应该认为诗坛解放的一种呼声，期望他精进成就。倘若大惊小怪，以为"革命也不能革到这个地步"，那有如见了小象还怪他比牛大，未免眼光太短了。

神话与传说

近来时常有人说起神话，但是他们用了科学的知识，不做历史的研究，却下法律的判断，以为神话都是荒唐无稽的话，不但没有研究的价值，而且还有排斥的必要。这样的意见，实在不得不说是错误的。神话在民俗学研究上的价值大家多已知道，就是在文艺方面也是很有关系，现在且就这一面略略加以说明。

神话一类大同小异的东西，大约可以依照他们性质分作下列四种：

一、神话（Mythos = Myth）

二、传说（Saga = Legend）

三、故事（Logos = Anecdote）

四、童话（Maerchen = Fairy tale）

神话与传说形式相同，但神话中所讲者是神的事情，传说是人的事情；其性质一是宗教的，一是历史的。传说与故事亦相同，但传说中所讲的是半神的英雄，故事中所讲的是世间的名人；其性质一是历史的，一是传记的。这三种可以归作一类，人与事并重，时地亦多有着落，与重事不重人的童话相对。童话的性质是文学的，与上边三种之别方面转入文学者不同，但这不过是他们原来性质上的区别，至于其中的成分别无什么大差。在我们现今拿来鉴赏，又原是一样的文艺作品，分不出轻重来了。

对于神话等中间的怪诞分子，古来便很有人注意，加以种种解说，但都不很确切，直至十九世纪末英人安特路·阑（Andrew Lang）以人类学法解释，才能豁然贯通，为现代民俗学家所采用。新旧学说总凡五家，可以分为退化说与进化说两派：

退化说

（一）历史学派：此派学说以为一切神话等皆本于历史的事实，因年代久远，遂致传讹流于怪诞。

（二）譬喻派：此派谓神话等系假借具体事物，寄托抽象的道德教训者，因传讹失其本意，成为怪诞的故事。

（三）神学派：此派谓神话等皆系《旧约》中故事之变化。

（四）言语学派：此派谓神话等皆起源于"言语之病"，用自然现象解释一切。他们以为自然现象原有许多名称，后来旧名废弃而成语留存，意义已经不明，便以为是神灵的专名，为一切神话的根源。以上四派中以此派为最有势力，至人类学派起，才被推倒了。

进化说

（五）人类学派：此派以人类学为根据，证明一切神话等的起源在于习俗。现代的文明人觉得怪诞的故事，在他发生的时地，正与社会上的思想制度相调和，并不觉得什么不合。譬如人兽通婚，似乎是悖谬的思想，但在相信人物皆精灵，能互易形体的社会里，当然不以为奇了。他们征引古代或蛮族及乡民的信仰习惯，考证各式神话的原始，大概都已得到解决。

我们依了这人类学派的学说，能够正当了解神话的意义，知道他并非完全是荒诞不经的东西，并不是几个特殊阶级的人任意编造出来，用以愚民，更不是大人随口胡诌骗小孩子的了。我们有这一点预备知识，才有去鉴赏文学上的神话的资格，譬如古希腊的所谓荷马的史诗，便充满了许多"无稽"的话，非从这方面去看是无从索解的。真有吃人的"圆目"（Kyk-lops）吗？伊泰加的太上皇真在那里躬耕吗？都是似乎无稽的问题，但我们如参照阑氏的学说读去，不但觉得并不无稽，而且反是很有趣味了。

离开了科学的解说，即使单从文学的立脚点看去，神话也自有其独立的价值，不是可以轻蔑的东西。本来现在的所谓神话等，原是文学，出在古代原民的史诗史传及小说里边；他们做出这些东西，本不是存心作伪以欺骗民众，实在只是真诚地表现出他们质朴的感想，无论其内容与外形如何奇异，单在表现自己这一点上与现代人的著作并无什么距离。文学的进化上，虽有联结的反动（即运动）造成种种的派别，但如根本的人性没有改变，各派里的共通的文艺之力，一样地能感动人，区区的时间和空间的阻隔只足加上一层异样的纹彩，不能遮住他的波动。中国望夫石的传说，与希腊神话里的尼阿倍（Niobe）痛子化石的神话，在现今用科学眼光看去，都是诳话了，但这于他的文艺的价值决没有损伤，因为他所给予者并不是人变石头这件事实，却是比死更强的男女间及母子间的爱情，化石这一句差不多是文艺上的象征作用罢了。文艺不是历史或科学的记载，大家都是知道的。如见了化石的故事，便相信人真能变石头，固然是个愚人；或者又背着科学来破除迷信，断断地争论化石故事之不合真理，也未免成为笨伯了。我们决不相信在事实上人能变成石头，但在望夫石等故事里，觉得他能够表示一种心情，自有特殊的光热，我们也就能离开了科学问题，了解而且赏鉴他的美。研究文学的人运用现代的科学知识，能够分析文学的成分，探讨时代的背景，个人的生活与心理的动因，成为极精密的研究，唯在文艺本体的赏鉴，还不得不求诸一己的心，便是受过科学洗礼而仍无束缚的情感，不是科学知识自己。中国凡事多是两极端的，一部分的人现在还抱着神话里的信仰，一部分的人便以神话为不合科学的诳话，非排斥不可。我想如把神话等提出在崇信与攻击之外，还他一个中立的位置，加以学术的考订，归入文化史里去，一方面当作古代文学看，用历史批评或艺术赏鉴去对待他，可以收获相当的好结果。这个办法，庶几得中，也是世界通行的对于神话的办法。好广大肥沃的田地摊放在那里，只等人去耕种，国内有能耐劳苦与寂寞的这样的农夫吗？

在本文中列举神话、传说、故事、童话四种，标题却只写神话与传说，后边又常单举神话，其实都是包括四者在内，因便利上故从简略。

译诗的困难

日本的太田君送我一本诗集。太田君是医学士，但他又善绘画，做有许多诗歌戏曲，他的别名木下奎太郎，在日本艺术界里也是很有名的。这诗集名"食后之歌"，是一九一九年十二月出版的。我翻了一遍，觉得有几首很有趣味，想将他译成中国语，但是忙了一晚，终于没有一点成绩。

我们自己做诗文，是自由的，遇着有不能完全表现的意思，每每将他全部或部分地改去了，所以不大觉得困难。到了翻译的时候，文中的意思是原来生就的，容不得我们改变，而现有的文句又总配合不好，不能传达原有的趣味，困难便发生了。原作倘是散文，还可勉强敷衍过去，倘是诗歌，他的价值不全在于思想，还与调子及气韵很有关系的，那便实在没有法子。要尊重原作的价值，只有不译这一法。

中国话多孤立单音的字，没有文法的变化，没有经过文艺的淘炼和学术的编制，缺少细致的文辞，这都是极大的障碍。讲文学革命的人，如不去应了时代的新要求，努力创造，使中国话的内容丰富，组织精密，不但不能传述外来文艺的情调，便是自己的略为细腻优美的思想，也怕要不能表现出来了。

至于中国话的能力到底如何，能否改造得渐臻完善？这个问题我可不能回答。

我曾将这番话讲给我的朋友疑古君听，他说："改造中国话原是要紧，至于翻译一层，却并无十分难解决的问题。翻译本来只是赈饥的办法，暂时给他充饥，他们如要尽量地果腹，还须自己去种了来吃才行。可译的译他出来，不可译的索性不译，请要读的人自己从原本去读。"我想这话倒也直截了当，很可照办，所以我的《食后之歌》的翻译也就借此藏拙了。

民众的诗歌

我在一张包洋布来的纸上，看见一首好诗，今抄录于下：

> 要把酒字免了去，若要请客不能把席成。要把色字免了去，男女不能把后留，逢年过节谁把坟来上？要把财字免了去，国家无钱买卖不周流。要把气字免了去，众位神仙成不能。吃酒不醉真君子，贪色不迷是英豪。

这首诗当然是布店里的朋友所写，如不是他的著作，也必定是他所爱读的作品。我看了发生两种感想，第一是关于民众文学的形式的，第二是关于他的思想的。

我们看这一首，与许多的剧本山歌相同，都是以七言为基本，因此多成为拙笨单调的东西。他们仿佛从诗（而且是七言的）直接变化出来，不曾得到词曲的自由句调的好影响。但是有一种特色，便是不要叶韵，也不限定两句一联，可以随意少多。这虽然只是据了这一首而言，但在别种山歌等等中间一定也有同样的例可以寻到。

其次这诗里所说的话，实在足以代表中国极大多数的人的思想。妥协，顺从，对于生活没有热烈地爱着，也便没有真挚地抗辩。他辩护酒色财气的必要，只是从习惯上着眼，这是习惯以为必要，并不是他个人以为必要了。

我们或者可以替他分辩，说这是由于民众诗人的设想措辞的不完密，但直截了当地说"我是要吃酒……的"，实在要比委曲地疏解更要容易，不过中国的民众诗人没有这个胆力，——或者也没有这个欲得的决心。倘如有威权出来一喝，说"不行！"我恐怕他将酒色财气的需要也都放弃了，去与威权的意志妥协，因为中国的人看得生活太冷淡，又将生活与习惯并合了，所以无怪他们好像奉了极端的现世主义生活着，而实际上却不曾真挚热烈地生活过一天。

但是无论形式思想怎样地不能使我们满足，对于民众艺术内所表现的心情，我们不能不引起一种同情与体察。太田君在《食后之歌》的序里说，"尝异香之酒，一面耽想那种鄙俗的但是充满眼泪的江户平民艺术以为乐"，这实在是我们想了解民众文学的人所应取的态度。

美　文

　　外国文学里有一种所谓论文，其中大约可以分作两类：一批评的，是学术性的；二记述的，是艺术性的，又称作美文。这里边又可以分出叙事与抒情，但也很多两者夹杂的。这种美文似乎在英语国民里最为发达，如中国所熟知的爱迭生、阑姆、欧文、霍桑诸人都做有很好的美文，近时高尔斯威西、吉欣、契斯透顿也是美文的好手。读好的论文，如读散文诗，因为他实在是诗与散文中间的桥。中国古文里的序、记与说等，也可以说是美文的一类。但在现代的国语文学里，还不曾见有这类文章，治新文学的人为什么不去试试呢？我以为文章的外形与内容，的确有点关系，有许多思想，既不能作为小说，又不适于作诗（此只就体裁上说，若论性质则美文也是小说，小说也就是诗，《新青年》上库普林做的《晚间的来客》，可为一例），便可以用论文式去表他。他的条件，同一切文学作品一样，只是真实简明便好。我们可以看了外国的模范做去，但是须用自己的文句与思想，不可去模仿他们。《晨报》上的"浪漫谈"，以前有几篇倒有点相近，但是后来（恕我直说）落了窠臼，用上多少自然现象的字面，衰弱的感伤的口气，不大有生命了。我希望大家卷土重来，给新文学开辟出一块新的土地来，岂不好么？

杜少陵与儿女

我喜读陶渊明诗，有许多篇都很喜欢，其一是《责子诗》。对于此诗，古来有好些人有所批评，其中唯黄山谷跋语说得最好："观靖节此诗，想见其人，慈祥戏谑可观也。俗人便谓渊明诸子皆不肖，而愁叹见于诗耳。"所谓俗人中却有一个杜子美，这很有点儿奇怪。《遣兴》五首之三是说陶公的，末二句云："有子贤与愚，何其挂怀抱。"陶诗题目虽是责子，其实内容是很诙谐的，山谷说他戏谑，极能了解这诗的意味，又说慈祥，则又将作者的神气都说出来了。嘉孺子而哀妇人，古人以为圣王之用心，却也是文艺中的重要成分，便是杜子美自己的著作也是如此，而且比起别人来还要比较地多些。正如人见了小孩的说话行动，常不禁现出笑容来一样，他们如在诗文图画里出现时，也自有其一种和蔼的氛围气，这就是所谓慈祥戏谑的气了。杜陵野老是个严肃的诗人，身际乱离，诗中忧生悯乱之气最为浓厚，写到家庭的事也多是逃难别离之苦，可是仍有不少歌咏儿童生活的部分，值得抄录出来。如《彭衙行》云：

> 痴女饥咬我，啼畏虎狼闻。
> 怀中掩其口，反侧声愈嗔。

又《羌村》云：

> 娇儿不离膝，畏我复却去。

这是说乱后还家的情形的。《百忧集行》云：

忆年十五心尚孩，健如黄犊走复来。
庭前八月梨枣熟，一日上树能千回。
……
痴儿未知父子礼，叫怒索饭啼门东。

《茅屋为秋风所破歌》中云：

布衾多年冷似铁，娇儿恶卧踏里裂。

皆写小儿琐事，饶有情致。《北征》中有数联云：

粉黛亦解苞，衾裯稍罗列。瘦妻面复光，痴女头自栉。
学母无不为，晓妆随手抹。移时施朱铅，狼藉画眉阔。
生还对童稚，似欲忘饥渴。问事竞挽须，谁能即嗔喝。

前八句写女孩子弄妆，与左太冲《娇女诗》可以相比，不过写得更是
充分罢了。后四句则与《羌村》所说同一情调，可以见作者的真性情，而
知道《遣兴》所言未免存有"客气"。七律中亦有数处说儿童者，例如：

厚禄故人书断绝，恒饥稚子色凄凉。
老妻画纸为棋局，稚子敲针作钓钩。
惯看宾客儿童喜，得食阶除鸟雀驯。

律诗对句上下分咏，不免零碎，不及古诗之成片段。以上只据《十八
家诗钞》中杜诗部分引用，颇多不备，但总可以看见大概情形了。

夸父追日

　　陶渊明古来都当他作隐逸诗人，这是皮相之见，其实他是很积极的，最明了的表示是他的《读山海经》的诗。这诗一共十三首，第一首八韵是他用平常的《归田园居》的情调，所以读来不觉得，到了末五首，便变作慷慨激昂，引起人家的注意了。《山海经》里记述下来的微少的一点古代神话，经他保存引申，实在比屈原的《天问》还要可贵，至于声调更比较要激越得多了。第十首最为世所知，如云："精卫衔微木，将以填沧海。刑天舞干戚，猛志故常在。"固然最是明显，但第九首云："夸父诞宏志，乃与日竞走。俱至虞渊下，似若无胜负。神力既殊妙，倾河焉足有。余迹寄邓林，功竟在身后。"本来精卫刑天与夸父都是以失败终的人物，然而作者并不是这种看法，却说道"猛志故常在"，又道"化去不复悔"，表示勇往直前的精神。夸父的事据注文云："夸父不量力，欲追日影，逮之于禺谷，渴欲得饮，饮于河渭，河渭不足，北饮大泽，未至道渴而死，弃其杖，化为邓林。"汪双池著《山海经存》卷八云："考此书所屡言夸父，大抵不量力之人，欲穷日出入之所而不能至，遂道困而死，如穆王之欲周行天下者耳。"明明说他不自量力，妄欲追日，但陶渊明并不责备这点，反加以称赞道"功竟在身后"，而且他对于穆王的周行天下的志愿并不厚非，所以在第三首结末说道"恨不及周穆，托乘一来游"了。

　　陶渊明歌颂中国古代神话里的人物，在后世得到响应，除周穆王有《穆天子传》外，其他的精卫、刑天、夸父诸人的故事，差不多通过了他的诗而流传下来，里边特别是夸父，流传得更是广远，因为他已超越了文人学士的范围，在民间故事中已有一席地，那么这"功竟在身后"的评语，岂不是确切不过了么？

　　据地方传说，大概是属于湖南地方罢，夸父要追上日头，从丹渊跑起，一直向南奔去，到了湖南辰州的时候，日头还没有过午呢。他肚子饿了，便拿了一个锅子，架在三座大山顶上，煮了一锅饭，吃了以后，心想把这锅灶做追赶日头的证据。他就对当地的人民说，我是共工氏的后代，叫作夸父，于本年本月本日午时，追日到此。至今辰州东边还有一座山，就叫作夸父山。

夸父一直赶着太阳走，眼看日影渐渐西沉，走到甘肃的安定县地方，忽然觉得一只鞋子要掉了，他把他抖了一抖，然后再追，以后此地便叫"振履堆"。到了虞渊，终于他把日头追上了，但是走近日头，热不可耐，他便用手捧黄河与渭河的水喝了一阵，喝光了还不够，终于渴死在路上了。人民佩服他的勇气，把他埋葬了，他的大木杖便植在坟头，做个纪念，后来竟变成一个大树林了，叫作邓林，又名夸父之野。这个传说不知道出于何处，我也是传抄来的，大抵根据《山海经》而演化出来的，中间有地理的引证，或者由文人润色亦未可知。现在大家都想向月亮进发的时候，回头看追日的英雄，也不能以不量力一语抹杀，觉得诗人的称赞是正当的了。

唐诗三百首

《唐诗三百首》是古诗文选本最通行的一种，百余年来，风行全国；至"五四"以后，说他是"陋"书，似乎一时衰歇了。但平心说来，也还是足供参考的，所以近年又复印行。我看去年七月第四版，已经印行十六万册，以人口比例并不算多，但总是洋洋大观了。这选本的缺点不是没有，凡选本皆有缺点，他有一种主张，这里显明地具体地排列出来，容易有什么偏见。编这《唐诗三百首》的蘅塘退士是前清乾隆时人，他的意见只是那时代的东西，与现代不能相合，那是当然的。他序言选择"脍炙人口"的诗，李杜的长篇，王孟的短什，的确是应有尽有了，要他客观地罗列唐诗历期的好处，初盛中晚四期各有他的特色，这未免强人所难，没有人能够做到。在没有这样一种理想的选本以前，姑且以此补充，也未始不是办法罢。

俗语有一句话道："熟读唐诗三百首，不会吟诗也会吟。"当初我颇疑心是有了这书以后的说话，但是看蘅塘退士的序文中已经引用此语，后边接下去云："请以此编验之。"乃知书名反是从这里出来的。有许多人的确从这里知道诗的形式，而且开始仿作，所以这话是有几分道理。

但诗的格调并不限于唐诗，有些宋诗也是脍炙人口，可供参考。而宋人的诗另有意境，也有与唐人不同的地方，是很可贵的。从前看孙扩图的《一松斋集》，见随笔中有一则云：

> 南宋杨与立《幽居》诗："柴门阒寂少人过，尽日观书口自哦。余地不妨添竹木，放教啼鸟往来多。溪头石磴坐盘桓，时见修鳞往复还，可见水深鱼极乐，不须妄意要垂竿。"余谓有道之言，自尔可爱，唐人不肯作，殆亦不解作也。

这话说得很有道理，我们不必硬来叫唐宋人比短长，但总之宋诗比唐诗又有一进境，便是可以发议论了。照王渔洋的说法，唐诗之佳在于有神韵，发议论便不韵了，不过这种过时的言论，现在并无拘泥之必要。我记得以前有过一部书，名叫"宋元明诗三百首"，不知系何人所编，似乎不妨找他出来一看，翻印一下，以补其缺，也不必要印几万，还是看这书值得印多少，便印多少可也。这对于学做旧体诗会有些好处，因为我看学做的诗与其说学唐人，还不如说是宋人倒相像一点。

大人之危害及其他

本月十日泰戈尔第二次讲演，题云 *The Rule of The Giant and The Giant – Killer*，据《晨报》第六版说，译意当为"管理大人之方法及大人之危害"。我对于泰戈尔完全是门外汉，那一天也不曾去听，所以不能说他的演讲的意思到底是什么。但据常识上看来，这个题目明明是譬喻的，大约是借用了童话里的典故，这种巨人传说各国都有，最显著的是英国三岁孩子所熟知的《杀巨人的甲克》（*Jack the Giant – Killer*）的故事。从报上摘记的讲演大意看来，泰戈尔的意思仿佛是将巨人来比物质主义，而征服巨人的是精神文明，所以这题目似乎应当为"巨人的统治与杀巨人者"。不过我是一个外行，用了小孩子的"大头天话"来解释"诗圣"的题目，当然不免有点不能自信，要请大家加以指教。

复次，关于反对泰戈尔的问题我也有一点小意见。我重复地说过，我是不懂泰戈尔的（说也见笑，虽然买过他的几部书），所以在反对与欢迎两方面都不加入。我觉得地主之谊的欢迎是应该的，如想借了他老先生的招牌来发售玄学便不正当，至于那些拥护科学的人群起反对，虽然其志可嘉，却也不免有点神经过敏了。我们说借招牌卖玄学是不正当，也只是说手段的卑劣，并不相信他真能使中国玄化。思想的力量在群众上面真可怜得微弱，这虽在我们不很懂唯物史观的人也是觉得的。佛教来了二千年，除了化成中国固有的拜物教崇拜以外还有什么存留？只剩了一位梁漱溟先生还在赞扬向后转的第三条路，然而自己也已过着孔家生活，余下一班佛化的小居士，却又认"外道"的梵志为佛法的"母亲"了。这位梵志泰翁无论怎么样了不得，我想未必能及释迦文佛，要说他的讲演于将来中国的生活会有什么影响，我实在不能附和。——我悬揣这个结果，不过送一个名字，刊几篇文章，先农坛真光剧场看几回热闹，素菜馆洋书铺多一点生意罢了，随后大家送他上车完事，与杜威罗素（杜里舒不必提了）走后一样。然而目下那些热心的人急急遑遑奔走呼号，好像是大难临头，不知到底怕的是什么。当时韩文公挥大笔，作《原道》，谏佛骨，其为国为民之心固可佩，但在今日看来不过是他感情用事地闹了一阵，实际于国民生活思想上没有什么好处。我的朋友某君说，天下除了白痴与老顽固以外，没有人不是多少受别人的影响，但也没有人会完全地跟了别人走的。现在热心的人似乎怕全国的人会跟了泰翁走去，这未免太理想了。中国人非常自大，却又非常自轻，觉得自己只是感情的，没有一点理智与意志，一遇见外面的风浪，便要站立不住，非随波逐流而去不可。我不是中国的国粹派，但不相信中国人会得如此不堪，如此可怜地软弱，我只是反对地悟得中国人太顽固，不易受别人的影响。倘若信如大家所说，中国遇见一点异分子便要"阻遏他向上的机会"，那么这种国民便已完全地失了独立的资格，只配去做奴隶，更怨不得别人。中国人到底是哪一种，请大家自己去定罢。

现在思想界的趋势是排外与复古，这是我三年前的预料，"不幸而吾言中"，竺震旦先生又不幸而适来华，以致受"驱象团"的白眼，更真是无妄之灾了。

花旦艺术

一

近来我有一件绝大的愉快的事情，因为不意地看到一本新书，增加了不少的知识，同时却更多地扩大了我对于事物的了解，这在垂暮之年实在是十分不容易得到的。所谓新书其实也不新了，乃是去年出版的，已经差不多一年之前的事情了。这是讲京剧的，即使我在书局里看见，也不会买来看，因我与京剧是绝对无缘的。但是在江南无锡地方有一位友人，他写信来托我找一本书，恰巧有友人在北京出版社任编辑，我便特托了他，因为近来北京书很难买，往往等到看见广告，跑到书店去时，却早已售罄了。这是讲京剧的书，又是年前出版，怕更难买到，所以托了本社的人便可以多有些机会。可是碰巧友人生了病住医院，有三星期没有回信，我只好又托年轻的朋友往书店去碰，结果得到一本，在付邮之前我也就翻了一遍，书名《京剧花旦表演艺术》，筱翠花口述，柳以真整理。我这一看真吃了一大惊，有如西人所说的话，"眼睛上的鳞片落下了"——原来在花旦的表演艺术上也有这么一番大学问。古人云，"开卷有益"，这订正我多年知识不足的错误，是很愉快的事。

老实地说，我对京戏是向有反感的。原因是太闹，锣鼓"咚咚喤喤"，老生力竭声嘶地叫喊，把一个字的母音尽力拉长了哼叫，令人听了代为难过，即此两点就没有什么愉快的印象。鲁迅在《社戏》里很反对旧剧，上面总结地说道："后来我每一想到，便很以为奇怪，似乎这戏太不好，否则便是我近来在戏台下不适于生存了。"

103

我自从民国六年（一九一七年）来北京以后，迄今未进过一次戏园，也是为这个缘故，平常说到京戏便总和那"咚咚喤喤"一套分不开，从头就是厌恶，与别的不很用锣鼓的戏剧不同。在"五四"以前，《新青年》开始对于旧制度的攻击，余波及于旧戏，我个人虽是没有出过力，但站在旁边看钱玄同刘半农诸人的猛攻，特别对于脸谱、踩跷，以及战斗、跌打诸节，痛加攻击，其实当中恐多有过苛或无理的地方，但是那时却是很表同意，觉得十分的痛快，今见此书乃觉意见实有修正之必要了。以前看李艾塘的《扬州画舫录》，见卷五中记乾隆时优伶故事，很觉有意致，曾录去数则云：

　　小丑滕苍洲短而肥，戴乌纱，衣皂袍，着朝靴，绝类虎丘山拔不倒。

　　二面蔡茂根演《西厢记》法聪，瞪目缩臂，纵膊袒肩，搔首踟蹰，兴会飙峰，不觉至僧帽欲堕。斯时峰座恐其露发，茂根颜色自若。

　　京师萃庆班谢瑞卿，人谓之小耗子，以其师名耗子而别之也，工《水浒记》之阎婆惜，每一登场，座客亲为敷粉，狐裘罗绮以不得粉渍为恨。关大保演阎婆惜效之，自是扬州有谢氏一派。

这些事都记载得很有趣味，但是仔细想起来，大概在乾隆时候京剧也还不是那么哇哇大叫，而且在小丑二面或花旦出台时，也不会大锣大鼓地吵闹一阵罢。

二

《京剧花旦表演艺术》中所讲的共有三出戏，即是《乌龙院》《活捉》以及《拾玉镯》，后边有《谈谈花旦的几种步法》和《学艺生活》二篇，算是附录了。《乌龙院》里又包含《宋江闹院》和《坐楼杀惜》两折戏，而《活捉》也即是《杀惜》的后文，所以可以说这三出戏全是关于阎婆惜的，只有《拾玉镯》乃是以孙玉姣为主人公的。不知为什么缘故，阎婆惜在京剧里称为阎惜姣，其实在《水浒传》里她是向被称为阎婆惜，我也相信这婆惜的名字大概是原来不错的，因为我记得宋初的吴越王钱镠他的小名是钱婆留，因为生下来的时候，家里不预备留他，这大抵为的家穷，不然他哪会后来做盐枭呢？但是有一个婆子替他说情，所以把他留养了。婆惜其亦是这一类的名字罢。

筱翠花（这是他的艺名，也是著书时的笔名，本名乃是于连泉，据说因为初次登台系扮演《三疑计》里的丫头翠花，因此便起了这个名字云）的事业是花旦，但是这是总称，细别起来还可以分作闺门旦、玩笑旦、泼辣旦、刀马旦这几样，可是还有些角色不能包括在上述四种的里边，有如《乌龙院》的阎惜姣，这便是应该称为狭义的花旦了。于君记述自己演阎惜姣的心得，写得很好，我这里免不了要做一回"文抄公"了。他说：

> 田先生（按指田桂凤）把阎惜姣处理成一个年纪轻、惯养任性、不太懂事的女孩子，路先生（路玉珊）把她演成一个狠毒老练的妇人。这二位老先生的两种不同的演法，各有长处，都演得很成功。田先生的表演，好在细腻动人；路先生的表演，好在既狠毒又不过火。他们二位的艺术达到的境地，都是难能可贵的。

但是他自己的却是别一路子，采用花旦的表演方法，这就是狭义的花旦了。他要比玩笑旦规矩，比泼辣旦正派，但又比闺门旦要"花"一些。嘴里不能说脏字，表情动作也都有一定分寸，不像泼辣旦那样在舞台上可以为所欲为。他说：

> 我觉得阎惜姣是一个不满二十岁的少女，她没有接触过社会，刚成年就被卖给了宋江，所以对于人情世故都了解得很浅薄。单从她和张文远的私通这件事上来看，就可以明白这一点。由于她年轻不懂事，才会受到欺骗，她以为张文远是真心爱她，又相信他真的没有妻室，所以才逼着宋江写休书，如果她老于世故，那就不会如此轻易受骗了。

105

于君这里分析阎惜姣的性格很是仔细，也很近情，所以表演起来也自然细腻深刻了，但是更为难得的乃是对于戏中角色能够有一种同情的了解，这在一般搞文艺批评的人还是不容易有的。普通讲阎婆惜的事，总是根据《水浒传》里所说，把她看作一个淫贱狠毒的女人，但是如读者所熟知，《水浒传》的作者乃是一个憎女派，在全部书里没有一个较好的女人，除非是在十字坡上卖人肉馒头的孙二娘，此外如潘金莲、潘巧云、阎婆惜无一不是淫妇，死于英雄的刀下。这里于君的看法似乎很是得中，所以在艺术表演上也就最为恰当。只是这里不能转录了。原书中有照片百许张，可惜不是戏装，乃是平常教戏时所照，未免看了有点不足罢了。

三

《活捉》是跟了《杀惜》来的，这出戏一共有四场，头两场是表演宋江打官司，发配江州了结，《活捉》是从第三场起头的。其本事不见于《水浒传》，只是人们觉得阎婆惜白白被杀，全为了张文远一个人，放他不过去，所以终于被阎婆惜的鬼魂活捉了去。可是在这里也有于君的特别的看法，值得来一说。他说道：

> 京剧演这个戏有两个路子，一种是南方（上海）的路子，就像过去王兰芳和周五宝的演法，还有一种是我的路子。
>
> 南方的路子，对阎惜姣的化妆采用毁妆的办法，在脸上抹得又灰又黄，一点也没有血色，就像死人的脸色那样。鼻孔眼角上都挂着血迹，头上戴古装头饰，披头散发，前面挂两串鬼发（用白纸条做的），就像人们传说和想象中那么可怕的鬼。
>
> 我扮演的鬼魂不用毁妆的办法，还是俊扮，一切都保留阎惜姣生前的容貌和装束。所不同的，仅仅用前面两串鬼发来代表她已是死后的鬼魂了。
>
> 南方的路子要求鬼魂形象在台上要绷着脸，身体笔挺，两手伸直，僵硬地站着，走路时也就这么直挺来挺去。我的演法没有这些地方，鬼魂的身段动作还是基本上按照生前那样。

这种意见都是很对的，其实是极平常的道理，但是没有人肯那样地用心来想，所以疏忽过去了。《活捉》里所表现的乃是阎婆惜的鬼魂，并不是一般的鬼卒，所以当然应当保留她生前的行径，若是"挺来挺去"，只是看去像个死尸罢了，有什么意思可说？这是南方喜欢弄"噱头"的恶习，记得多年以前曾经演出僵尸的戏文，就是这种风气的极端的表现了。书里说：

> 记得过去王兰芳演出《活捉》时，他是倒退着以背向观众出场的，一出来不露脸，当他退着走到台口时，他就用水袖挡着脸，腿蹲下去，慢慢地转过脸来，在同一时间里，转过身来，放下水袖，长身亮相，检场就在这时撒上一把烟火。这时候，观众中间真有人吓得惊呼起来，因为他扮演的鬼魂真是太可怕了。

末后他说出自己的做法来道：

> 我突出鬼魂形象特征的主要方法，是通过身段动作和步法的技巧，使鬼魂在舞台上显得很轻飘，好像一直是脚不落地，在空中飘飘荡荡的。

这种做法似乎是高明得多了，不过却不是在书本上描写得来的，所以虽有十几个绕着桌子转的步法图表，但是在我们没有看过演出的人却是看了有点茫然了。

关于竹枝词

七八年前曾经为友人题所编《燕都风土丛书》，写过一篇小文，上半云：

　　不佞从小喜杂览。所喜读的品类本杂，而地志小书为其重要的一类，古迹名胜固复不恶，若所最爱者乃是风俗物产这一方面也。中国地大物博，书籍浩如烟海，如欲贪多实实力有不及，故其间亦只能以曾游或所知者为限，其他则偶尔涉及而已。不佞生于会稽，曾寓居杭州南京，今住北平，已有二十余年，则最久矣。在杭州时才十三四岁，得读砚云甲编中之《陶庵梦忆》，心甚喜之，为后来搜集乡人著作之始基，惜以乏力至今所收不能多耳。尔后见啸园刊本《清嘉录》，记吴事而可通于两浙，先后搜得其异本四种，《藤阴杂记》《天咫偶闻》及《燕京岁时记》，皆言北京事者，常在案头。若《帝京景物略》则文章尤佳妙，唯恨南京一略终不可得见，辜负余六年浪迹白门，无物作纪念也。

去年冬天写《十堂笔谈》，其九是谈风土志的，其中有云：

　　中国旧书史部地理类中有杂记一门，性质很是特别，本是史的资料，却很多文艺的兴味，虽是小品居多，一直为文人所爱读，流传比较地广。这一类书里所记的大都是一地方的古迹传说，物产风俗，其事既多新奇可喜，假如文章写得好一点，自然更引人入胜，而且因为说的是一地方的事，内容固易于有统一，更令读者感觉对于乡土之爱，这是读大部分的地理书时所没有的。这些地理杂记，我觉得他好，就是材料好，意思好，或是文章好的，大约有这几类：其一是记一地方的风物的，单就古代来说，晋之《南方草木状》，唐之《北户录》与《岭表录异》，向来为艺林所珍重。中国博物之学不发达，农医二家门户各别，士人知道一点自然物差不多只靠这些，此外还有《诗经》《楚辞》的名物笺注而已。其二是关于前代的，因为在变乱之后，举目有河山之异，著者大都是逸民遗老，追怀昔年风景，自不禁感慨系之，其文章既含有感情分子，追逐过去的梦影，鄙事俚语不忍舍弃，其人又率有豪气，大胆地抒写，所以读者自然为之感动倾倒。宋之《梦华》《梦梁》二录，明之《如梦录》与《梦忆》，都是此例。其三是讲本地的，这本来可以同第一类并算，不过有这一点差别，前者所记多系异地，后者则对于故乡或是第二故乡的留恋，重在怀旧而非知新。我们在北京的人便就北京来说罢，燕云十六州的往事，若能存有记录，未始不是有意思的事，可惜没有什么留遗，所以我们的话只好从明朝说起。明末的《帝京景物略》是我所喜欢的一部书，即使后来有《日下旧闻》等，博雅精密可以超过，却总是参考的类书，没有《景物略》的那种文艺价值。清末的书有《天咫偶闻》与《燕京岁时记》，也都是好的，民国以后出版的有枝巢子的《旧京琐记》，我也觉得很好，只可惜写得太少罢了。

上边两节虽是偶尔写成，可是把我对于地志杂记或风土志的爱好之意说得颇为明白，不过以前所说以散文为主，现在拿来应用于韵文方面，反正道理也是一样。韵文的风土志一类的东西，这是些什么呢？《两都》《二京》，以至《会稽三赋》，也都是的，但我所说的不是这种大著，实在只是所谓竹枝词之类而已。说起竹枝的历史，大家总追踪到刘禹锡那里去，其实这当然古已有之，关于人的汉有刘子政的《列女传赞》，关于物的晋有郭景纯的《山海经图赞》，不过以七言绝句的体裁而名为竹枝者，以刘禹锡作为最早，这也是事实。案《刘梦得文集》卷九，竹枝词九首又二首，收在乐府类内，观小引所言，盖本是拟作俗歌，取其含思婉转，有淇濮之艳，大概可以说是子夜歌之近体诗化罢。由此可知以七言四句，歌咏风俗

109

人情，稍涉俳调者，乃是竹枝正宗，但是后来引申，咏史事，咏名胜，咏方物，这样便又与古时的图赞相接连，而且篇章加多，往往凑成百篇的整数，虽然风趣较前稍差，可是种类繁复，在地志与诗集中间也自占有一部分地位了。这种书最初多称百咏，现存最早的著作要算是《郴江百咏》，著者阮阅，即是编《诗话总龟》的人，此书作于宋宣和中，已在今八百年前矣。元明之间所作亦不甚少，唯清初朱竹垞的《鸳鸯湖棹歌》出，乃更有名，竹枝词之盛行于世，实始于此。竹垞作《棹歌》在康熙甲寅，谭舟石和之，至乾隆甲午，陆和仲、张芑堂又各和作百首，蔚成巨册，前后相去整一百年，可谓盛事。此后作者甚多，纪晓岚的《乌鲁木齐杂诗》与蔡铁耕的《吴饮百绝》，可以算是特别有意味之作。百咏之类当初大抵只是简单的诗集，偶尔有点小注或解题，后来注渐增多，不但说明本事，为读诗所必需，而且差不多成为当然必具的一部分，写得好的时候往往如读风土小记，或者比原诗还要觉得有趣味。厉惕斋著《真州竹枝词》四百首，前有小引一卷，叙述一年间风俗行事，有一万二千余言。又黄公度著《日本杂事诗》，王锡棋抄录其注为《日本杂事》一卷，刊入《小方壶斋丛钞》中，即是一例。这一类的诗集，名称或为百咏，或为杂咏，体裁多是七言绝句，抑或有用五言绝句，或五言七言律诗者，其性质则专咏古迹名胜、风俗方物，或年中行事，抑或有歌咏岁时之一段落如新年，社会之一方面如市肆或乐户情事者，但总而言之可合称之为风土诗，其以诗为乘，以史地民俗的资料为载，则固无不同。鄙人不敢自信懂得诗，虽然如竹垞《棹歌》第十九首云：

> 姑恶飞鸣触晓烟，红蚕四月已三眠。
> 白花满把蒸成露，紫葚盈筐不取钱。

这样的诗我也喜欢，但是我所更喜欢的乃是诗中所载的"土风"，这个意见在上文已经说过，现在应用于竹枝词上也还是一样的。我在《十堂笔谈》中又说：

> 我的本意实在是想引诱读者，进到民俗研究方面去，使这冷僻的小路上稍为增加几个行人。专门弄史地的人不必说，我们无

须去劝驾，假如另外有人对于中国人的过去与将来颇为关心，便想请他们把史学的兴趣放到低的广的方面来，从读杂记的时候起离开了廊庙朝廷，多注意田野坊巷的事，渐与田夫野老相接触，从事于国民生活史之研究，此虽是寂寞的学问，却于中国有重大的意义。

散文的地理杂记太多了，暂且从缓，今先从韵文部分下手，将竹枝词等分类编订成册，所记是风土，而又是诗，或者以此二重原因，可以多得读者。但此亦未可必，姑以是为编者之一厢情愿的希望可也。

鲁迅的杂文

北京近日苦雨。自八月以来，一连一个多星期，没有一天出过太阳，虽然因此天气很是凉快，一点没有暑伏的感觉，也是好的，但是雨时下时止，非特上班的人觉得不便，就是我们年老的人闷在屋里也很气闷。八日从早上八时起，下起大雨来，直到九日上午这才停止，足足地下了一昼夜，在北京地区据报上说，计落了有三百五十多厘米的雨。我们的院子里积了不少的水，有些房子里边还浸了水，有的深及一尺，几乎到达床上。不浸水的也漏得可以，脸盆水桶都接上了，却还嫌不够。民间故事里说屋漏比老虎还可怕，似乎不是虚假的。到了十日上午，这个暴雨的中心似乎已经移出了北京地区，所以天气又复放晴，太阳露出他的面孔来了。

当时因为接漏的缘故，把有些多年不曾移动的东西不得不挪动一下，我便想趁此来整理一遍，将一个柳条箱打开来看，原来没有好东西，里面所装的纯是些陈旧的信札，看年月是民国十二年至十六年的。这便是一九二三年至二七年，去今已将四十年了，其中有些简札是现今已作古人的朋旧所遗，如柯采卿、刘半农、钱玄同、郁达夫等，拣出来几封留下作为纪念。有的则是编辑《语丝》时代的来稿，回想当时已经事同隔世，真是不胜感慨系之了。偶然拣出几篇来看，也有写得颇好的，可是那时却给没收了，这大约因为是恭维语丝社里的人的关系，虽然不曾明文规定，但是看去似乎是戏台里喝彩的文章，即使是来稿也罢，在《语丝》上大概是不登的。来稿里有两篇文章是从湖南衡阳寄来的，署名是"静渊"，其中一篇的题目是"鲁迅先生的杂感"，现在抄在下面：

自从《狂人日记》发表以来，鲁迅先生的小说已有许多人讨论过批评过了。他所给予现代青年的影响是不待说的，在文艺方

112

面，也鼓动了一些人从事创作。可是同时又有人说，鲁迅先生杂感文字感动现代青年的力量，比起他的小说还要重大。这句话从我个人看来，是很不错的，因为我就是读了鲁迅先生的杂感，得到了许多有益的教训，发生过深切的觉悟的。虽然我对于《呐喊》《彷徨》两集也曾细读，但还不能有什么批评。现在且把我读了《热风》和《华盖集》以后，涌现在我心上的感想写出来，至于别人曾否说过与我相同的话，我可不能知道，因为直到于今，我还没有读过台静农先生编的《鲁迅及其著作》一书呢。

我们首先要认识，鲁迅先生是一个思想革命家。他自己在《呐喊》的序文上，表明他的弃医术而趋向文艺，是要从事于思想革命的。他所要革的，就是数千年来盘踞在中国人心中的旧思想，和从这些荒谬思想所表现出来的种种违反人性的道德、礼教和制度。他虽然没有自称什么文化研究家，挂起什么招牌，可是谁也不能像他那样了解中国的文化，他的一双锐利的眼光，直看到了一般人所不能看见的隐微。他钻进了中国社会的深处，领悟了他们的生活，用比喻来说，中国好像一个久困的病夫，鲁迅先生便是一位良好的医生，经过了他冷酷的考察，清清楚楚地诊断了病源。论到他的文章，可以说，凡有眼睛的谁都会赏鉴。表现的深刻，在中国现时文坛上，是没有第二人的。他的杂感文的材料，往往是抓住了一股小小的事实，这在他人是绝不会注意的，然而鲁迅先生却能从这些小事上面，觑破其中的消息，他可以从中看出整个的中国社会和中国人，是怎样的黑暗污浊，可悲可叹。从字里行间，我们可以推想他的愤激和热忱，读了真使人惊心动魄，知道自己现在所居的是什么世界，所过的是什么生活。他的确是对于惯喜自大的中国人面前，毫不留情地下了严厉的攻击。我以为凡读过了鲁迅先生文章的，都要自己觉到，他所说的话无不搔着了身上的痒处，或是打到了痛处。鲁迅先生用了这种刻毒的攻心方法，原是要替中国人洗涤肠胃，来达到他所想望的思想革命。他希望中国人长进，所以言甚痛切，在表面上看来，好像尽是挖苦话，其实是血与泪写成的。但是社会上同情于他虽颇不少，而怨恨毁谤他的也就纷然四起，大概是有许多人读了他

113

的话，自己觉得不很舒服罢。中国人的痼疾，真可以说难于疗治，鲁迅先生虽下了精确的诊断，开好了药方，而无如一班病人始终不肯相信医生的话，反而怪他多事，鲁迅先生的常抱悲观，我想也就是为了这个原因。

目前是中国民族运动剧烈之际，民族的自尊心在这个时候自然兴盛。一般人只看见了异族人的凶横可恶，却忘记了检阅自己，似乎神明华胄复兴之期当不在远。然而我却私抱杞忧，愈觉得鲁迅先生骂中国人的话之值得注意。

后边署的时日是"十六年三月六日"，已经是整整的三十六年了，在那时候能够无条件地接受鲁迅的"骂中国人的话"，的确可以算是难能可贵了。因为鲁迅谴责中国人完全为是看了自己人不争气，所以发掘病源，毫不留情地揭露出来，有些实在是掘到根底里，所谓诛心之论，无怪那些惯于自大的先生们觉得不大舒服，要怨恨毁谤他了。可是他的本心乃是为的要中国人好，这在一般的人是不大能够了解的，因为他的热忱与愤激，使得他的话不但显得尖锐，而且有时似乎刻毒。但是到了现在，这一切便都明了了，此刻再来恭维他的杂文，难免是一唱百和的文章，更没有什么意思了。但是这篇静渊的小文乃是一九二七年所作，那时虽有台静农的《鲁迅及其著作》为之揄扬，上海文坛上与鲁迅为敌的人还是不少，所以他的这一篇《语丝》读者的作品是值得珍视的。来信里说，"拙文虽不足观，而意则甚诚"的确是不错的。当时因为特别关系，刊物上没有发表，却并不曾扔到字纸箩里去，仍然保存着在信件里边，大概也是这个原因罢。现在拿来发表在这里，虽然已是三十六年的旧事，却也似乎是值得重提一番的。

鲁迅的文学修养

文学修养是句比较旧式的话，他的意思大略近于现代的"文艺学习"，不过更是宽泛一点，也就好讲一点。鲁迅的著作，不论小说或是杂文，总有一种特色，便是思想文章都很深刻犀利。这个特色寻找他的来源，有人说这是由于地方的关系。因为在浙江省中间有一条钱塘江，把他分为东西两部分，这两边的风土民情稍有不同，这个分别也就在学风上表现了出来。大概说来，浙西学派偏于文，浙东则偏于史，就清朝后期来说，袁随园与章实斋，谭复堂与李越缦，都是很好的例子。再推上去，浙东还有毛西河，他几乎专门和"朱子"朱晦庵为难，攻击得绝不客气，章实斋、李越缦不肯犯"非圣无法"的嫌疑，比起来还要差一点了。拿鲁迅去和他们相比，的确有过之无不及，可以说是这一派的代表。不过这一种议论，恐怕未免有唯心论的色彩，而且换句话说，无异于说是"师爷"派，与"正人君子"的代言人陈源的话相近，所以不足为凭，现在可以不谈。但是，说部分影响当然是有的，不但他读过《文史通义》和《越缦堂日记》，就是只听祖父介孚公平日的训话，也是影响不小了。介孚公晚年写有一册《恒训》，鲁迅曾手抄一本，保存至今，其中所说的话什九不足为训，可以不提，但是说话的深刻，那总是独一的了。

我们客观一点寻找鲁迅思想文章的来源，可以分两方面来说，一是本国的，二是外国的。说到第一点，他读的中国古书很多，要具体地来说不但烦琐，也不容易，我们只好简单地来总结一句，他从那里边获得了两件东西，即是反封建礼教的思想，以及唯物思想的基础。读者们应当记得他在《朝花夕拾》中有一篇《二十四孝》，那是极好的资料，说明他反礼教思想的起源。《二十四孝》据说是朱子所编教孝的通俗书，专门发挥"三纲"中的"父为子纲"的精义的。书却编得很坏，许多迂阔迷信、不近人情倒也罢了，有的简直凶残无道，如"郭巨埋儿"这一节，在鲁迅的文章里遭到无情的打击，这也就显示他给他的刺激是多么的大。历代稍有理性的文人大抵都表示过反对，可是只单独地说一遍，没有什么力量，鲁迅多看野史笔记，找到许多类似的事实，有如六朝末武人朱粲以人为军粮，南宋初山东义民往杭州行在，路上吃人肉干当干粮，一九〇六年徐锡麟暗杀恩铭，被杀后心肝为卫兵所吃，把这些结合起来，得到一句结论曰"礼教吃人"。这个思想在他胸中存在了多少年，至一九一八年才成熟了，以《狂人日记》的形式出现于《新青年》上，不但是新文学的开始，也是反礼教运动的第一阵。他的唯物思想的根苗并不出于野史笔记，乃是从别个来源获得的。说来也觉得有点奇怪，这来源是佛经一类的书籍。他读古书，消极方面归纳得"礼教吃人"，建立起反封建道德的思想，但积极方面也得到益处，了解祖国伟大的文化遗产。他爱好历代的图画，后来兴起版画运动，辑录史地佚书，唐以前古逸小说，都有很大的成就。辞章一方面他排斥历来的"正统派"，重新予以估价，看重魏晋六朝的作品过于唐宋，更不必说"八大家"和桐城派了。中国佛经有许多种都是唐以前译出的，因此可以算是六朝的作品，他便以这个立场来加以鉴赏。鲁迅从谢无量的兄弟、留学印度的万慧法师那里听到说，唐朝玄奘的译经非常正确，但因为求忠实故，几乎近于直译，文字很不容易懂。反过来说，唐以前即六朝的译经，比较自由，文辞流畅华丽，文艺价值更大。鲁迅曾初读佛经，当作六朝文看，并不想去研究他里边的思想，可是不意他所受的影响却正是属于思想的。他看了佛经结果并不相信佛教，但是从本国撰述的部类内《弘明集》中，发现了梁代范缜的《神灭论》，引起他的同感，以后便成了神灭论者了。手边没有《弘明集》，不可能来引用说明，就所记得的说来，大体是说神不能离形而独存，最名的譬喻是用刀来比方，说形体是刀，精神是刀锋，刀锋的锐利是因刀而存在，刀灭则刀锋（利）也就灭了，因此神是也要与形俱灭的。鲁迅往南京进了矿路学堂，学习自然科学，受到了科学洗礼，但是引导他走向唯物路上去的，最初还是范缜的《神灭论》，后来的科学知识无非供给更多的证据，使他更坚定地相信罢了。

鲁迅从外国文学方面学习得来的东西很多，更不容易说，现在只能很简单地就他早期写小说的时代来一谈。他于一九〇六年从医学校退学，决意要来搞文艺运动，从办杂志入手，并且拟定名称曰"新生"。计划是定了，可是没有资本，同人原来也只是四名，后来脱走了一个，就只剩下了三人，即是鲁迅、许寿裳和我。《新生》的运动是孤立的，但是脉搏却与当时民族革命运动相通，虽然鲁迅并不是同盟会员。那时同盟会刊行一种机关报，便是那有名的《民报》，后来请章太炎先生当总编辑，我们都很尊重，可是他只着重政治和学术，顾不到文艺，这方面的工作差不多便由《新生》来负担下去。因为这个缘故，《新生》的介绍翻译方向便以民族解放为目标，搜集材料自然倾向东欧一面，因为那里有好些"弱小民族"，处于殖民地的地位，正在竭力挣扎，想要摆脱帝国主义的束缚，俄国虽是例外，但是人民也在斗争，要求自由，所以也在收罗之列，而且成为重点了。这原因是东欧各国的材料绝不易得，俄国比较好一点，德文固然有，英日文也有些。杂志刊行虽已中止，收集材料计划却仍在进行，可是很是艰难，因为俄国作品英日译本虽有而也很少，若是别的国家如匈牙利、芬兰、波兰、捷克斯洛伐克、保加利亚、南斯拉夫（当时叫塞尔维亚与克洛谛亚），便没有了。德译本虽有，但也不到东京来，因此购求就要大费气力。鲁迅查各种书目，又在书摊购买旧德文文学杂志，看广告及介绍中有什么这类的书出版，托了相识的书店向丸善书店订购，这样积累起来，也得到了不少，大抵多是文库丛书小本。现在看来这些小册子并无什么价值，但得来绝不容易，可以说是"粒粒皆辛苦"了。他曾以一角钱在书摊上买得一册文库本小书，是德文译的匈牙利小说，名曰《绞刑吏的绳索》，乃是爱国诗人裴多菲所作，是他唯一的小说。这册小书已经很破旧了，原来装订的铁丝锈断，书页已散，可是鲁迅视若珍宝，据我的印象来说，似乎是他收藏中唯一宝贵的书籍。这小说的分量并不很多，不知道他为什么缘故，不曾把他译了出来。

　　《新生》没有诞生，但是他的生命却是存在的。一九〇七年因了孙竹丹的介绍，给《河南》杂志写文章，重要的有一篇《摩罗诗力说》，可以当作《新生》上的论文去看。一九〇九年因了蒋抑卮的借款，印出了两册《域外小说集》，登载好些俄国和波兰的作品，也即是《新生》的资料。但是鲁迅更大的绩业乃是在创作的小说上，在这上边外国文学的力量也是不小的。这里恐怕也可以有些争辩，现在只能照我所见的事实来说，给予他影响的大概有这些作家与作品。第一个当然要算俄国的果戈理，他自己大

117

概也是承认，"狂人日记"的篇名便是直接受着影响，虽然内容截然不同，那反礼教的思想乃是鲁迅所特有的。鲁迅晚年很费心力，把果戈理的《死魂灵》翻译出来，这部伟大的小说固然值得景仰，我们也可以说，这里看出二者的相类似，鲁迅小说中的许多角色，除时地不同外，岂不也就是《死魂灵》中的人物么？第二个我想举出波兰的显克微支来。显克微支的晚期作品都是历史小说，含有反动的意义，不必说了，但他早期的作品的确有很好的，《域外小说集》中《灯台守》的诗都是他亲手所译，《炭画》一卷尤其为他所赏识，可能也给他一些影响。此外日本作家中有夏目漱石，写有一部长篇小说，名曰《我是猫》，假托猫的口气，描写社会情状，加以讽刺，在日本现代文学上很是有名，鲁迅在东京的时候也很爱读。在鲁迅的小说上虽然看不出明了的痕迹，但总受到他的有些影响，这是鲁迅自己在生前也曾承认的。

勃来克的诗

威廉·勃来克（William Blake 一七五七至一八二七）是英国十八世纪的诗人。他是个诗人，又是画家，又是神秘的宗教家。他的艺术是以神秘思想为本，用了诗与画来做表现的器具。欧洲各派的神秘主义，大半从希腊衍出，布洛谛诺思所著《九卷书》中，说宇宙起源本于一，由一生意，由意生灵，即宇宙魂。个体魂即由此出，复分为三，为物性的，理智的，神智的。只因心为形役，所以忘了来路，逐渐分离，终为我执所包裹，人于孤独的境地，为一切不幸的起源。欲求解脱，须凭神智，得诸理解，以至物我无间，与宇宙魂合，复返于一。勃来克的意见也是如此，所以他特重想象（Imagination），将同情内察与理想主义包括在内，以为是人道的要素。斯布勤女士在《英文学上的神秘主义》（Spurgeon，*Mysticism in English Literature*）中有一节说：

> 在勃来克看来，人类最切要的性质，并非节制约束，服从或义务，乃是在爱与理解。他说："人被许可入天国去，并不因为他们能检束他们的情欲，或没有情欲，但是因为他们能培养他们的理解的缘故。"理解是爱的三分，但因了想象，我们才能理解。理解的缺乏，便是世上一切凶恶与私利的根本。勃来克用力地说，非等到我们能与一切生物同感，能与他人的哀乐相感应，同自己的一样，我们的想象终是迟钝而不完全。《无知的占卜》（*Auguries of Innocence*）篇中云：——

> 被猎的兔的一声叫，
> 撕去脑中一缕的神经。

叫天子受伤在翅膀上，
天使停止了歌唱。

我们如此感觉时，我们自然要出去救助了；这并非因被义务或宗教或理性所迫促，只因愚弱者的叫声十分伤我们的心，我们不能不响应了。只要培养爱与理解，一切便自然顺着而来了。力，欲与知，在自利与不净的人，是危险的东西；但在心地清净的人，是可以为善的极大的力。勃来克所最重的，只是心的洁净，便是劳（Law）与贝美（Boehme）二人所说的欲求的方向。人的欲求如方向正时，以满足为佳。

红的肢体，火焰般的头发上，
禁戒撒满了沙；
但是满足的欲求，
种起生命的与美的果实。
（案，此系《格言诗》的第十章）

世上唯有极端纯洁，或是极端放纵的心，才能宣布出这样危险的宗旨来。在勃来克的教义上，正如斯温朋（Swinbume）所说，"世间唯一不洁的物，便只是那相信不洁的念头"。

这想象的言语，便是艺术。艺术用了象征去表现意义，所以幽闭在我执里面的人，因此能时时提醒，知道自然本体也不过是个象征。我们能将一切物质现象作象征观，那时他们的意义，也自广大深远。所以他的著作除纯粹象征神秘的《预言书》（*The Prophetic Books*）以外，就是抒情小诗，也有一种言外之意。如下面这一篇，载在《无知的歌》（*Songs of Innocence*）集内，是纯朴的小儿歌，但其实也可以说是迷失的灵的叫声；因为还有《寻得的小孩》（*The Little Boy Found*）一诗，即是表灵的归路的历程的。

迷失的小孩（*The Little Boy Lost*）

父亲，父亲，你到哪里去？

你不要走得那样快。
父亲你说，对你的小孩说，
不然我快要迷失了。

夜色黑暗，也没有父亲，
小孩着露湿透了；
泥泞很深，小孩哭了。
水汽四面飞散了。

　　勃来克说艺术专重感兴（Inspiration），技工只是辅助的东西。凡是自发的感兴，加以相当的技工，便是至上的艺术；无论古今人的创作，都是一样可尊，分不得优劣。他的思想与艺术的价值，近来经德法批评家研究，渐渐见重于世；其先在英国只被看作十八世纪小诗人之一，以几首性灵诗知名罢了。他的神秘思想多发表在《预言书》中，尤以《天国与地狱的结婚》（*The Marriage of Heaven and Hell*）一篇为最要，现在不能译他，只抄了几篇小诗，以见一斑。但最有名的《虎》（*The Tiger*）与《小羊》（*The Lamb*）等诗，非常单纯优美，不易翻译，所以也不能收入了。

我的桃金娘树（*To My Myrtle*）

缚在可爱的桃金娘上，
周围落下许多花朵，
啊，我好不厌倦啊，
卧在我的桃金娘树下。
我为什么和你缚住了，
啊，我的可爱的桃金娘树？

这诗的初稿本有十行，是这样的：

我为什么和你缚住了，
啊，我的可爱的桃金娘树？

121

恋爱，——自由的恋爱，——不能缚住了，

在地上无论什么树上。

缚在可爱的桃金娘上，

周围落下许多花朵，——

好似地上的粪土，

缚住了在我的桃金娘树下，

啊，我好不厌倦啊，

卧在我的桃金娘树下。

将这两篇比较一看，便可见得前诗剪裁的巧妙，意思也更深长了。勃来克是痛恶一切拘束的人，这诗便是他对于恋爱的宣言。但他的意思是很严肃的，和他的行为一致。他说桃金娘树是美的可爱的，但他又缚住了；他爱这树，但恨被缚住了反而妨害了他自发的爱，所以他想脱去了这系缚，能够自由地爱这树；因为他的意见，爱与缚是不并存的。《格言诗》（*Gnomic Verse*）第九章所说，也是关于这问题：

柔雪（*Soft Snow*）

我在一个雪天外出，

我请柔雪和我游戏；

伊游戏了，当盛年时融化了，

冬天说这是一件大罪。

初稿末句，原作"啊，甜美的爱却当作罪啊！"《经验的歌》（*Songs of Experiences*）集中有《迷失的女儿》（*The Little Girl Lost*）一章，序言也这样说："未来的时代的儿童，读了这愤怒的诗篇，当知道在从前的时候，甜美的爱曾当作罪啊！"这与上文所引《格言诗》第十正可互相发明了。

勃来克又恶战争，爱和平的农业，《格言诗》第十四五所说，与后来 John Ruskin 希望扶犁的兵士替去执剑的兵士，正是同一的意思。

十四

剑在荒地上作歌，

镰刀在成熟的田上；

剑唱了一则死之歌，

但不能使镰刀降了。

十五

野鸭啊，你在荒地上飞，

不见下面张着的网。

你为什么不飞到稻田里去？

收成的地方他们不能张网。

你有一兜的种子（*Thou hast a Slap full of seed*）

你有一兜的种子，

这是一片好土地。

你为什么不撒下种去，

高高兴兴地生活呢？

我可以将他撒在沙上，

使他变成熟地么？

此外再没有土地，

可以播我的种子，

不要拔去许多恶臭的野草。

勃来克纯粹的文学著作中有长诗一篇，就是《无知的占卜》，仿佛是小儿对于物象的占语，却含着他思想的精英。总序四句，最是简括。上文所引《被猎的兔》一节，便是篇中的第五、第六两联。

序

一粒沙里看出世界，

一朵野花里见天国，

在你手掌里盛住无限，

一时间里便是永远。

一—二

一只笼里的红襟雀，
使得天国全发怒。
满关鸠鸽的栅栏，
使得地狱全震动。

三—四

主人门前的饿狗，
预示国家的衰败。
路上被人虐待的马，
向天叫喊要人的血。

五—六

被猎的兔的一声叫，
撕去脑中一缕的神经。
叫天子受伤在翅膀上，
天使停止了歌唱。

七—八

斗鸡剪了羽毛预备争斗，
吓煞初升的太阳。
狼与狮子的叫声，
引起地狱里的人魂。

九—十

随处游行的野鹿，
能使人魂免忧愁。
被虐的小羊，养成公众的争夺，
但他仍宥许屠夫的刀子。

象征的诗，词意本多隐晦，经我的一转译，或者更变成难解的东西了。俄国诗人 Sologub 说："吾之不肯解释隐晦词意，非不愿，实不能耳。情动于中，吾遂以诗表之。吾于诗中，已尽言当时所欲言，且复勉求适切之词，俾与吾之情绪相调和。若其结果犹是隐晦不可了解，今日君来问我，更何能说明？"这一节话说得很好，可以解答几多的疑问，所以引来作勃来克的说明。至于译语上的隐晦或错误，当然是译者的责任，不能用别的话辩解的了。

苦茶庵打油诗

民国二十三年的春天，我偶然写了两首打油诗，被林语堂先生拿去在《人间世》上发表，硬说是五十自寿，朋友们觉得这倒好嬉子，有好些人寄和诗来，其手写了直接寄在我这里的一部分至今都还保存着。如今计算起来已是十个年头荏苒地过去了，从书箱的抽屉里把这些手迹从新拿出来看，其中有几位朋友如刘半农、钱玄同、蔡孑民诸先生现今都已不在。半农就在那一年的秋间去世，根据十年树木的例，墓木当已成抱了，时移世变，想起来真有隔生之感。有友人问，今年再来写他两首么？鄙人听了甚为惶悚，唯有采取作揖主义，连称不敢。为什么呢？当年那两首诗发表之后，在南方引起了不少的是非口舌，闹嚷嚷的一阵，不久也就过去了，似乎没甚妨害，但是拨草寻蛇，自取烦恼，本已多事，况且众口铄金，无实的毁谤看似无关重要，世间有些重大的事件往往可由此发生，不是可以轻看的事情。鄙人年岁徒增，修养不足，无菩萨投身饲狼之决心，日在戒惧，犹恐难免窥伺，更何敢妄做文诗，自蹈覆辙，此其一。以前所写的诗本非自寿，唯在那时所作，亦尚不妨移用，此次若故意去做，不但赋得难写得好，而且也未免肉麻了。还有一层，五十岁是实在的，六十岁则现在可以不是这样算，即是没有这么一回事。寒斋有一块寿山石印章，朱文九字云"知堂五十五以后所作"，边款云庚辰禹民，系民国二十九年托金彝斋君所刻。大家知道和尚有所谓僧腊者，便是受戒出家的日子起，计算他做和尚的年岁，在家时期的一部分抛去不计。假如在二十一岁时出家，到了五十岁则称曰僧腊三十。五十五岁以后也便是我的僧腊，从那一年即民国二十八年算起，到现在才有六年，若是六十岁，那岂不是该是民国八十八年么？六十自寿诗如要做的话，也就应该等到那时候才对，现在还早得很呢。此其二。

以上把现今不写打油诗的话说完了，但是在这以前，别的打油诗也并不是不写。这里不妨抄录一部分出来。这都是在事变以后所写的。照年代说来，自民国二十六年十一月至三十二年十月，最近一年间并没有著作。我自称打油诗，表示不敢以旧诗自居，自然更不敢称是诗人，同样地，我看自己的白话诗也不算是新诗，只是别一种形式的文章，表现当时的情意，与普通散文没有什么不同。因此名称虽然是打油诗，内容却并不是游戏，文字似乎诙谐，意思原甚正经，这正如寒山子诗，他是一种通俗的偈，其用意本与许多造作伽陀的尊者别无不同，只在形式上所用乃是别一手法耳。我所写的东西，无论怎么努力想专谈或多谈风月，可是结果是大部分还都有道德的意义，这里的打油诗也自不能免，我引寒山禅师为比，非敢攀高，亦只取其多少相近。此外自然还有一位邵康节在，不过他是道学大贤，不好拉扯，故不佞宁愿与二氏为伍，庶可稍免指摘焉。打油诗只录绝句，虽有三四首律诗，字数加倍，疵累自亦较多，不如藏拙为愈，今所录凡二十四首。

其一至二

燕山柳色太凄迷，话到家园一泪垂。

长向行人供炒栗，伤心最是李和儿。

（一月前食炒栗，忆《老学庵笔记》中李和儿事，偶作绝句，已忘之矣，今日忽记起，因即录出，时廿六年十二月十一日也。）

家祭年年总是虚，乃翁心愿竟何如。

故园未毁不归去，怕出偏门过鲁墟。

（二十日后再作一绝，怀吾乡放翁也。先祖妣孙太君家在偏门外，与快阁比邻，蒋太君家鲁墟，即放翁诗所云轻帆过鲁墟者是也。）

其三至六

粥饭钟鱼非本色，劈柴挑担亦随缘。

有时掷钵飞空去，东郭门头看月圆。

（廿七年十二月十六日作。）

禹迹寺前春草生，沈园遗迹欠分明。

偶然拄杖桥头望，流水斜阳太有情。

（以下三首均廿一日作。鲍瓜厂主人承赐和诗，末一联云："斜阳流水干卿事，未免人间太有情。"鲍瓜厂指点得很不错。但如致废名信中说过，觉得有此怅惘，故对于人间世未能恝置，此虽亦是一种苦，目下却尚不忍即舍去也。己卯秋日和六松老人韵七律末二句云"高歌未必能当哭，夜色苍凉未忍眠"，亦只是此意，和韵难恰好，今不具录。）

禅床溜下无情思，正是沉阴欲雪天。

买得一条油炸鬼，惜无白粥下微盐。

不是渊明乞食时，但称陀佛省言辞。

携归白酒私牛肉，醉倒村边土地祠。

（古有游仙诗，多言道教，此殆是游方僧诗乎，比丘本是乞士，抑或有神通也。戊寅冬至雪夜记。案，廿八年元日遇刺客，或云掷钵诗几成谶语，古来这种偶然的事盖多有之，无怪笔记上不乏材料也。）

其七至八

橙皮权当屠苏酒，赢得衰颜一霎红。

我醉欲眠眠未得，儿啼妇语闹哄哄。

（廿八年一月八日作。）

但思忍过事堪喜，回首冤亲一惘然。

饱吃苦茶辨余味，代言觅得杜樊川。

（十四日作。此二诗均为元日事而作，"忍过事堪喜"系杜牧之句，偶从《困学纪闻》中见到，觉得很有意思，廿三年秋天在日本片濑制一小花瓶，手题此句为纪念，至今尚放在书架子上。）

其九至十

廿年不见开元寺，寂寞荒场总一般。
唯念水澄桥下路，骨灰瓦屑最难看。

日中偶作寒山梦，梦见寒山喝一声。
居士若知翻着袜，老僧何处作营生。
（廿九年十二月七日作。"翻着袜"，王梵志诗语，见《山谷题跋》。）

其十一至十二

乌鹊呼号绕树飞，天河暗淡小星稀。
不须更读枝巢记，如此秋光已可悲。

一水盈盈不得渡，耕牛立瘦布机停。
剧怜下界痴儿女，笃笃香花拜二星。
（三十年七夕作。）

其十三

河水阴寒酒味酸，乡居那得有清欢。
开门偶共邻翁话，窥见庵中黑一团。
（十二月三十日灯下作。）

其十四

年年乞巧徒成拙，乌鹊填桥事大难。
犹是世尊悲悯意，不如市井闹盂兰。
（三十一年七月十八日作。）

其十五至十六

野老生涯是种园，闲衔烟管立黄昏。
豆花未落瓜生蔓，怅望山南大水云。

（夏中南方赤云弥漫，主有水患，称曰大水云。）

大风吹倒坟头树，杉叶松毛着地铺。
惆怅跳山山下路，秋光还似旧时无。
（十月三十日所作。）

其十七

生小东南学放牛，水边林下任嬉游。
廿年关在书房里，欲看山光不自由。
（十二月十四日作。）

其十八至二一

多谢石家豆腐羹，得尝南味慰离情。
吾乡亦有莼家菜，禹庙开时归未成。
（三十二年四月十日至苏州游灵岩山，在木渎午饭，石家饭店主人索题，为书此二十八字。壁间有于右任句云"多谢石家鱼巴肺汤"，故仿之也。）

我是山中老比丘，偶来城市作勾留。
忽闻一声劈破玉，漫对明灯搔白头。
（十一日晚在苏州听歌作。）

一住金陵逾十日，笑谈馂啜破工夫。
疲车赢马招摇过，为吃干丝到后湖。
（十四日友人邀游玄武湖作。）

脱帽出城下船去，逆流投篙意何如。
诗人未是忘机客，惊起湖中水活卢。
（水活卢，越中俗语，船娘云水胡卢，即鸊鷉昱也。以上二首均作于十六日夜车中。）

其二二至二四

山居亦自多佳趣，山色苍茫山月高。
掩卷闭门无一事，支颐独自听狼嗥。

涧中流水响溅溅，负手循行有所思。
终是水乡余习在，关心唯独贺家池。

镇日关门听草长，有时临水羡鱼游。
朝来扶杖入城市，但见居人相向愁。
（十月四日晨作。）

　　这些以诗论当然全不成，但里边的意思总是确实的，所以如只取其述怀，当作文章看，亦未始不可，只是意少隐曲而已。我的打油诗本来写得很是拙直，只要第一不当他作游戏话，意思极容易看得出，大约就只有忧与惧耳。孔子说，仁者不忧，勇者不惧。吾侪小人诚不足与语仁勇，唯忧生悯乱，正是人情之常，而能惧思之人亦复为君子所取，然则知忧惧或与知惭愧相类，未始非人生人德之门乎。从前读过《诗经》，大半都已忘记了，但是记起几篇来，觉得古时诗人何其那么哀伤，每读一过令人不欢。如《王风·黍离》云，知我者谓我心忧，不知我者谓我何求，悠悠苍天，此何人哉。其心理状态则云中心摇摇，终乃如醉以至如噎。又《兔爰》云，我生之初，尚无为，我生之后，逢此百罹，尚寐无吪。小序说明原委，则云君子不乐其生。幸哉我们尚得止于忧惧，这里总还有一点希望，若到了哀伤，则一切已完了矣。大抵忧惧的分子在我的诗文里由来已久，最好的例是那篇《小河》，民国八年所作的新诗，可以与二十年后的打油诗做一个对照。这是民八的一月廿四日所作，登载在《新青年》上，共有五十七行，当时觉得有点别致，颇引起好些注意。或者在形式上可以说，摆脱了诗词歌赋的规律，完全用语体散文来写，这是一种新表现，夸奖的话只能说到这里为止。至于内容那实在是很旧的，假如说明了的时候，简直可以说这是新诗人所大抵不屑为的，一句话就是那种古老的忧惧。这本是中国旧诗人的传统，不过他们不幸多是事后的哀伤，我们还算好一点的是将来的忧虑，其次是形式也就不是直接的，而用了譬喻，其实外国民歌中很多这种方式，便是在中国，《中山狼传》里的老牛老树也都说话，所以说到底连形式也并不是什么新的东西。鄙人是中国东南水乡的人民，对于水很有情分，可是也十分知道水的厉害，《小河》的题材即由此而出。古人云，民犹水也，水能载舟，亦能覆舟。法国路易十四云，朕等之后有洪水来。其一戒惧如周公，其一放肆如隋炀，但二者的话其归趋则一，是一样的可怕。把这类的思想装到诗里去，是做不成好诗来的，但这是我诚恳的意思，所以随时得有机会便想发表。自《小河》起，中间经过好些文诗，以至《中国的思想问题》，前后二十余年，就只是这两句话。今昔读者或者不接头亦未可知，自己则很是清楚，深知老调无变化，令人厌闻，唯不可不说实话耳。打油诗本不足道，今又为此而有此一番说明，殊有唐丧时日之感，故亦不多赘矣。

《颜氏学记》

读《颜氏学记》觉得很有兴趣，颜习斋的思想固然有许多是好的，想起颜李的地位实在是明末清初的康梁，这更令人发生感慨。习斋讲学反对程朱陆王，主张复古，"古人学习六艺以成其德行"，归结于三物，其思想发动的经过当然也颇复杂，但我想明末的文人误国，总是其中的一个重大原因。

他在《存学编》中批评宋儒说：

> 当日一出，徒以口舌致党祸；流而后世，全以章句误苍生。上者但学先儒讲著，稍涉文义，即欲承先启后；下者但问朝廷科甲，才能揣摩，皆骛富贵利达。

其结果则北来之时虽有多数的圣贤，而终于"拱手以二帝畀金，以汴京与豫"；南渡之后又生了多数的圣贤，而复终于"推手以少帝赴海，以玉玺与元矣"。

又《年谱》中记习斋语云：

> 文章之祸，中于心则害心，中于身则害身，中于国家则害国家。陈文达曰：本朝自是文墨世界。当日读之，亦不觉其词之惨而意之悲也。

戴子高述《颜李弟子录》中记汤阴明宗室朱敬所说，意尤明白：

> 明亡天下，以士不务实事而囿虚习，其祸则自成祖之定《四

书五经大全》始。三百年来仅一阳明能建事功，而攻者至今未已，皆由科举俗学入人之蔽已深故也。

这里的背景显然与清末甲申以至甲午相同，不过那时没有西学，只有走复古的一条路，这原是革新之一法，正如欧洲的文艺复兴所做的。"兵农钱谷水火工虞"，这就是后来提倡声光化电船坚炮利的意思，虽然比较地平淡，又是根据经典，然而也就足以吓倒陋儒，冲破道学时文的乌烟瘴气了。大约在那时候这类的议论颇盛，如傅青主在《书成化弘治文后》一篇文章里也曾这样说：

> 仔细想来，便此技到绝顶要他何用？文事武备暗暗地吃了他没影子亏，要将此事算接孔孟之脉，真恶心杀，真恶心杀。

这个道理似乎连皇帝也明白了，康熙二年上谕八股文章与政事无涉，即行停止，但是科举还并不停，到了八年八股却又恢复，直到清末，与国祚先后同绝。民国以来，康梁的主张似乎是实行了，实际却并不如此。戊戌前三十年戴子高、赵㧑叔遍索不得的颜李二家著述，现在有好几种版本了，四存学会也早成立了，而且我们现在读了《颜氏学记》也不禁心服，这是什么缘故呢？从一方面说，因为康梁所说太切近自己，所以找了远一点旧一点的来差可依傍，——其因乡土关系而提倡者又当别论。又从别一方面说，则西学新政又已化为道学时文，故颜李之说成为今日的对症服药，令人警醒，如不佞者盖即属于此项的第二种人也。

颜习斋尝说："为治去四秽，其清明矣乎，时文也，僧也，道也，娼也。"

别的且不论，其痛恨时文我觉得总是对的。但在《性理书评》里他又说，"宋儒是圣学之时文也"，则更令我非常佩服。何以道学会是时文呢？他说明道："盖讲学诸公只好说体面话，非如三代圣贤一身之出处一言之抑扬皆有定见。"傅青主也尝说："不拘甚事只不要奴，奴了，随他巧妙刁钻，为狗为鼠而已。"这是同一道理的别一说法。

朱子批评杨龟山晚年出处，初说做人苟且，后却比之柳下惠，习斋批得极妙：

龟山之就召也，正如燕雀处堂，全不见汴京亡，徽钦虏，直待梁折栋焚而后知金人之入宋也。朱子之论龟山，正如戏局断狱，亦不管圣贤成法，只是随口臧否。驳倒龟山以伸吾识，可也；救出龟山以全讲学体面，亦可也。

　　末几句说得真可绝倒，是作文的秘诀，却也是士大夫的真相。习斋拈出时文来包括宋儒——及以后的一切思想文章，正是他的极大见识。至于时文的特色则无定见，说体面话二语足以尽之矣，亦即青主所谓奴是也。今人有言，土八股之外加以洋八股，又加以党八股，此亦可谓知言也。关于现今的八股文章兹且不谈，但请读者注意便知，试听每天所发表的文字谈话，有多少不是无定见，不是讲体面话者乎？学理工的谈教育政治与哲学，学文哲的谈军事，军人谈道德宗教与哲学，皆时文也，而时文并不限于儒生，更不限于文童矣，此殆中国八股时文化之大成也。习斋以时文与僧道娼为四秽，我则以八股鸦片缠足阉人为中国四病，厥疾不瘳，国命将亡，四者之中时文相同，此则吾与习斋志同道合处也。

　　《性理书评》中有一节关于尹和靖祭其师伊川文，习斋所批首数语，虽似平常却很有意义，其文曰："吾读《甲申殉难录》，至'愧无半策国时难，唯余一死报君恩'，未尝不泣下也。至览和靖祭伊川'不背其师有之，有益于世则未'二语，又不觉废卷浩叹，为生民仓皇久之。"习斋的意思似乎只在慨感儒生之无用，但其严重地责备偏重气节而轻事功的陋习，我觉得别有意义。生命是大事，人能舍生取义是难能可贵的事，这是无可疑的，所以重气节当然决不能算是不好。不过这里就难免有好些流弊，其最大的是什么事都只以一死塞责，虽误国殃民亦属可恕。一己之性命为重，万民之生死为轻，不能不说是极大的谬误。

　　那种偏激的气节说虽为儒生所倡导，其实原是封建时代遗物之复活，谓为东方道德中之一特色可，谓为一大害亦可。如现时日本之外则不惜与世界为敌，欲吞噬亚东，内则敢于破坏国法，欲用暴烈手段建立法西派政权，岂非悉由于此类右倾思想之作祟欤。内田等人明言，即全国化为焦土亦所不惜，但天下事成败难说，如其失败时将以何赔偿之？恐此辈所准备者亦一条老命耳。此种东方道德在政治上如占势力，世界便将大受其害，不得安宁，假如世上有黄祸，吾欲以此当之。虽然，这只是说日本，若在中国则又略有别，至今亦何尝有真气节？今所大唱而特唱者只是气节的八股罢了，自己躲在安全地带唱高调，叫人家牺牲，此与浸在温泉里一面吆喝"冲上前去"亦何以异哉？清初石天基所著《传家宝》中曾记一则笑话云：

> 有父病延医用药，医曰：病已无救，除非有孝心之子割股感格，或可回生。子曰：这个不难。医去，遂抽刀出，是时夏月，逢一人赤身熟睡门屋，因以刀割其股肉一块。睡者惊起喊痛，子摇手曰：莫喊莫喊，割股救父母，你难道不晓得是天地间最好的事么？

此话颇妙，习斋也生在那时候，想当同有此感，只是对于天下大约还有指望，所以正经地责备。但是到了后来，这只好当笑话讲讲，再下来自然就不大有人说了。

六月中阅《学记》始写此文，到七月底才了，现在再加笔削成此，却已过了国庆日久矣了。

《颜氏家训》

南北朝人的有些著作我颇喜欢。这所说的不是一篇篇的文章，原来只是史或子书，例如《世说新语》《华阳国志》《水经注》《洛阳伽蓝记》以及《颜氏家训》。其中特别又是《颜氏家训》最为我所珍重，因为这在文章以外还有作者的思想与态度都很可佩服。通行本二卷，我所有的有明颜嗣慎、吴惟明、郝之壁、程荣、黄嘉惠各刊本，清朱轼刊本，《四部丛刊》影印明冷宗元刊本，别有七卷本系从宋沈氏本出，今有知不足斋刊本，抱经堂注本，近年渭南严氏重刻本及石印本。注本最便读者，今有石印本尤易得。严氏将卢本补遗重校等散入各条注中，其意甚善，惜有误脱，不能比石印本更好也。

据《四库书目提要》说，《颜氏家训》在唐志宋志里都列在儒家，"然其中《归心》等篇深明因果，不出当时好佛之习，又兼论字画音训，并考正典故。品第文艺，曼衍旁涉，不专为一家之言。今特退之杂家，从其类焉"。这种升降在现在看来本无关系，而且实在这也不该列入儒家，因为他的思想比有些道学家要宽大得多，或者这就是所谓杂也未可知，但总之是不窄，就是人情味之所在，我觉得兼好法师之可喜者也就在此。卢文弨序云："呜呼，无用之言，不急之辩，君子所弗贵。若夫六经尚矣，而委曲近情，纤悉周备，立身之要，处世之宜，为学之方，盖莫善于是书。人有意于训俗型家者，又何庸舍是而叠床架屋为哉。"对于《颜氏家训》的批评，此言可谓最简要得中。《提要》云："今观其书，大抵于世故人情深明利害，而能文之以经训。"经训与否暂且不管，所谓世故人情也还说得对，因为这书的好处大半就在那里。直斋称为古今家训之祖，但试问有哪个孙子及得他来，如明霍渭崖的《家训》简直是胡说一起，两相比较可知其优劣悬殊矣。六朝大家知道是乱世，颜君由梁入北齐，再入北周，其所作《观我生赋》云："予一生而三化，备荼苦而蓼辛。"注谓已三为亡国之人，但是不二三年而又入隋，此盖已在作赋之后欤。积其一身数十年患难之经验，成此二十篇书以为子孙后车，其要旨不外慎言检迹，正是当然。易言之，即苟全性命于乱世之意也。但是这也何足为病呢，别人的书所说无非也只是怎样苟全性命于治世而已，近来有识者高唱学问易主赶快投降，似乎也是这一路的意思罢。不过颜君是古时人，说得没有那么直接，还要蕴藉一点，也就消极得多了，这却是很大的不同。《教子》篇中末一则云：

> 齐朝有一士大夫尝谓吾曰：我有一儿，年已十七，颇晓书疏，教其鲜卑语及弹琵琶，稍欲通解，以此伏事公卿，无不宠爱，亦要事也。吾时俯而不答。异哉此人之教子也，若由此业自致卿相，亦不愿汝曹为之。

此事传诵已久，不但意思佳，文字亦至可喜。其自然大雅处或反比韩柳为胜。

其次二则均在《风操》篇中，一云：

> 别易会难，古人所重，江南饯送，下泣言离。有王子侯，梁武帝弟，出为东郡，与武帝别。帝曰：我年已老，与汝分张，甚以恻怆。数行泪下。侯遂密云，赧然而出。坐此被责，飘摇舟渚，一百许日，卒不得去。北间风俗不屑此事，歧路言离，欢笑分首。然人性自有少涕泪者，肠虽欲绝，目犹烂然，如此之人不可强责。

卢注云：

> 以不雨泣为密云，止可施于小说，若行文则不可用之，适成鄙俗耳。

我想这亦未必尽然，据注引《语林》中谢公事，大约在六朝这是一句

138

通行俗语，所以用人，虽稍觉古怪，似还不至鄙俗，盖全篇的空气均素雅也。

又一云：

> 偏傍之书，死有归杀，子孙逃窜，莫肯在家，画瓦书符，作诸厌胜。丧出之日，门前然火，户外列灰，祓送家鬼，章断注连。凡如此比，不近有情，乃儒雅之罪人，弹议所当加也。

这两则都可以见颜君的识见，宽严得中，而文辞温润与情调相符，极不易得。文中"章断注连"，卢本无注。查日本顺源在承平年中（九三一至七年）所编《倭名类聚抄》，调度部十四祭祀具七十下云"注连"，引云"注连章断"，注云："师说注连之梨久倍奈波，章断之度大智。"案之梨久倍奈波，日本古书写作端出之绳，《和汉三才图会》（原汉文）十九云："神前及门户引张之，以辟不洁，其绳用稻藁，每八寸许而出本端，数七五三茎，左绚之，故名。"之度太智者意云断后，此语少见，今大抵训为注连同谊。此种草绳，古时或以圈围地域，遮止侵入，今在宗教仪式上尚保存其意义，悬于神社以防亵渎，新年施诸人家入口，则以辟邪鬼也。《家训》意谓送鬼出门，悬绳于外，阻其复返，大旨已可明白，至于章断注连字义如何解释，则尚未能确说耳。又《文章》篇中云：

> 王籍《入若耶溪》诗云：蝉噪林愈静，鸟鸣山更幽。江南以为文外独绝，物无异议。简文吟咏，不能忘之。孝元讽味，以为不可复得。至怀旧志，载于籍传。范阳卢询祖，邺下才俊，乃言此不成语，何事于能，魏收亦然其论。《诗》云：萧萧马鸣，悠悠旆旌。《毛传》云：言不喧哗也。吾每叹此解有情致，籍诗生于此意耳。

此是很古的诗话之一，可谓要言不烦，抑又何其"有情致"耶。后来作者卷册益多，言辞愈富，而妙悟更不易得，岂真今不如古，亦因人情物理难能会解，故不免常有所蔽也。

颜之推是信奉佛教的，其《养生》《归心》两篇即说此理，《四库书目提要》把这原因归之于当时风习，虽然原来意思亦是轻佛重儒，不过也还说得漂亮。朱轼重刊《家训》，加以评点，序文乃云：

> 始吾读颜侍郎家训，窃意侍郎复圣裔，于非礼勿视听言动之义庶有合，可为后世训矣，岂唯颜氏宝之已哉。及览《养生》《归心》等篇，又怪二氏树吾道敌，方攻之不暇，而附会之，侍郎实忝厥祖，欲以垂训可乎。

他自己所以"逐一评校，以涤瑕著微"，其志甚佳，可是实行不大容易。如原文云"明非尧舜周孔所及也"，便批云"忽出悖语，可惜可惜"，不知好在何处，由我看去，岂非以百步笑五十步乎？且即就上述序文而言，文字意思都如此火气过重，拿去与《家训》中任何篇比较，优劣可知，只凭二氏树吾道敌这种意见，以笔削自任，正是人苦不自知也。我平常不喜欢以名教圣道压人的言论，如李慈铭的《越中先贤祠目》中序例八云"王仲任为越土首出，《论衡》一书，千古谈助，而其立名有违名教，故不与"，这就是一例，不妨以俞理初所谓可憎一词加之。《国风》三卷十二期载有《醉余随笔》一卷，系洪允祥先生遗著，其中一则云：

> 韩柳并称而柳较精博，一辟佛，一知佛之不可辟也。李杜并称而李较空明，一每饭不忘君，一则篇篇说妇人与酒也，妇人与酒之为好诗料，胜所谓君者多矣。

这却说得很有趣，李杜的比较我很赞同，虽然我个人不大喜欢豪放的诗文，对于太白少有亲近之感。柳较精博或者未必，但胜韩总是不错的，因为他不讲那些圣道，不卫道故不辟佛耳。洪先生是学佛的，故如此立言，虽有小偏，正如颜君一样亦是人情所难免，与右倾的道学家之咆哮故自不同。《家训》末后《终制》一篇是古今难得的好文章，看彻生死，故其意思平实，而文辞亦简要和易，其无甚新奇处正是最不可及处，陶渊明的《自祭文》与《拟挽歌辞》可与相比，或高旷过之。陶公无论矣，颜君或居其次，然而第三人却难找得出了。篇中有云：

四时祭祀，周孔所教，欲人勿死其亲，不忘孝道也。求诸内典则无益焉，杀生为之，翻增罪累。若报罔极之德，霜露之悲，有时斋供，及尽忠信不辱其亲，所望于汝也。

朱轼于旁边大打其杠子，又批云："语及内典，便入邪慝。"此处我们也用不着再批，只需把两者对比了看，自然便知。我买这朱批本差不多全为了那批语，因为这可以代表道学派的看法，至于要读《家训》还是以抱经堂本为最便利，石印亦佳，只可惜有些小字也描过，以致有误耳。

《镜花缘》

　　我的祖父是光绪初年的翰林，在二十年前已经故去了，他不曾听到国语文学这些名称，但是他的教育法却很特别。他当然仍教子弟学做时文，唯第一步的方法是教人自由读书，尤其是奖励读小说，以为最能使人"通"，等到通了之后，再弄别的东西便无所不可了。他所保举的小说，是《西游记》《镜花缘》《儒林外史》这几种，这也就是我最初所读的书。（以前也曾念过《四子全书》，不过那只是"念"罢了。）

　　我幼年时候所最喜欢的是《镜花缘》。林之洋的冒险，大家都是赏识的，但是我所爱的是多九公，因为他能识得一切的奇事和异物。对于神异故事之原始的要求，长在我们的血脉里，所以《山海经》《十洲记》《博物志》之类千余年前的著作，在现代人的心里仍有一种新鲜的引力：九头的鸟，一足的牛，实在是荒唐无稽的话，但又是怎样的愉快呵。《镜花缘》中漂海的一部分，就是这些分子的近代化，我想凡是能够理解荷马史诗《阿迭绥亚》的趣味的，当能赏识这荒唐的故事。

　　有人要说，这些荒唐的话即是诳话。我当然承认。但我要说明，以欺诈的目的而为不实之陈述者才算是可责，单纯的为说诳而说的诳话，至少在艺术上面，没有是非之可言。向来大家都说小孩喜说诳话，是做贼的始基，现代的研究才知道并不如此。小孩的诳话大都是空想的表现，可以说是艺术的创造。他说我今天看见一条有角的红蛇，决不是想因此行诈得到什么利益，实在只是创作力的活动，用了平常的材料，组成特异的事物，以自娱乐。叙述自己想象的产物，与叙述现世的实生活是同一的真实，因为经验并不限于官能的一方面。我们要小孩诚实，但这当推广到使他并诚实于自己的空想。诳话的坏处在于欺蒙他人，单纯的诳话则只是欺蒙自己，他人也可以被其欺蒙，不过被欺蒙到梦幻的美里去，这当然不能算是什么坏处了。

王尔德有一篇对话，名 The Decay of Lying （《说诳的衰颓》），很叹息于艺术的堕落。《狱中记》译者的序论里把"Lying"译作"架空"，仿佛是忌避说诳这一个字（日本也是如此），其实有什么要紧。王尔德哪里会有忌讳呢？他说文艺上所重要者是"讲美的而实际上又没有的事"，这就是说诳。但是他虽然这样说，实行上却还不及他的同乡丹绥尼："这世界在歌者看来，是为了梦想者而造的。"正是极妙的赞语。科伦（P. Colum）在丹绥尼的《梦想者的故事》的序上说：

> 他正如这样的一个人，走到猎人的寓居里，说道："你们看这月亮很奇怪，我将告诉你，月亮是怎样做的，又为什么而做的。"既然告诉他们月亮的事情之后，他又接续着讲在树林那边的奇异的都市，和在独角兽的角里的珍宝。倘若别人责他专讲梦想与空想给人听，他将回答说，我是在养活他们的惊异的精神，惊异在人是神圣的。
>
> 我们在他的著作里几乎不能发现一点社会的思想。但是，却有一个在那里，这便是一种对于减缩人们想象力的一切事物，——对于凡俗的都市，对于商业的实利，对于从物质的组织所发生的文化之严厉的敌视。

梦想是永远不死的。在恋爱中的青年与在黄昏下的老人都有他的梦想，虽然他们的颜色不同。人之子有时或者要反叛她，但终究还回到她的怀中来。我们读王尔德的童话，赏识他种种好处，但是《幸福的王子》和《渔夫与其魂》里的叙述异景总要算是最美之一了。我对于《镜花缘》，因此很爱他那漂洋的记述。我也爱《呆子伊凡》或《麦加尔的梦》，然而我或者更幼稚地爱希腊神话。

记得《聊斋志异》卷头有一句诗道"姑妄言之姑听之"，这是极妙的话。《西游记》《封神传》以及别的荒唐的话（无聊的模拟除外），在这一点上自有特别的趣味，不过这也是对于所谓受戒者（The Initiated）而言，不是一般的说法，更非所论于那些心思已入了牛角弯的人们。他们非用纪限仪显微镜来测看艺术，便对着画钟馗供香华灯烛。在他们看来，则《镜花缘》若不是可恶的妄语，必是一部信史了。

《逸语》与《论语》

前日买到北平图书馆的一册《善本书目乙编》，所列都是清代刻本之精善稀少者，还有些稿本及批校本。在仿佛被放弃了的北平，几时有看图书馆善本的福气我简直就不知道，看看书目虽不能当屠门大嚼，也可以算是翻食单罢。全书目共百四十五页，一半是方志与赋役书，但其他部分却可阅。我觉得有趣味的，寒斋所藏的居然也有两部在选中，一是曹廷栋的《逸语》十卷，一是陆廷灿的《南村随笔》六卷。我买这些书几乎全是偶然的，陆幔亭本来我就不知道，因为想找点清初的笔记看，于刘献廷、傅青主、王渔洋、宋牧仲、冯钝吟、尤西堂、王山史、刘在园、周栋园等外，又遇见这随笔，已经是雍正年刊本了。序中说他是王、宋的门生，又用《香祖笔记》《筠廊偶笔》来比他的书，我翻看一过，觉得这还比得不大错，与宋牧仲尤相近。虽然这种琐屑的记录我也有点喜欢，不过我尤喜欢有些自己的意见情趣的，如刘傅冯尤，所以陆君的笔记我不很看重，原来只是以备一格而已。曹慈山有一部《老老恒言》，我颇爱读，本来七十曰老，现在还差得远哩，但是有许多地方的确写得好，所以很觉得喜欢。这部《逸语》因为也是曹慈山所辑注的，便买了来，价也不大便宜，幸喜是原版初印，那《恒言》的版却很蹩脚，是《樵李丛书》本而又是后印的，《逸语》三大本的外表的确是颇为可观，内容稍过于严肃，盖属于子部儒家，而这一类的书在我平日是不大看者也。

现在又取出《逸语》来一翻，这固然由于书目乙编的提示，一半也因为是"上丁"的缘故罢。曹君从周秦两汉以讫晋宋齐梁诸子百家的书中辑集所记孔子的话，编为十卷二十篇，略如《论语》，而其文则为诸经之所逸，因名曰《逸语》。我刚才说不喜读四库的子部儒家类的书，但是《论语》有时倒也看看，虽然有些玄妙的话，古奥或成疑问的文，都不能懂，其一部分总还可以了解而且也很赞成的。《逸语》辑录孔子之言，不是儒教徒的文集，所以也可以作《论语》外篇读。我因为厌恶儒教徒，而将荀况孔鲋等一笔抹杀，也是不对，这个自己本来知道。平常讨厌所谓道学家者流，不免对于儒家类的《逸语》不大表示尊重，但又觉得《论语》还有可看，于是《逸语》就又被拉了出来，实在情形便是如此。老实说，我自己也是儒家，不过不是儒教徒，我又觉得自己可以算是孔子的朋友，远在许多徒孙之上。对于释迦牟尼、梭格拉底似乎也略知道，至于耶稣摩、罕默德则不敢说懂，或者不如明了地说不懂为佳。

《逸语》卷十，第十九篇《轶事》引《吕氏春秋》云：

> 文王嗜菖蒲菹，孔子闻而服之，缩颈而食之，三年，然后胜之。

曹注云：

> 此见圣人于饮食之微不务肥甘以悦口，亦取有益于身心，与不撤姜食其旨相同，且事必师古之意，于此亦可见耳。

这件事仿佛有点可笑，有如《乡党》中的好些事一样，我却觉得很有意思。菖蒲根我知道是苦的，小时候端午节用这加在雄黄酒里喝过，所以知道不是好吃的东西，但如盐腌或用别的料理法，我想或者要较好，不必三年才会胜之亦未可知。我们读古书仿佛也是这个情形，缩颈食之——这回却不至三年了，终于也胜之，辨别得他的香，也尝透了他的苦及其他的药性。孔子吃了大有好处，据《孝经纬》云，"菖蒲益聪"，所以后来能编订《易经》，了解作者之忧患，我们也因此而能尚友圣人，懂得儒道法各家的本意。不佞于此事不曾有特别研究，在专门学者面前抬不起头来，唯如对于一班孔教徒，则我辈自称是孔圣人的朋友，殆可决无愧色也。

《逸语》卷一有引《荀子》所记的一节话云：

> 子曰：由，志之，奋于言者华，奋于行者伐，色智而有能者，小人也。故君子知之曰知之，不知曰不知，言之要也。能之

曰能之，不能曰不能，行之至也。言要则智，行至则仁，既仁且智，夫恶有不足矣哉。

这话虽然稍繁，却也说得很好。《论语·为政》第二云：

子曰：由，诲女知之乎？知之为知之，不知为不知，是知也。

意思正自相像。孔子这样看重知行的诚实，是我所最佩服的一件事。《先进》第十一云：

季路问事鬼神，子曰：未能事人，焉能事鬼。曰：敢问事死。曰：未知生，焉知死。

《子路》第十三云：

樊迟请学稼，子曰：吾不如老农。请学为圃。子曰：吾不如老圃。

又《卫灵公》第十五记公问阵，孔子也答说"军旅之事未之学也"。这种态度我也觉得很好。虽然樊迟出去之后孔子数说他一顿，归结到"焉用稼"，在别处如《泰伯》第八也说，"笾豆之事则有司存"，可见他老先生难免有君子动口小人动手的意思，觉得有些事不必去做，但这也总比胡说乱道好。

我尝说过，要中国好不难，第一是文人不谈武，武人不谈文。盖《大学》难懂，武人不读正是言之要也，大刀难使，文人不耍便是行之至也，此即是智与仁也。《季氏》第十六又有一节云：

孔子曰：求，君子疾夫舍曰欲之而必为之辞。

147

下文一大串政治哲学大为时贤所称赏，我这里只要这一句，因为与上面的话多少有点关系。孔子这里所骂的，比以不知为知，以不能为能，情节还要重大了，因为这是文过饰非。因为我是儒家思想的，所以我平素很主张人禽之辨，而文过饰非乃是禽以下的勾当。古人说通天地人为儒，这个我实在不敢自承，但是如有一点生物学文化史和历史的常识，平常也勉强足以应用了。我读英国捺布菲修所著《自然之世界》与汉译汤姆生的《动物生活史》，觉得生物的情状约略可以知道，是即所谓禽也。人是一种生物，故其根本的生活实在与禽是一样的，所不同者，他于生活上略加了一点调节，这恐怕未必有百分之一的变动，对于禽却显出明了的不同来了，于是他便自称为人，说他有动物所无的文化。据我想，人之异于禽者就只为有理智罢，因为他知道己之外有人，己亦在人中，于是有两种对外的态度，消极的是恕，积极的是仁。假如人类有什么动物所无的文化，我想这个该是的，至于汽车飞机枪炮之流无论怎么精巧便利，实在还只是爪牙筋肉之用的延长发达，拿去夸示于动物，但能表出量的进展而非是质的差异。我曾说，乞食是人类文明的产物。恐要妨害隔壁的人用功而不在寄宿舍拉胡琴，这虽是小事，却是有人类的特色的。

《卫灵公》第十五云：

> 子贡问曰：有一言而可以终身行者乎？子曰：其恕乎，己所不欲，勿施于人也。

《公冶长》第五云：

> 子贡曰：我不欲人之加诸我也，吾亦欲无加诸人也。子曰：赐也，非尔所及也。

孔子这种地方的确很有见解。但是人的文化也并不一定都是向上的，人会恶用他的理智去干禽兽所不为的事，如暗杀、卖淫、文字思想狱，为文明或王道的侵略。这末了一件正该当孔子所深恶痛疾的，文过饰非自然并不限于对外的暴举，不过这是最重大的一项罢了。

孔子的话确有不少可以做我们东洋各国的当头棒喝者，只可惜虽然有千百人去对他跪拜，却没有人肯听他。真是了解孔子的人大约也不大有了，我辈自认是他的朋友，的确并不是荒唐。大家的主人虽是婢仆众多，知道主人的学问思想的还只有和他平等往来的知友，若是垂手直立，连声称是，但足以供犬马之劳而已。孔子云："益者三友，损者三友。友直，友谅，友多闻，益矣。友便僻，友善柔，友便佞，损矣。"我们岂敢对圣人自居于多闻，曰直曰谅，其或庶几，当勉为孔子之益友而已。

附记：

文中所引《论语》系据《四部丛刊》影印日本南北朝正平刻本，文字与通行本稍有不同，非误记也。

《燕京岁时记》

《燕京岁时记》一卷，富察敦崇著，据跋盖完成于光绪庚子，至丙午（一九○六）始刊行，板似尚存，市上常有新印本可得。初在友人常君处所见系宣纸本，或是初印，我得到的已是新书了，但仍系普通粉连，未用现今为举世所珍重的机制连史纸，大可喜也。润芳序中略述敦君身世，关于著作则云：

> 他日过从，见案头有《燕京岁时记》一卷，捧读一过，具见匠心，虽非巨制鸿文，亦足资将来之考证，是即《景物略》《岁华记》之命意也。虽然，如礼臣者其学问岂仅如此，尚望引而申之，别有著作，以为同学光，则予实有厚望焉。

其实据我看来，这《岁时记》已经很好了，但是我却又能够见到他别的著作，更觉得有意思。这也并非巨制鸿文，只是薄薄的一册文集，题曰《画虎集文钞》，上有我的二月十四日的题记云：

> 前得敦礼臣著《燕京岁时记》，心爱好之。昨游厂甸见此集，亟购归，虽只寥寥十三页，而文颇质朴，亦可取也。

这书虽然亦用粉连纸印，而刻板极坏，比湖北崇文书局本还要难看，有几处已经糊纸改写，错字却仍不少，如庶吉士会刻作庶吉主，可见那时校刻的草草了。集中只有文十一篇，首篇是复其内弟书，叙庚子之变，自称年四十六，末为周毓之诗序，作于甲子春，署七十老人某病中拜序，可以知其年岁及刻书的时代大概。十一篇中有六篇都说及庚子，深致慨叹，颇有见识，辛亥后作虽意气消沉，却无一般遗老丑语，更为大方，曾读《涉江文钞》亦有此感，但惜唐氏尚有理学气耳。辛丑所作《增旧园记》有云：

> 斯园也以弹丸之地，居兵燹之中，虽获瓦全，又安能长久哉。自今以往，或属之他人，或鞠为茂草，或践成蹊径，或垦作田畴，是皆不可知矣，更何敢望如昔之歌舞哉。

此增旧园在铁狮子胡同，即铁狮子所在地，现在不知如何了。昔年往东北城教书常走过此街，见有高墙巍巍，乃义威将军张宗昌别宅也，疑即其处。记末又言古来宫殿尽归毁灭，何况蕞尔一园，复云：

> 其所以流传后世者亦唯有纸上之文章耳，文章若在，则斯园为不朽矣，此记之所由作也。

今园已不存，此十三页的文集不知天壤间尚有几本，则记之存盖亦仅矣。《碣石逦叟周毓之诗序》云：

> 癸亥嘉平以诗一卷见寄，并嘱为序。研读再四，具见匠心，间亦有与予诗相似者。盖皆读书无多，纯任天籁，正如鸟之鸣春，虫之鸣秋，嘈嘈唧唧，聒耳不已，诘其究竟，鸟既不知所鸣者为何声，虫亦不知所鸣者为何律也，率其性而已矣，吾二人之诗亦复如此。

《画虎集》中无诗抄，只在《岁时记》中附录所作六首，《游潭柘山》三首及《钓鱼台》一首均系寻常游览之作，《京师夏日闺词》两首稍佳，大抵与所自叙的话相合，这在诗里未能怎么出色，但不是开口工部，闭口涪翁，总也干净得多，若是在散文里便更有好处了。《岁时记》跋之二云：

> 此记皆从实录写，事多琐碎，难免有冗杂芜秽之讥，而究其大旨，无非风俗游览物产技艺四门而已，亦《旧闻考》之大

略也。

这从实录写，事多琐碎两件事，据我看来不但是并无可讥，而且还是最可取的一点。本来做这种工作，要叙录有法，必须知识丰富，见解明达，文笔殊胜，才能别择适当，布置得宜，可称合作。若在常人，徒拘拘于史例义法，容易求工反拙，倒不如老老实实地举其所知，直直落落地写了出来，在琐碎朴实处自有他的价值与生命。记中所录游览技艺都是平常，其风俗与物产两门颇多出色的记述，而其佳处大抵在不经意的地方，盖经意处便都不免落了窠臼也。如一月中记"耍耗子耍猴儿耍苟利子跑旱船"，十月的"糟蟹良乡酒鸭儿广柿子山里红""风筝毽儿琉璃喇叭咘咘噔太平鼓空钟""蛐蛐儿蝈蝈儿油葫芦""梧桐交嘴祝顶红老西儿燕巧儿""栗子白薯中果南糖萨其马芙蓉糕冰糖葫芦榲桲""赤包儿斗姑娘海棠木瓜沤朴"各条，都写得很有意思。又如五月的"石榴夹竹桃"云：

> 京师五月榴花正开，鲜明照眼，凡居人等往往与夹竹桃罗列中庭，以为清玩。榴竹之间，必以鱼缸配之，朱鱼数头，游泳其中，几于家家如此。故京师谚曰：天篷鱼缸石榴树。盖讥其同也。

七月的"荷叶灯蒿子灯莲花灯"云：

> 中元黄昏以后，街巷儿童以荷叶燃灯，沿街唱曰：荷叶灯，荷叶灯，今日点了明日扔。又以青蒿粘香而燃之，恍如万点流萤，谓之蒿子灯。市人之巧者又以各色彩纸制成莲花莲叶花篮鹤鹭之形，谓之莲花灯。谨案《日下旧闻考》，荷叶灯之制自元明以来即有之，今尚沿其旧也。

又其记萨其马等云：

> 萨其马乃满洲饽饽，以冰糖奶油和白面为之，形如糯米，用不灰木烘炉烤熟，遂成方块，甜腻可食。芙蓉糕与萨其马同，但

152

面有红糖，艳如芙蓉耳。冰糖葫芦乃用竹签贯以蒲桃山药豆海棠
果山里红等物，蘸以冰糖，甜脆而凉。

记赤包儿等云：

　　每至十月，市肆之间则有赤包儿斗姑娘等物。赤包儿蔓生，
形如甜瓜而小，至初冬乃红，柔软可玩。斗姑娘形如小茄，赤如
珊瑚，圆润光滑，小儿女多爱之，故曰斗姑娘。

赤包儿这名字常听小孩们叫，即是栝楼。斗姑娘这种植物在花担上很
多见，不知道有无旧名，或者是近来输入亦未可知，日本称作"姬代代"，
姬者表细小意的接头语，代代者橙也。此本系茄科，盖言其实如小橙子
耳，汉名亦不可考。斗字意不甚可解，或是逗字，在北京音相同，但亦不
敢定也。
　　唐涉江（原名震钧）著《天咫偶闻》，记北京地理故实，亦颇可看，
可与《岁时记》相比，但唐书是《藤阴杂记》一流，又用心要写得雅驯，
所以缺少这些质朴琐屑的好处。两者相比，《偶闻》虽或可入著作之林，
而自有其门户，还不如《岁时记》之能率性而行也。

《梅花草堂笔谈》 等

　　前居绍兴时家中有张大复的《梅花草堂笔谈》四五本，大约缺其十分之二，软体字竹纸印，看了很可喜，所以小时候常拿出来看，虽然内容并不十分中意。移家来北京的时候不知怎的遗失了，以后想买总不容易遇见，而且价目也颇贵，日前看旧书店的目录，不是百元也要六七十。这回中国文学珍本丛书本的《笔谈》出版，普及本只需四角五分，我得到一本来看，总算得见全本了，也不记得哪几卷是不曾看过的，约略翻阅一遍，就觉得也可以满足了。

　　珍本丛书出版之前，我接到施蛰存先生的来信，说在主编此书，并以目录见示，我觉得这个意思很好，加上了一个赞助的名义，实在却没有尽一点责，就是我的一部《谑庵文饭小品》也并不曾贡献出去。目录中有些书我以为可以缓印的，如《西青散记》《华阳散稿》《柳亭诗话》等，因为原书都不大难得，不过我只同施先生说及罢了，书店方面多已编好付印，来不及更改了。但是在别一方面也有好些书很值得重印，特别是晚明文人的著作，在清朝什九都是禁书，如三袁、钟谭、陈继儒、张大复、李卓吾等均是。袁小修的《游居柿录》我所有的缺少两卷，《焚书》和钟谭集都只是借了来看过，如今有了翻印本，足以备检阅之用。句读校对难免多错，但我说备检阅之用，这也只好算了，因为排印本原来不能为典据，五号字密排长行，纸滑墨浮，蹙频疾视，殊少读书之乐，这不过是石印小册子之流，如查得资料，可以再去翻原书，固不能即照抄引用也。所收各本精粗不一，但总没有伪造本，亦尚可取。《杂事秘辛》虽伪造，还可算作杨升庵的文章，若是现今胡乱改窜的那自然更不足道了。

　　翻印这一类的书也许有人不很赞成，以为这都没有什么文艺或思想上的价值，读了无益。这话说得有点儿对，也不算全对。明朝的文艺与思想本来没有多大的发展，思想上只有王学一派，文艺上是小说一路，略有些创造，却都在正统路线以外，所以在学宗程朱、文宗唐宋的正宗派看来毫无足取，正是当然的事。但是假如我们觉得不必一定那么正宗，对于上述二者自当加以相当注意，而这思想与文艺的旁门互相混合，便成为晚明文坛的一种空气，自李卓吾以至金圣叹，以及桐城派所骂的吴越间遗老，虽然面貌不尽相似，走的却是同样路道。那么晚明的这些作品也正是很重要的文献，不过都是旁门而非正统的。但我的偏见以为，思想与文艺上的旁门往往要比正统更有意思，因为更有勇气与生命。孔子的思想有些我也是喜欢的，却不幸被奉为正统，大被歪曲了，愈被尊愈不成样子，我真觉得孔子的朋友殆将绝迹，恐怕非由我们一二知道他的起来纠正不可，或者《论语》演义之作也是必要的罢。这是闲话，暂且按下不表，却说李卓吾以下的文集，我以为也大值得一看，不但是禁书难得，实在也表示明朝文学的一种特色，里边包含着一个新文学运动，与现今的文学也还不是水米无干者也。

现在提起公安竟陵派的文学，大抵只看见两种态度，不是鄙夷不屑便是痛骂。这其实是古已有之的，我们最习见的有《静志居诗话》与《四库书目提要》，朱竹垞的"丛诃攒骂"是有名的了，纪晓岚其实也并未十分糊涂，在节抄《帝京景物略》的小引里可以看出他还是有知识的人。今人学舌已可不必，有些人连公安竟陵的作品未曾见过，也来跟着呐喊，怕这亡国之音会断送中原，其意可嘉，其事总不免可笑。现在得书甚易，一读之后再用自己的智力来批评，这结果一定要好一点了。我以为读公安竟陵的书首先要明了他们运动的意义，其次是考查成绩如何，最后才用了高的标准来鉴定其艺术的价值。我可以代他们说明，这末一层大概不会有很好的分数的，其原因盖有二。一、在明末思想的新分子不出佛老，文字还只有古文体，革命的理论可以说得很充分，事实上改革不到哪里去。我觉得苏东坡也尽有这才情，好些题跋尺牍在公安派中都是好作品，他只是缺少理论，偶然放手写得这些小文，其用心的大作仍是被选入八家的那一部分，此其不同也。反过来说，即是公安作品可以与东坡媲美，更有明确的文学观耳，就是他们自己也本不望超越白苏也。二、后人受唐宋文章的训练太深，就是新知识阶级也难免以八家为标准，来看公安竟陵就觉得种种不合式。我常这样想，假如一个人不是厌恶韩退之的古文的，对于公安等文大抵不会满意，即使不表示厌恶。我觉得公安竟陵的诗都不大好，或者因为我本不懂诗之故亦未可知，其散文颇多佳作，说理的我喜其理多正确，文未必佳，至于叙景或兼抒情的小文则是其擅长，袁中郎、刘同人的小记均非人所有也。不过这只是个人的妄见，其不能蒙大雅之印可正是当然，故晚明新文学运动的成绩不易得承认，而其旁门的地位亦终难改正，这件事本无甚关系，兹不过说明其事实如此而已。

吾乡陶筠厂就《隐秀轩集》选录诗文百五十首，为《钟伯敬集钞》，小引中载其咏钟谭的一首七言拗体，首四句云：

> 天下不敢唾王李，钟谭便是不犹人。
> 甘心陷为轻薄子，大胆剥尽老头巾。

后又评伯敬的文章云：

> 至若袁不为钟所袭，而钟之隽永似逊于袁，钟不为谭所袭，而谭之简老稍胜于钟，要皆不足为钟病，钟亦不以之自病也。

陶君的见解甚是，我曾引申之云：

> 甘心云云十四字说尽钟谭，也说尽三袁以及其他一切文学革命者的精神，褒贬是非亦悉具足了。向太岁头上动土，既有此大胆，因流弊而落于浅率幽晦，亦所甘心，此真革命家的态度，朱竹垞辈不能领解，丛诃攒骂正无足怪也。

现在的白话文学好像是已经成立了，其实是根基仍不稳固，随处都与正统派相对立，我们阅公安竟陵的遗迹自不禁更多感触，不当仅作平常文集看。陶君的评语也正是极好的格言，不但是参与其事者所应服膺，即读者或看客亦宜知此，庶几对于凡此同类的运动不至误解耳。

翻印晚明的文集原是一件好事，但流弊自然也是有的。本来万事都有流弊，食色且然，而且如上文所说，这些指责亦当甘受，不过有些太是违反本意的，也就该加以说明。我想这最重大的是假风雅之流行。这里须得回过去说《梅花草堂笔谈》了。我赞成《笔谈》的翻印，但是这与公安竟陵的不同，只因为是难得罢了，他的文学思想还是李北地一派，其小品之漂亮者亦是山人气味耳。明末清初的文人有好些都是我所不喜欢的，如王稚登、吴从先、张心来、王丹麓辈，盖因其为山人之流也，李笠翁亦是山人而有他的见地，文亦有特色，故我尚喜欢，与傅青主、金圣叹等视。若张大复，殆只可奉屈坐于王稚登之次，我在数年前偶谈中国新文学的源流，有批评家赐教谓应列入张君，不佞亦前见《笔谈》残本，凭二十年前的记忆不敢以为是，今复阅全书亦仍如此想。世间读者不甚知此种区别，出版者又或夸多争胜，不加别择，势必将檀几丛书之类亦重复抄印而后止，出现一新鸳鸯蝴蝶派的局面，此固无关于世道人心，总之也是很无聊的事罢。如张心来的《幽梦影》，本亦无妨一读，但总不可以当饭吃，大抵只是瓜子耳，今乃欲以瓜子为饭，而且许多又不知是何瓜之子，其吃坏肚皮宜矣。所谓假风雅即指此类山人派的笔墨，而又是低级者，故谓之假，其实即是非假者亦不宜多吃，盖风雅或文学都不是粮食也。

安徒生的四篇童话

　　我和安徒生（H. C. Andersen）的确可以说是久违了。整三十年前我初买到他的小说《即兴诗人》，随后又得到一两本童话，可是并不能了解他。一直到了一九〇九年在东京旧书店买了丹麦波耶生的《北欧文学论集》和勃阑特思的论文集（英译名"十九世纪名人论"）来，读过里边论安徒生的文章，这才眼孔开了，能够懂得并喜欢他的童话。后来收集童话的好些译本，其中有在安徒生生前美国出版的全集本两巨册，一八七〇年以前的童话都收在里边了，但是没有译者名字，觉得不大靠得住。一九一四年奥斯福大学出版部的克莱吉夫妇编订本，收录完备，自初作的《火绒箱》以至绝笔的《牙痛老姆》全都收入，而且次序悉照发表时代排列，译文一一依据原本改正，削繁补缺，可谓善本，得此一册也就可以满足了，虽然勃拉克斯塔特本或培因本还觉得颇喜欢，若要读一两篇时选本也更为简要。但是我虽爱安徒生童话，译却终于不敢，因为这件事实在太难了，知道自己的力量很不够，只可翻开来随意读读或对客谈谈而已，不久也就觉得可以少谈，近年来则自己读了消遣的事也久已没有了。

　　去年十二月三十日却忽然又买到了一小本安徒生的童话。这件事情说来话长。原来安徒生初次印行童话是在一八三五年，内系《火绒箱》《大克劳斯与小克劳斯》《豌豆上的公主》《小伊达的花》，共四篇，计六十一页。去年一九三五正是百年纪念，坎勃列治大学出版部特刊四篇新译，以为纪念，我就托书店去定购，等得寄到时已经是残年向尽了。本文系开格温（R. P. Keigwin）所译，有拉佛拉忒夫人（Gwen Raverat）所作木版画大小三十五幅，又安徒生小像两个——这都只有两英寸高，所以觉得不好称幅。安徒生的童话前期所作似更佳，这四篇我都爱读，这回得到新译小册，又重复看了两三遍，不但是多年不见了的缘故，他亦实在自有其好处也。

译者在卷首题句，借以纪念他父母的金刚石结婚，盖结婚在一八七五，正是安徒生去世之年，到了一九三五整整地是六十年了。译者又有小引云：

> 回顾一百年的岁月，又记着安徒生所写童话的数目，我们便要惊异，看这最初所出的第一辑是多么代表的作品，这诗人又多么确实地一跳起来便踏定脚步。在一八三五年的早春，他写信给印该曼道："我动手写一两篇故事，讲给儿童们听的，我自己觉得很是成功。"

> 他所复述的故事都是那些儿时在芬岛他自己所喜欢听的，但是那四篇却各有特别显明的一种风格。在《火绒箱》里，那兵显然是安徒生自己，正因为第一篇小说的目前的成功高兴得了不得，那文章的调子是轻快的莽撞的。在《大克劳斯与小克劳斯》那快活的民间喜剧里，他的素朴性能够尽量地发现，但其效力总是健全而兴奋的。这两篇故事里金钱的确是重要的主眼，而这也正是金钱为那时贫穷的安徒生所最需要的东西。或者那时候他所要的还该加上一个公主罢。于是有那篇《豌豆上的公主》，这里有他特别的一股讽刺味，这就使得那篇小故事成为一种感受性的试验品。末了有《小伊达的花》，一篇梦幻故事，像故事里的花那么温和柔脆，在这里又显示出别一样的安徒生来，带着路易·加乐尔（Lewis Carroll）的稀微的预兆——伊达帖蔼勒即是他的阿丽思列特耳。《小伊达》中满是私密的事情，很令我们想起那时代的丹麦京城是多么的偏鄙，这故事虽是一部分来自霍夫曼，但其写法却全是独创的。而且在这里，安徒生又很无心地总结起他对于异性的经验："于是那扫烟囱的便独自跳舞，可是这倒也跳得不坏。"

> 关于安徒生的文体还须加以说明，因为正是这个，很招了他早期批评家的怒，可是末后却在丹麦散文的将来上发生一种强有力的影响。他在那封给印该曼的信上说："我写童话，正如我对小孩讲一样。"这就是说，他抛弃了那种所谓文章体，改用口语

上的自然的谈话的形式。后年他又写道："那文体应该使人能够听出讲话的人的口气，所以文字应当努力去与口语相合。"这好像是一篇论广播的英文的话，安徒生实在也可以说是一个最初的广播者。他在几乎一百年前早已实行了那种言语的简单化的技术，这据说正是不列颠广播会（BBC）的重要工作之一。

他在叙述上边加以种种谈话的笔法，如干脆活泼的开场，一下子抓住了听者的注意，又如常用背躬独白或插句，零碎的丹麦京城俗语，好些文法上的自由，还有那些语助词——言语里的点头和撑肘，这在丹麦文里是与希腊文同样地很丰富的。安徒生在他的童话里那样地保持着谈话的调子，所以偶然碰见一点真的文章笔调的时候，你就会大吃一惊的。他又说道："那些童话是对儿童讲的，但大人们也可以听。"所以其言语也并不以儿童的言语为限，不过是用那一种为儿童所能理解与享受的罢了。（这是很奇异的，安徒生的言语与格林所用的相差有多么远，且不说他的诙谐趣味，这在丹麦人看来是他最为人所爱的一种特色。在英国普通以为他太是感伤的印象，也大抵都是错误的。）

现在只简略地说明安徒生的言语的技术，但是可惜，这常被湮没了，因为译者的想要修饰，于是在原著者的散文上加了好些东西，而这在原本却正是很光荣地并没有的。至于其余的话可以不说了，这里是他最初的四篇童话，自己会得表明，虽然这总使人绝望，不能把真的丹麦风味搬到英文上来。安徒生，丹麦的儿童的发现者，也是各国家的和各国语的儿童的恩人。真是幸福了，如不久以前一个法国人所说，幸福的是他们，自己以为是给儿童写作，却是一般地贡献于人类，盖他们乃是地上的君王也。

上面引用安徒生晚年所写的话，原见丹麦全集第二十七册，美国本亦译载之，系一八六八年所记，说明其写童话的先后经过者也。自序传《我一生的童话》之第七章中也说及此事，但不详细。一九三二年英国出版《安徒生传》，托克斯微格女士（Signe Toksvig）著，盖是丹麦人而用英文著述者，第十三章关于童话第一辑叙说颇多，今不重述，但有两点可以补充。其一，《豌豆上的公主》本是民间传说，与《火绒箱》等都是从纺纱的女人和采诃布花的人听来的，但这里有一点对于伍尔夫小姐的讽刺，因为她遇见无论什么小事总是太敏感的。其二，扫烟囱的独自跳舞，因为洋娃娃苏菲拒绝了他，不肯同安徒生跳舞的据说也有其人，即是珂林家的路易丝小姐。可是这传里最有益的资料并不是这些，乃是他讲人家批评安徒生的地方。这辑童话出去之后，大杂志自然毫不理会，却有两家很加以严正的教训。传中云：

> 这是很怪的，安徒生平常总是那么苦痛地想，觉得自己老是恶意的误解与可怕的不公平之受害者，对于这两个批评却似乎不曾流过眼泪。但是我们不妨说，在全世界的文学史上实在再也没有东西比这更是傲慢而且驴似的蠢的了。

这很值得引用。第一个批评说：

> 虽然批评者并不反对给成人们看的童话，可是他觉得这种文学作品全然不适宜于儿童。他自然也知道儿童容易对于奇异事情感受兴趣，但是他们的读物，即使是在校外，可以单给他们娱乐的么？凡是要给儿童什么东西去读的，应该在单去娱乐他们之上有一个较高的目的。但就事实来说，童话里不能够把自然与人类的有用知识传授给儿童们，至多只有几句格言罢了，所以这是一个问题，是否太是利少害多，因为这会把他们心里都灌满了空想了。

批评者又列举各篇童话，承认说这的确可以使儿童听了喜欢，不提这不但不能改进他们的心，反而会有很大的害处。

> 有人承认这可以改进儿童的礼仪观念么？他看这童话里说一个熟睡的公主骑在狗背上跑到兵那里，兵亲了她的嘴，后来她完全清醒了的时候告诉父母这件妙事，说是一个怪梦！
> 又，儿童的羞耻意识可以改进么？他看童话里说一个女人在她丈夫出门的时候独自同那管庙的吃酒饭？

161

又，儿童的人命价值观念可以改进么？他看那《大克劳斯与小克劳斯》里的那些杀人事件？

至于《豌豆上的公主》，"这在批评者看去似乎不但是粗俗而且还很荒唐，因为儿童看了或者会吸收这种错误观念，以为那些贵妇人真是这么了不得的皮薄的"。

《小伊达的花》算是比较地没有弊害，但是可惜，这里边也没有道德教训。

那位先生于是在末尾劝这有才能的著者要记住他的崇高的职务，勿再这样浪费他的光阴。

第二个批评差不多也是同样的口调，但是着力说明这样用口语写文章之无谓，因为这总该把难懂一点的东西去给儿童，那么他们会努力去想懂得。这才是儿童们所尊重的。否则就会使得他们有机会自尊起来，随意批评事情，这于儿童是极有害的事。他劝安徒生不要这样地弄下去，但是那批评家摩耳贝克刚才印行了一本故事集，这是文章作法的模范，而且也指示出教训来，这就是在童话里也还该有的。

一世纪后苏维埃政府阻止学校里读童话，理由是说童话颂扬王子与公主。在一百年前，这样子的批评其实是不足怪的。可怪的只是有安徒生这种天才，突然地写出破天荒的小故事，把世人吓一跳，然而安徒生自己却也并不知道，他被人家这么教训了之后，也就想回过去做他的小说，这些"劳什子"放弃了本来并不觉得可惜。大家知道欧洲的儿童发现始于卢梭，不过实在那只可算是一半，等到美国史丹来霍耳博士的儿童研究开始，这才整个完成了。十八世纪在文学上本是一个常识教训的时代，受了卢梭影响的儿童教育实在也是同一色彩，给儿童看的书里非有教训不可，这正是当然的道理。举一个极端的例，我在《缢女图考释》中引用法国戴恩的话，说王政复古时的英国人将克林威耳等人的尸体挂在绞架上，大家去看，我加以解说道：

但是这种景象也有人并不以为可嫌恶，因为这有道德的作用，十八世纪时有些作家都如此想，有儿童文学的作者如谢五德太太（Mrs. Sherwood）便很利用绞架为教科。哲木斯在《昨日之儿童的书》（一九三三年）引论中说，他们诚实地相信，恶人的公平而且可怕的果报之恐吓应该与棍子和药碗天天给孩子们服用，这在现代儿童心理学的泰斗听了是会很感到不安的。这恐怕是实在的，但在那时却都深信绞架的价值，所以也不见得一定会错。现在且举出谢五德太太所著的《费厄却耳特家》为例，两个小孩打架，费厄却耳特先生想起"气是杀人媒"的话，便带领他们到一个地方去，到来看时原来是一座绞架。"架上用了铁索挂着一个男子的身体，这还没有落成碎片，虽然已经挂在那里有好几年了。那身体穿了一件蓝衫，一块丝巾围着脖子，穿鞋着袜，衣服一切都还完全无缺，但是那尸体的脸是那么骇人，孩子们一看都不敢看。"这是一个杀人的凶手，绞死了示众，直到跌落成为碎片而止。费厄却耳特先生讲述他的故事，一阵风吹来摇动绞架上的死人，索索窸窣作响，孩子们吓得要死，费厄却耳特先生还要继续讲这故事，于是圆满结局，两个小孩跪下祷告，请求改心。

这样看来，安徒生的做法确是违反文学正宗的定律的了。可是正宗派虽反对，而儿童却是喜欢听。浪漫主义起来，独创的美的作品被重视了，儿童学成立，童话的认识更明确了，于是出现了新的看法，正宗的批评家反被称为驴似的蠢了。但是，那些批评在中国倒是不会被嫌憎的，因为正宗派在中国始终是占着势力，现今还是大家主张读经读古文，要给儿童有用的教训或难懂的主义，这与那两个批评是大半相合的。在世界也是思想的轮回，宗教与科学，权威与知识，有如冬夏昼夜之迭代，中国则是一个长夜，至少也是光明微少而黑暗长远。安徒生在西洋的运命将来不知如何，若在中国之不大能站得住脚盖可知矣，今写此文以纪念其四篇亦正是必要也。

《柿子的种子》

寺田寅彦是日本现今的理学博士，物理学专家，但是，他原是夏目漱石的学生，又是做俳句写小文的，著有《薮柑子集》等几种文集。本来科学家而兼弄文学的人世间多有，并不怎么奇特，关于寺田却有一段故事，引起我的注意。据说在夏目的小说《我是猫》里有寺田描写在那里，这就是那磨玻璃球的理学士水岛寒月。《猫》里主客三人最是重要，即寒月、美学者迷亭、主人苦沙弥，他们只要一出台，场面便不寂寞。我们不会把小说当作史传去读，所以即使熟读了《猫》也不能就算了解薮柑子的生涯，但不知怎的总因此觉得有点面善，至少特别有些兴趣。寺田的随笔我最近看到的是一册《柿子的种子》，都是在俳句杂志《涩柿》上登过的小文，短的不到百字，长的也只五百字左右。计算起来，现在距离在"保登登几须"（杂志名，意云子规，夏目的《猫》即载其中）做写生文的时候已经有三十年了，寒月当时无论怎样有飘逸之气，于今未必多有留余了罢。他在末尾一篇《说小文》中说：

> 假如那学生读了《薮柑子集》，从这内容上自然可以想象出来的昔时年轻的薮柑子君的面影，再将现在这里吸着鼻涕涉猎《性的犯罪考》的今已年老的自己的样子，对照了看，觉得很是滑稽，也略有点儿寂寞。

但是叶松石在所著《煮药漫抄》中说得好：

> 少年爱绮丽，壮年爱豪放，中年爱简练，老年爱淡远。

虽然原是说诗，可通于论文与人。若在俳人，更不必说，其或淡或涩，盖当然矣。

托了无线电放送的福，我初次得到听见安来节和八木节这些歌曲的机会。

这在热闹之中含有暗淡的绝望的悲哀。

我不知道为什么联想起霜夜街头洋油灯的火光来。（案此系指地摊上所点的无玻璃罩的洋铁煤油灯。）

但是，无论怎么说，此等民谣总是从日本的地底下发出来的吾辈祖先之声也。

看不见唱歌的人的模样，单听见从扩音机中出来的声音，更切实地感到这样的感觉。

我觉得我们到底还得抛弃了贝多汶和特比西，非再从新的从这祖先之声出发不可罢。

这是寺田的随笔之一。他在日本别无政治关系，所以不必故作国粹的论调，此盖其所切实感到的印象欤。别的我不甚清楚，但所云民谣是从地底下发出来的祖先之声，而这里又都含有暗淡的绝望的悲哀，我觉得很是不错。永井荷风在《江户艺术论》中论木版画的色彩云：

这暗示出那样暗黑时代的恐怖与悲哀与疲劳，在这一点上我觉得正如闻娼妇啜泣的微声，深不能忘记那悲苦无告的色调。

正可互相发明。不但此也，就是一般尚武的音曲表面虽是杀伐之音，内里还是蕴藏着同样的悲哀，此正是不大悖人情处，若叫嚣恣肆者盖亦有之，但这只是一种广告乐队，是否能深入民间大是疑问也。随笔文有一则云：

在《聊斋志异》里到处有自称是狐所化的女人出现。

但是在许多地方这些只是自己招承是狐而已，大抵终于未曾显出狐的真形来。

165

假如在她们举动的什么地方即使有些神异之点，但这或者只在为多智慧的美女所迷的忠厚老实的男子眼里看去才见得如此，这样地解释一下，许多事情也就可以自然了解了。

虽然如此，在此书里表现出来的支那民族中，有所谓狐这超自然的东西曾经确实地存在，不，恐怕现今也还仍旧存在着，那是无疑的了。

这在某种意味上不得不算是可以歆羡的事。

至少，假如不是如此，这部书里的美的东西大半就要消灭了也。

《聊斋》善说狐鬼，读者又大抵喜狐胜于鬼，盖虽是遐想而怀抱中亦觉冰森有鬼气，四条腿的阿紫总是活的乎，此理未能参透，姑代说明之如此。日本俗信中亦有狐，但与中国稍不同。中国在东南故乡则无狐，只知有果子狸之属，在北京有狐矣，但亦不听见人说如《聊斋》所志者，不然，新闻记者甚多，有不录而公诸同好者耶？由此可知狐这超自然的东西在中日均有，大同而小异，在《聊斋》者则是《聊斋》所独有，文人学士读了此书心目中遂有此等狐的影像，平民之不读书或不知遐想者仍不足与语此也。《聊斋》写狐女，无论是狐而女或是女而狐，所写还只是女人，不过如自称是狐所化的女人一样，借了这狐的幌子使得这事情更迷离惝恍一点，以颠倒那忠厚老实的男子的心目而已，至于狐这东西终于没有写出，实在亦写不出也。何也？方为其为女人也，女人之外岂复有他。若其未超自然时则即是缓缓然狐也，欲知其情状自非去问山中之老猎人不可矣。清刘青园在所著随笔《常谈》卷一中有一则，可资参考，今抄录于后：

> 边塞人以鸟铳弓矢为耒耜，以田猎剥割为耕耨，以猛虎贪狼狡兔黠狐为菽粟，以绝巘高陵深林茂草为膏壤，平生不言妖异，亦未闻因妖异偾事者。余曾与三省人谈，问其所猎皆何等禽。答曰：难言也，自人而外凡属动物未有不以矢铳相加者，虽世传所谓麟凤之属尚不能以幸免，况牛鬼蛇神几上肉乎。余首肯曰：亦人杰也。

166

《如梦录》

友人从开封来，送我河南官书局所刻的几种书，其中我所最喜欢的是一册无名氏的《如梦录》。这是一个明末的遗老所撰，记录汴梁鼎盛时情景，犹宋遗民之著《梦华》《梦粱》也，向无刻本，至咸丰二年（一八五二）汴人常茂徕始据裴氏藏本参订付梓，民国十年重刊，即此书也。本来这是很好的事，所可惜的是编订的人过于求雅正，反而失掉了原书不少的好处。如常氏序中云：

> 且录中语多鄙俚，类皆委巷秕稗小说，荒诞无稽，为文人学士所吐弃。如言繁塔为龙撮去半截，吹台是一妇人手帕包土一抛所成，北关王赴临埠集卖泥马，相国寺大门下金刚被咬脐郎缢死背膊上，唬金刚黑夜逃出北门，诸如此类，偻指难数，读之实堪捧腹。

因此根据了他"于其悠谬繁芜者节删之"的编例便一律除掉了，这实在是很可惜的。那些贵重的传说资料可以说是虽百金亦不易的，本已好好地记录在书上了，却无端地被一刀削掉，真真是暴殄天物。假如这未经笔削的抄本还有地方可找，我倒很想设法找来一读，至少来抄录这些被删的民间传说，也是一件值得做的工作。

话虽如此，现行本的《如梦录》里却也还有许多好材料，而且原著者的"俚言"虽然经过润色，到底是改不胜改，还随处保留着质朴的色味，读时觉得很是愉快。其《试院纪》一篇讲乡试情形甚详，今录一节云：

> 至日，按院在三门上坐点名，士子入场，散题。次日辰时放

饭。大米饭，细粉汤，竹箩盛饭，木桶盛汤。饭旗二面前走，汤饭随后，自西过东，由至公堂前抬走。正行之际，晓事吏跪禀老爷抽饭尝汤，遂各盛一碗，按院亲尝可用，始令放行。至月台下，一旗入西文场，一旗入东文场，至二门，二旗交过堂上，一声梆子响，各饭入号，散与士子食用。次放老军饭，俱是小米饭冬瓜汤，一样散法，按院不复尝。午间散饼果，向晚散蜡烛。

这不但可以考见那时情形，文章也实在写得不坏。《街市纪》文最长，几占全书之半，是最重要的部分，讲到封丘王府，云封丘绝后改为魏忠贤祠，忠贤势败，火急拆毁。注引《大梁野乘》云：

河南为魏珰建祠，树旌曰崇德报功。兴工破土，诸当事者咸往祭告，独提学曹履吉仰视长叹，称病不去拜。力役日千人，昼夜无息。当砌脊时，督工某大参以匠役张三不预禀以红氍毹包裹上兽而俟展拜，怒加责惩，盖借上兽阿奉为上寿也。工未毕，即拆毁，督工某急令先搬兽掷下，三忽跪禀曰：讨红氍毹裹下兽以便展拜。督工者复怒责之。或谓三多言取责，三曰：吾臀虽苦楚，彼督工者面皮不知几回热矣。

注盖系常氏所为，但所引事却很有意思，是极好幽默，不但督工者是官僚代表，即张三亦可以代表民间，一热其面，一苦其臀，而汴梁之陆沉亦终不能免，此正是沉痛的一种"低级趣味"欤。

168

笠翁与随园

徐时栋《烟屿楼读书志》卷十六有"小仓山房集"一条，中有两则云：

> 本朝盛行之书，余最恶李笠翁之《一家言》，袁子才之《随园诗话》。《一家言》尚有嗤鄙之者，《随园诗话》则士大夫多好之，其中伤风败俗之语，易长浮荡轻薄之心，为父兄者可令子弟见之耶？
>
> 一日余于友人扇头见一律，有"印贪三面刻，墨惯两头磨"。余曰："此必随园诗也。"问之，果然。

第一则的意思很平凡，只是普通正宗派的说法，没有一点独立的见识。李笠翁虽然是一个山人清客，其地位品格在那时也很低落在陈眉公等之下了，但是他有他特别的知识思想，大抵都在《闲情偶寄》中，非一般文人所能及。总之他的特点是放，虽然毛病也就会从这里出来的。刘廷玑著《在园杂志》卷一云：

> 李笠翁渔，一代词客也，著述甚夥，有传奇十种，《闲情偶寄》《无声戏》《肉蒲团》各书，造意遣词皆极尖新。沈宫詹绎堂先生评曰："聪明过于学问。"洵知言也。但所至携红牙一部，尽选秦女吴娃，未免放诞风流。昔寓京师，颜其旅馆之额曰"贱者居"，有好事者戏颜其对门曰"良者居"，盖笠翁所题本自谦，而谑者则讥所携也。所辑诗韵颇佳，其《一家言》所载诗词及史断等类亦别具手眼。

此节对于笠翁的褒贬大抵都得中，殆康熙时人见识亦较高明耶。马先登著《勿待轩杂志》卷下云：

> 李笠翁所著《闲情偶寄》一书，自居处饮食及男女日用纤悉
> 不遗，要皆故作清绮语导人喻侈之事，无一足取，谓其人亦李贽
> 屠隆之类，为名教罪人，当明正两观之诛者也。

读书人动不动就把人家当作少正卯，拍案大喝，煞是可笑，却不知其纤悉讲人生日用处正是那书的独得处。我想曹廷栋的《老老恒言》或可相比，不过枯淡与清绮自亦有殊，若以《随园食单》来与饮馔部的一部分对看，笠翁犹似野老的掘笋挑菜，而袁君乃仿佛围裙油腻的厨师矣。《随园诗话》在小时候也照例看过，却终未成为爱读书，章实斋的攻击至今想来还没有多少道理，不过我总不大喜欢袁子才的气味，觉得这有点儿薄与轻，自然这与普通所谓轻薄又是不同。我很讨厌那两句诗，"若使风情老无分，夕阳不合照桃花"。老了不肯休歇，还是涎着脸要闹什么风情，是人类中极不自然的难看的事，随园未能免俗，又说些肉麻话，所以更显出难看了。这是不佞的一个偏见，在正统派未必如此想，盖他们只觉得少年讲恋爱乃是伤风败俗，若老年弄些侍姬如夫人之流则是人生正轨，夕阳照桃花可以说正是正统派的人生观，从古至今殆不曾有丝毫更变者也。

第二则的话我觉得说得很对。简单的记述中显出冷冷的讽刺，很能揭穿随园的缺点，这是他的俗，也可以说没趣味。我在这里须得交代明白，我很看重趣味，以为这是美也是善，而没趣味乃是一件大坏事。这所谓趣味里包含着好些东西，如雅、拙、朴、涩、重厚、清朗、通达、中庸、有别择等，反是者都是没趣味。普通有低级趣味这一句话，虽然看样子是从日本输入的，据我想也稍有语病，但是现在不妨借来作为解说，似乎比说没趣味更容易懂些。没趣味并不就是无趣味，除非这人真是救死唯恐不赡，平常没有人对于生活不取有一种特殊的态度，或淡泊若不经意，或琐琐多所取舍，虽其趋向不同，却各自成为一种趣味，犹如人各异面，只要保存其本来眉目，不问妍媸如何，总都自有其生气也。最不行的是似是而非的没趣味，或曰假趣味、恶趣味、低级趣味均可，假如照大智若愚的这

说法，这可以说是大俗若雅罢。顶好的例便是"印贪三面刻，墨惯两头磨"。大凡对于印与墨人可以有这几种态度：一、不用，简直就没有关系；二、利用，印以记名，墨以写字，用过就算，别无他求；三、爱惜，实用之外更有所选择，精良适意，珍重享用。这几句话说得有点奢侈，其实并不然，木工之于斧凿，农夫之于锄犁，盖无不如此，不独限于读书人之笔墨纸砚也。李圭著《思痛记》，述其陷太平天国军中时事，卷下记掌书大人写贺表云：

> 是晚贼敬天父后，将写文书与伪侍王，贺金邑攻破也。陆畴楷蹲踞椅上，李贼坐其旁，桌置纸笔黄封套，又一长刀裹以绿绉，陆贼杀人具也，各有小贼立其旁装水烟，他贼亦围聚以观。陆贼手拂黄纸，捉笔苦思，良久，写一二十字，不惬意，则扯碎入口烂嚼唾去，如此者三。

这里所写原是俗人常态，但浪费纸张，亦是暴殄天物，犹之斫坏巨木，非良工之所为也。两头磨墨虽非嚼纸之比，亦狼藉甚矣。用墨者不但取其着纸有色泽，当并能赏其形色之美，磨而渐短，正如爱莫能助人之渐老耳，亦不得已也，两头磨之无乃不情，而况惯乎。印昔以文重，但自竹斋用花乳石后，质亦成为可爱玩之物，刻钮写款皆是锦上添花，使与其文或质相映发，非是蛇足，更非另画蛇头也。印三面刻——其实应当说六面，限于平仄故云三耳，则是画了三个蛇头了，对于印石盖别无兴味，只讲经济而已。这好比一把小刀，既可开啤酒瓶的盖，又可裁玻璃，共总有八九样用处，却是市场洋货摊上物。百工道具不会如此，锄锸只单用，斧可劈可敲，亦是自然结果，不太小气也。多面刻的印既不好看，且细想亦实不便于用，随园偏喜之，而又曰贪，这与上文的惯并算起来，真真是俗气可掬了。笠翁讲房屋器具亦注重实用，而华实兼具，不大有这种情形，其暖椅稍可笑，唯此为南方设法，亦属无可如何。总而言之，在此等处，笠翁要比随园高明不少也。

附记：
《广东新语》卷十三艺语类有刻印一条云："陈乔生善篆刻，尝为《四面石章赋》云，印章之便者，莫如四面矣。六则妨持，两则罕变。酌于行藏，四始尽善。"岂明末有此风尚乎？此虽似可为三面刻解嘲，但终欠大方，不足取也。

《幼小者之声》

　　柳田国男的著述，我平时留心搜求，差不多都已得到，除早年绝版的如《后狩词记》终于未能入手外，自一九〇九年的限定初版的《远野物语》以至今年新出的增补版《远野物语》，大抵关于民俗学的总算有了。有些收在预约的大部丛书里的也难找到，但从前在儿童文库里的两本《日本的传说》与《日本的故事》近来都收到春阳堂的少年少女文库里去，可以零买了，所以只花了二三十钱一本便可到手，真可谓价廉物美。又有一册小书，名为《幼小者之声》，是玉川文库之一，平常在市面上也少看见，恰好有一位北大的旧学生在玉川学园留学，我便写信给他，声明要敲一竹杠，请他买这本书送我，前两天这也寄来了。共计新旧大小搜集了二十五种，成绩总算不坏。

　　《幼小者之声》不是普通书店发行的书，可是校对特别不大考究，是一个缺点，如标题有好几处把著者名字都错作柳田国夫，又目录上末了一篇《黄昏小记》错作黄昏小说。这是"菊半截"百六页的小册子，共收小文六篇，都是与儿童生活有关系的。柳田的作品里有学问，有思想，有文章，合文人学者之长，虽然有时稍觉有艰深处，但这大抵由于简练，所以异于尘土地似干燥。第三篇题曰"阿杉是谁生的"（*Osugi tareno ko?* 写汉字可云阿杉谁之子，但白话中儿子一语只作男性用，这里阿杉是女性名字，不能适用，只好改写如上文），注云旅中小片，是很短的一篇，我读了觉得很有意思。其首两节云：

　　　　驿夫用了清晨的声音连连叫唤着走着，这却是记忆全无的车站名字。一定还是备后地方，因为三原丝崎尚未到着。揭起睡车的窗帘来看，隔着三町路的对面有一个稍高的山林，在村里正下

173

着像我们小时候的那样的雨。说雨也有时代未免有点可笑，实在因为有山围着没有风的缘故罢，这是长而且直的，在东京等处见不到的那种雨。木栅外边有两片田地，再过去一所中等模样的农家，正对这边建立着。板廊上有两个小孩，脸上显出玩耍够了的神气，坐着看这边的火车。在往学校之前有叫人厌倦的那么长闲时间的少年们真是有福了。

火车开走以后，他们看了什么玩耍呢？星期日如下了雨，那又怎样消遣呢？我的老家本来是小小的茅草顶的房子，屋檐是用杉树皮盖成的。板廊太高了，说是于小孩有危险，第一为我而举办的工事是粗的两枝竹扶栏，同时又将一种所谓竹水溜挂在外面的檐下，所以看雨的快乐就减少一点了。直到那时候，普通人家的屋檐下都是没有竹水溜的，因此檐前的地上却有檐溜的窟窿整排地列着。雨一下来，那里立刻成为盆样的小池，雨再下得大一点，水便连作一片地在动。细的沙石都聚到这周围来。我们那时以为这在水面左右浮动的水泡就叫作檐溜的，各家的小孩都唱道：檐溜呀，做新娘罢！在下雨的日子到村里走走，就可以听见各处人家都唱这样的歌词：

檐溜呀，做新娘罢！
买了衣橱板箱给你。

小孩看了大小种种的水泡回转动着，有时两个挨在一起，便这样唱着赏玩。凝了神看着的时候，一个水泡忽然啪地消灭了，心里觉得非常惋惜，这种记忆在我还是幽微地存在。这是连笑的人也没有的小小的故事，可是这恐怕是始于遥远的古昔之传统的诗趣罢。今日的都市生活成立以后，这就窄地断掉了，于是下一代的国民就接受不着而完了。这不独是那檐溜做新娘的历史而已。

这文章里很含着惆怅，不只是学问上的民俗学者的关心，怕资料要消没了，实在是充满着人情，读了令人也同样地觉得惘然。《黄昏小记》也

174

是很有意思的小文，如头几节云：

　　这是雨停止了的傍晚。同了小孩走下院子里去，折了一朵山茶花给他，叶上的雨点哗啦哗啦落在脸上了。小孩觉得很是好玩，叫我给他再摇旁边的一株枫树，自己去特地站在底下，给雨淋湿了却高声大笑。此后还四面搜寻，看有没有叶上留着雨水的树。小儿真是对于无意味的事会很感兴趣的。

　　我看着这个样子便独自这样地想，现在的人无端地忙碌，眼前有许多非做不可的和非想不可的事。在故乡的山麓寂寞地睡着的祖父的祖父的祖父的事情，因为没有什么关系了，也并不再想到，只简单的一句话称之曰祖宗，就是要去想，连名字也都不知道了。史书虽然尽有，平民的事迹却不曾写着。偶然有点余留下来的记录，去当作多忙的人的读物也未免有点太烦厌罢。

　　想要想象古昔普通人的心情，引起同情来，除了读小说之外没有别的方法。就是我们一生里的事件，假如做成小说，那么或者有点希望使得后世的人知道。可是向来的小说都非奇拔不可，非有勇敢的努力的事迹不可。人爱他的妻子这种现象是平凡至极的。同别的道德不一样，也不要良心的指导，也不用什么修养或勉强。不，这简直便不是道德什么那样了不得的东西。的确，这感情是真诚的，是强的，但是因为太平常了，一点都不被人家所珍重。说这样的话，就是亲友也会要笑。所以虽然是男子也要哭出来的大事件，几亿的故人都不曾在社会上留下一片记录。虽说言语文章是人类的一大武器，却意外地有苛酷的用法的限制。若是同时代的邻人的关系，互相看着脸色，会得引起同情，这样使得交际更为亲密，但如隔了五百年或一千年，那就没有这希望了，只在名称上算是同国人，并不承认是有同样普通的人情的同样的人。就是这样用过情爱的小孩的再是小孩，也简直地把我们忘却了，或是把我们当作神佛看待，总之是不见得肯给我们同等待遇就是了。

　　假如有不朽这么一回事，我愿望将人的生活里最真率的东西做成不朽。我站在傍晚的院子里想着这样的事情。与人的寿命共从世间消灭的东西之中，有像这黄昏的花似的美的感情。自己也因为生活太忙，已经几乎把这也要忘怀了。

　　这里所说的虽是别一件事，即是古今千百年没有变更的父母爱子之情，但是惆怅还同上边一样，这是我所觉得最有意思的。柳田说古昔的传统的诗趣在今日都市生活里忽而断绝，下一代的国民就接受不着了事，又说平常人心情不被珍重记录，言语文章的用法有苛酷的限制，这都包孕着深厚的意义，我对于这些话也都有同感。也有人看了可以说是旧话，但是我知道柳田对于儿童与农民的感情比得上任何人，他的同情与忧虑都是实在的，因此不时髦，却并不因此而失其真实与重要也。

蒋子潇《游艺录》

日前得到一册蒋子潇所著的《游艺录》，有山阴叶承沣的原序，无年月，此乃是光绪戊子长白豫山在湖南所重刻。书凡三卷，卷上凡三十三目，皆象纬推步舆地之说，从《蒋氏学算记》八卷中抄出，门人彭龄在目录后有附记，云门人等虽闻绪论，莫问津涯者也。卷下凡二十四目，皆从《读书日记》十卷中抄出，杂论各家学术得失。第三卷为别录，凡文八篇，叶序云仙佛鬼神之作，实则为论释道及喇嘛教等关于宗教者七篇，又《天方声类》序一篇，乃以亚剌伯字来讲音韵也。在这里边第一分简直一点不懂，第二分读了最觉得有意思，可佩服，虽然其后半讲医法术数的十四篇也不敢领教了。下卷各篇多奇论，如《九流》引龚定庵之言曰，九流之亡儒家最早。又《大儒五人》则列举郑司农，漳浦黄公，黄南雷戴东原钱竹汀。但我觉得有趣的却是不关经学儒术大问题的文章，其论近人古文云：

余初入京师，于陈石士先生座上得识上元管同异之，二君皆姚姬传门下都讲也，因闻古文绪论，谓古文以方望溪为大宗，方氏一传而为刘海峰，再传而为姚姬传，乃八家之正法也。余时于方姚二家之集已得读之，唯刘氏之文未见，虽心不然其说而口不能不唯唯。及购得海峰文集详绎之，其才气健于方姚而根底之浅与二家同，盖皆未闻道也。夫文以载道，而道不可见，于日用饮食见之，就人情物理之变幻处阅历揣摩，而准之以圣经之权衡，自不为迂腐无用之言。今三家之文误以理学家语录中之言为道，于人情物理无一可推得去，是所谈者乃高头讲章中之道也，其所谓道者非也。八家者唐宋人之文，彼时无今代功令文之式样，故各成一家之法，自明代以八股文为取士之功令，其熟于八家古文者即以八家之法就功令文之范，于是功令文中钩提伸缩顿宕诸法往往具八家遗意，传习既久，千面一孔，有今文无古文矣。豪杰之士欲为古文，自必力研古书，争胜负于韩柳欧苏之外，别辟一径而后可以成家，如乾隆中汪容甫，嘉庆中陈恭甫，皆所谓开径自行者也。今三家之文仍是千面一孔之功令文，特少对仗耳。以不对仗之功令文为古文，是其所谓法者非也。余持此论三十年，唯石屏朱丹木所见相同。

八家以后的古文无非是不对仗的八股，这意见似新奇而十分确实，曾见谢章铤在《赌棋山庄随笔》亦曾说及，同意的人盖亦不少。我却更佩服他关于道的说法，道不可见，只就日用饮食人情物理上看出来，这就是很平常的人的生活法，一点儿没有什么玄妙。正如我在《杂拌儿之二》序上所说，以科学常识为本，加上明净的感情与清澈的理智，调合成功一种人生观，"以此为志，言志固佳，以此为道，载道亦复何碍"。假如蒋君先是那样说明，再来主张文以载道，那么我就不会表示反对，盖我原是反对高头讲章之道，若是当然的人生之路，谁都是走着，所谓何莫由此道也。至于豪杰之士那种做古文法我们可以不论，大抵反抗功令时文只有两条路走，倒走是古文，顺走是白话，蒋君则取了前者耳。又有袁诗一则云：

乾隆中诗风最盛，几于户曹刘而人李杜，袁简斋独倡性灵之说，江南北靡然从之，自荐绅先生下逮野叟方外，得其一字荣过登龙，坛坫之局生面别开。及其既卒而嘲毁遍天下，前之以推袁自矜者皆变而以骂袁自重，毁誉之不足凭，今古一辙矣。平心论之，袁之才气固是万人敌也，胸次超旷，故多破空之论，性海洋溢，故有绝世之情，所惜根底浅薄，不求甚解处多，所读经史但以供诗文之料而不肯求通，是为袁之所短。若删其浮艳纤俗之作，全集只存十分之四，则袁之真本领自出，二百年来足以八面受敌者，袁固不肯让人也。寿长名高，天下已多忌之，晚年又放诞无检，本有招谤之理。世人无其才学，不能知其真本领之所在，因其集中恶诗遂并其工者而一概摈之，此岂公论哉。王述庵《湖海诗传》所选袁诗皆非其佳者，此盖有意抑之，文人相轻之陋习也。

这里对于随园的批评可谓公平深切，褒贬皆中肯，我们平常只见捧袁或骂袁的文章，这样的公论未曾见到过。我颇悔近来不读袁集，也因为手头没有，只凭了好些年前的回忆对于随园随便批评，未免失于轻率，我想还得研究一下再说。我并不骂他的讲性灵，大抵我不满随园的地方是在这里所说的根底浅薄，其晚年无检实在也只是这毛病的一种征候罢。骂袁者不曾知其真本领，这话很是的确，王述庵实在也是如此，所以未能选取好诗，未必由于文人相轻。近年来袁中郎渐为人所注意，袁简斋也连带地提起，而骂声亦已大作，蒋君此文或可稍供参考，至于难得大众的赞同亦自在意中，古今一辙，作者与抄者均见惯不为怪也。

关于蒋子潇的著作和事迹，我从玄同借到《碑传集补》第五十卷，内有夏寅官的《蒋湘南传》，又从幼渔借到《七经楼文钞》六卷，其《春晖阁诗》六卷无从去借，只在书店里找来一册抄本，面题"盛昱校抄本陈蒋二家诗"，内收元和陈梁叔、固始蒋子潇诗各一卷，各有王鸿所撰小传一篇，而蒋诗特别少，只有八页四十三首，纸尾有裁截痕，可知并非完本。夏寅官所作传大抵只是集录《文钞》中王济宏、刘元培、刘彤恩诸人序中语，只篇首云"先世本回部"为各序所无耳，王鸿小传则云，"故回籍也，而好食肉饮酒"，盖蒋君脱籍已久远，如《释藏总论》中云"回教即婆罗门正派也"，便可见他对于这方面已是颇疏隔的了。夏传根据王序，云蒋于道光乙未中式举人，后乃云道光戊子仪征张椒云典河南乡试时所取中，自相矛盾。末又云：

林文忠尝笑椒云曰：吾不意汝竟得一大名士门生。

此盖亦根据王序，原文云：

往椒云方伯又为述林文忠公之言曰：吾不意汝竟有如此廓门生。

所谓廓即阔也，夏传一改易便有点金成石之概。叙述子潇的学术思想

179

以王刘二序为胜，此外又见钟骏声著《养自然斋诗话》卷七有云：

> 古经生多不工为诗，兼之者本朝唯毛西河、朱竹垞、洪北江三人而已，孙渊如通奉以治经废诗，故其诗传者绝少。固始蒋子潇湘南邃于经学，在《七经楼文钞》于象纬舆地水利韬略之说靡不精究，乃其《春晖阁诗》皆卓然可传。先生自言初学三李，后师杜韩，久乃弃各家而为一己之诗。又言古诗人唯昌黎通训诂，故押韵愈险愈稳，训诂者治经之本，亦治诗之本也。其言可谓切中。

我于经学以及象纬等等一无所知，古文词也只一知半解，故对于《文钞》各篇少能通其奥义，若文章虽不傍人藩篱，似亦未甚精妙，诗所见不多，却也无妨如此说。抄本中有《废翁诗》四首，因系自咏，故颇有意思，有小序云：

> 昔欧阳公作《醉翁亭记》，年方四十，其文中有苍颜白发语，岂文章政事耗其精血，既见老态，遂不妨称翁耶。余年五十时自号废翁，盖以学废半途，聪明日减，不复可为世用，宜为天之所废也，而人或谓称翁太早。今又四年，须发渐作斑白，左臂亦有风痹之势，则废翁二字不必深讳，聊吟小诗以告同人。

其二、四两首云：

> 日暮挥戈讵再东，读书有志奈途穷。
> 饥驱上座诸侯客，妄想名山太史公。
> 作贼总非伤事主，欺人毕竟不英雄。
> 茫茫四顾吾衰甚，文苑何尝要废翁。
>
> 万水千山作转蓬，避人心事效墙东。
> 那堪辟历惊王导，幸未刊章捕孔融。
> 千古奇文尊客难，一场怪事笑书空。

枯鱼穷鸟谁怜乞，遮莫欧刀杀废翁。

据我看来，蒋君的最可佩服的地方还是在他思想的清楚通达，刘元培所谓"大而入细，奇不乖纯"，是也。如中国人喜言一切学术古已有之，《文钞》卷四中则有《西法非中土所传论》，又《游艺录》末卷《释藏总论》中云：

余尝问龚定庵曰：宋人谓佛经皆华人之谲诞者假庄老之书为之，然欤？定庵曰：此儒者夜郎自大之说也。余又尝问俞理初曰：儒者言佛经以初至中华之《四十二章》为真，其余皆华人所为，信欤？理初曰：华人有泛海者，携《三国演义》一部，海外人见而惊之，以为此中国之书也，其聪明智慧者嗤笑之，谓中华之书仅如此乎，及有以五经《论语》至者，则傲然不信曰，中华之书只《三国演义》耳，安得有此！世之论佛经者亦犹是也。余因二君之说以浏览释藏全书，窃以佛经入中华二千余年而西来本旨仍在明若昧之间，则半晦于缯译，半晦于禅学也。

此与《道藏总论》一篇所说皆甚有意趣，此等文字非普通文人所能做，正如百六十斤的青龙偃月刀要有实力才提得起，使用不着花拳样棒也。蒋君的眼光胆力与好谈象纬术数宗教等的倾向都与龚定庵、俞理初有相似处，岂一时运会使然耶，至宋平子、夏穗卿诸先生殁后，此风遂凌替，此刻现在则恍是反动时期，满天下唯有理学与时文耳。查定庵《己亥杂诗》有一首云：

问我清游何日最，木樨风外等秋潮。
忽有故人心上过，乃是虹生与子潇。

注曰：吴虹生及固始蒋子潇孝廉也。惜近日少忙，不及去翻阅《癸巳存稿》《类稿》，或恐其中亦有说及，只好且等他日再查了。

181

附记：

《文钞》卷四有《与田叔子论古文书》，第一书绝佳，列举伪古文家八弊，曰奴蛮丐吏魔醉梦喘，可与桐城派八字诀对立，读之令人绝倒，只可惜这里不能再抄，怕人家要以我为文抄公也。

附记二：

近日又借得《春晖阁诗钞选》二册，亦同治八年重刊本，凡六卷，诗三百首。有阳湖洪符孙元和潘筠基二序，《养自然斋诗话》所云盖即直录潘序中语，王鹄撰小传则本明引洪序也。我于新旧诗是外行，不能有所批评，但有些诗我也觉得喜欢。卷一有《秋怀七首》，其第六云："研朱点毛诗，郑孔精神朗。伟哉应声虫，足以令神往。俗儒矜一灯，安知日轮广。辞章如沟潦，岂能活菱蒋。枉费神仙爪，不搔圣贤痒。我心有明镜，每辨英雄诳……"诸语颇可喜。《废翁诗》四章则选中无有，盖抄而又选，所删去的想必不少，我得从盛昱本中见之，亦正自有缘分也。

《阿丽思漫游奇境记》

近来看到一本很好的书，便是赵元任先生所译的《阿丽思漫游奇境记》。这是"一部给小孩子看的书"，但正如金圣叹所说，又是一部"绝世妙文"，就是大人——曾经做过小孩子的大人，也不可不看，看了必定使他得到一种快乐的。世上太多的大人虽然都亲自做过小孩子，却早失了"赤子之心"，好像毛毛虫的变了蝴蝶，前后完全是两种情状，这是很不幸的。他们忘却了自己的儿童时代的心情，对于正在儿童时代的儿童的心情于是不独不能理解，予以相当的保育调护，而且反要加以妨害；儿童倘若不幸有这种的人做他的父母师长，他的一部分的生活便被损坏，后来的影响更不必说了。我们不要误会，这只有顽固的塾师及道学家才如此，其实那些不懂感情教育的价值而专讲实用的新教育家，所种的恶因也并不小，即使没有比他们更大。我对于少数的还保有一点儿童的心情的大人们，郑重地介绍这本名著请他们一读，并且给他们的小孩子读。

这部书的特色，正如译者序里所说，是在于他的有意味的"没有意思"。英国政治家辟忒（Pitt）曾说："你不要告诉我说一个人能够讲得有意思，各人都能够讲得有意思，但是他能够讲得没有意思么？"文学家特·坤西（De Quincey）也说："只是有异常的才能的人，才能写没有意思的作品。"儿童大抵是天才的诗人，所以他们独能赏鉴这些东西。最初是那些近于"无意味不通的好例"的抉择歌，如《古今风谣》里的"脚驴斑斑"，以及"夹雨夹雪冻死老鳖"一类的趁韵歌，再进一步便是那些滑稽的叙事歌了。英国儿歌中《赫巴特老母和她的奇怪的狗》与《黎的威更斯太太和她的七只奇怪的猫》，都是这派的代表著作，专以天真而奇妙的"没有意思"娱乐儿童的。这《威更斯太太》是夏普夫人原作，经了拉斯庚的增订，所以可以说是文学的滑稽儿歌的代表，后来利亚（Lear）做有

183

"没有意思的诗"的专集，于是更其完成了。散文的一面，始于高尔斯密的《二鞋老婆子的历史》，到了加乐尔而完成，于是文学的滑稽童话也侵入英国文学史里了。欧洲大陆的作家，如丹麦的安徒生在《伊达的花》与《阿来锁眼》里，荷兰的蔼覃在他的《小约翰》里，也有这类的写法，不过他们较为有点意思，所以在"没有意思"这一点上，似乎很少有人能够赶得上加乐尔的了。然而这没有意思决不是无意义，他这著作是实在有哲学的意义的。麦格那思在《十九世纪英国文学论》上说：

> 利亚的没有意思的诗与加乐尔的阿丽思的冒险，都非常分明地表示超越主义观点的滑稽。他们似乎是说："你们到这世界里来住罢，在这里物质是一个消融的梦，现实是在幕后。"阿丽思走到镜子的后面，于是进奇境去。在他们的图案上，正经的分子都删去，矛盾的事情很使儿童喜悦；但是觉着他自己的限量的大人中之永久的儿童的喜悦，却比普通的儿童的喜悦为更高了。

我的本意在推举他在儿童文学上的价值，这些评论本是题外的话，但我想表明他在成人的文学上也有价值，所以抄来做个引证。译者在序里说："我相信这书的文学的价值，比莎士比亚最正经的书亦比得上，不过又是一派罢了。"这大胆而公平的批评，实在很使我佩服。普通的人常常相信文学只有一派是正宗，而在西洋文学上又只有莎士比亚是正宗，给小孩子看的书既然不是这一派，当然不是文学了。或者又相信给小孩子的书必须本于实在或是可能的经验，才算是文学，如《国语月刊》上勃朗的译文所主张，因此排斥空想的作品，以为不切实用，欧洲大战时候科学能够发明战具，神话与民间故事毫无益处，即是证据。两者之中，第一种拟古主义的意见虽然偏执，只要给他说明文学中本来可以有多派的，如译者那样的声明，这问题也可以解决了；第二种军国主义的实用教育的意见却更为有害。我们姑且不论任何不可能的奇妙的空想，原只是集合实在的事物的经验的分子综错而成，但就儿童本身上说，在他想象力发展的时代确有这种空想作品的需要，我们大人无论凭了什么神呀皇帝呀国家呀的神圣之名，都没有剥夺他们的这需要的权利，正如我们没有剥夺他们衣食的权利一样。人间所同具的智与情应该平均发达才是，否则便是精神的畸形。刘伯明先生在《学衡》第二期上攻击毫无人性人情的"化学化"的学者，我很是同意。我相信对于精神的中毒，空想——体会与同情之母——的文学正是一服对症的解药。所以我推举这部《漫游奇境记》给心情没有完全"化学化"的大人们，特别请已为或将为人们的父母师长的大人们看，——若是看了觉得有趣，我便庆贺他有了给人家做这些人的资格了。

对于赵先生的译法，正如对于他的选译这部书的眼力一般，我表示非常地佩服；他的纯白话的翻译，注音字母的实用，原本图画的选入，都足以表现忠实于他的工作的态度。我深望那一部姊妹书《镜里世界》能够早日出板。——译者序文里的意见，上面已经提及，很有可以佩服的地方，但就文章的全体看来，却不免是失败了。因为加乐尔式的滑稽实在是不易模拟的，赵先生给加乐尔的书做序，当然不妨模拟他，但是写得太巧了，因此也就未免稍拙了。妄言多罪。

《结婚的爱》

《结婚的爱》（*Married Love*）是我近来所见最好的书籍之一。著者斯妥布思女士（Marie Stopes）是理学及哲学博士，又是皇家文学会及植物学会员，所著书在植物学方面最多，文学方面有剧本数种，最后是关于两性问题的书。《结婚的爱》讲夫妇间的纠葛，《聪明的父母》讲生产限制，《光辉的母性》讲育儿。《结婚的爱》出版于一九一八年，我所见到的去年六月新版，已是第一百八十一千里的一本了。

"性的教育"的重要，现在更无须重说了。但是只明白了性的现象，而不了解性的法则，其结果也只足以免避性的错误，至于结婚后的种种纠葛仍无可免。半开化的社会的两性关系是男子本位的，所以在这样社会里，正如晏殊君曾在《妇女杂志》（三月号）上所说，女子"被看作没有性欲的"，这个错误当然不言而喻了。文明社会既然是男女平等的，又有了性的知识，理论应该是对了，但是却又将女性的性欲看作同男性一样的，——这能说是合于事理么？据《结婚的爱》的著者说，这不但不合，而且反是许多不幸的根源。性的牵引本来多在于二者之差异，但这当初牵引的差异后来却即为失调的原因。异性的要求不全一致，恋爱的配合往往也为此而生破裂，其余的更不必说了。《结婚的爱》便是想去解决这个纠葛的一篇论文，他的意见，简单地说来是主张两性关系应是女子本位的。

本书的重要的话，都在第四、五两章里。现在有许多学者都已知道两性的性欲的差异，男子是平衡的，女性是间歇的。第四章名《根本的冲动》，便是专研这个问题的，根据精密的调查，发现了一种定期律，却与以前学者们所说的全然不同。第五章名《相互的调节》，是最切要的一章，写得非常大胆严肃。篇首引圣保罗《与罗马人书》的一句，"爱是不加害与人的"，可以说是最深切的标语。有些人知道两性要求的差异，以

186

为不能两全，只好牺牲了一方面，"而为社会计，还不如把女子牺牲了"。大多数的男子大约赞成这话，但若如此，这决不是爱了，因为在爱里只有完成，决没有牺牲的。要实现这个结婚的爱，便只有这相互的调节一法，即改正两性关系，以女性为本位。这虽然在男子是一种束缚，但并非牺牲，或者倒是祝福。我们不喜那宗教的禁欲主义，至于合理的禁欲原是可能，不但因此可以养活纯爱，而且又能孕育梦想，成文艺的种子。我想，欲是本能，爱不是本能，却是艺术，即本于本能而加以调节者。向来的男子多是本能的人，向来的爱只有"骑士的爱"才是爱，一落在家庭里，便多被欲所害了。凯沙诺伐是十八世纪欧洲的一个有名的荡子，但蔼理斯称他"以所爱妇女的悦乐为悦乐而不耽于她们的供养"，所以他是知爱的人。这"爱之术"（Arsamatoria）以前几乎只存在草野间了，《结婚的爱》可以说是家庭的爱之术的提倡传授者。

《结婚的爱》是一本"给结婚的男女看的书"，所以我不多抄录他的本文了。《不列颠医学杂志》批评地说："在已结婚或将要结婚的人，只要他们在精神身体上都是正则的，而且不怕去面事实，这是一部极有益的书。"因此我也将他介绍给有上面所说的资格的人们。不过我还有一句废话，便是要请他们在翻开书面之前，先自检查自己的心眼干净与否。圣保罗说："凡物本来没有不洁净的，唯独人以为不洁净的，在他就不洁净了。"蔼理斯在《圣芳济及其他论》中说："我们现在直视一切，觉得没有一件事实太卑贱或太神圣不适于研究的。但是直视某种事实却是有害的，倘若你不能洁净地看。"以上也就是我的忠告。

（我很怕那些大言破坏一切而自己不知负责，加害于人的，所谓自由恋爱家的男子。）

《结婚的爱》布面的价三元余，纸面的二元，以英国版为佳，因为我的一本《光辉的母性》系美国版，其中有删节的地方，所以推想美国版的《结婚的爱》一定要删节得更多了。（听说因为他们有一种什么猥亵条例。）英国诗人凯本德（Edward Carpenter）的《爱的成年》（Love's Coming of Age）前回曾连带地说起过，也是有益的书。原本英国出版，美国"现代丛书"（Modern Library）里也收着，价一元余。曾经郭须静君译出，收在"晨报社丛书"内，但是已经绝版了。听说不久拟校订重印，希望他早日成功，并且能够更多有力地传达那优美纯洁的思想到青年男女中间去。

《爱的创作》

《爱的创作》是与谢野晶子《感想集》的第十一册。与谢野夫人（她本姓凤）曾作过好些小说和新诗，但最有名的还是她的短歌，在现代歌坛上仍占据着第一流的位置。十一卷的《感想集》，是十年来所做的文化批评的工作的成绩，总计不下七八百篇，论及人生各方面，范围也很广大，但是都很精彩，充满着她自己所主张的"博大的爱与公明的理性"，此外还有一种思想及文章上的温雅（Okuyukashisa），这三者合起来差不多可以表出她的感想文的特色。我们看日本今人的杂感类文章，觉得内田鲁庵的议论最为中正，与她相仿，唯其文章虽然更为轻妙，温雅的度却似乎要减少一点了。

《爱的创作》凡七十一篇，都是近两年内的著作。其中用作书名的一篇关于恋爱问题的论文，我觉得很有趣味，因为在这微妙的问题上他也能显出独立而高尚的判断来。普通的青年都希望一劳永逸的不变的爱，著者却以为爱原是移动的，爱人各须不断地创作，时时刻刻共相推移，这才是养爱的正道。她说：

> 人的心在移动是常态，不移动是病理。幼少而不移动是为痴呆，成长而不移动则为老衰的征候。
>
> 在花的趣味上，在饮食的嗜好上，在衣服的选择上，从少年少女的时代起，一生不知要变化多少回。正是因为如此，人的生活所以精神的和物质的都有进步。……世人的俗见常以为夫妇亲子的情爱是不变动的。但是在花与衣服上会变化的心，怎么会对于与自己更直接有关系的生活倒反不敏感地移动呢？
>
> 就我自己的经验上说，这二十年间我们夫妇的爱情不知经过

多大的变化来了。我们的爱，决不是以最初的爱一贯继续下去，始终没有变动的，固定的静的夫妇关系。我们不断地努力，将新的生命吹进两人的爱情里去，破坏了重又建起，锻炼坚固，使他加深，使他醇化。……我们每日努力重新播种，每日建筑起以前所无的新的爱之生活。

我们不愿把昨日的爱就此静止了，再把他涂饰起来，称作永久不变的爱。我们并不依赖这样的爱。我们常在祈望两人的爱长是进化移动而无止息。

倘若不然，那恋爱只是心的化石，不能不感到困倦与苦痛了罢。

我们曾把这意见告诉生田长江君，他很表同意，答说："理想的夫妇是每日在互换爱的新证书的。"我却想这样地说，更适切地表出我们的实感，便是说夫妇是每日在为爱的创作的。

凯本德在《爱与死之戏剧》上引用爱伦凯的话说：

贞义决不能约束的，只可以每日重新地去赢得。

又说：

在古代所谓恋爱法庭上，武士气质的人明白了解的这条真理，到了现今还必须力说，实在是可悲的事。恋爱法庭所说明的，恋爱与结婚不能相容的理由之一，便是说妻决不能从丈夫那边得到情人所有的那种殷勤，因为在情人当作恩惠而承受者，丈夫便直取去视若自己的权利。

理想的结婚便是在夫妇间实行情人们每日赢得交互的恩惠之办法。凯本德归结地说：

要使恋爱年年保存这周围的浪漫的圆光，以及这侍奉的深

189

情，便是每日自由给予的恩惠，这实在是一个大艺术。这是大而且难的，但是的确值得去做的艺术。

这个爱之术到了现代已成为切要的研究，许多学者都着手于此，所谓爱的创作就是从艺术见地的一个名称罢了。

中国关于这方面的文章，我只见到张竞生君的一篇《爱情的定则》。无论他的文句有怎样不妥的地方，但我相信他所说的"凡要讲真正完全爱情的人，不可不对于所欢的时时刻刻改善提高彼此相爱的条件，一可得了爱情上时时进化的快感，一可杜绝敌手的竞争"这一节话，总是十分确实的。但是道学家见了都着了忙，以为爱应该是永久不变的，所以这是有害于世道人心的邪说。道学家本来多是"神经变质的（Neurotic）"，他的特征是自己觉得下劣脆弱；他们反对两性的解放，便因为自知如没有传统的迫压，他必要放纵不能自制，如恋爱上有了自由竞争，他必没有侥幸的希望。他们所希冀的是异性一时不慎上了他的钩，于是便可凭了永久不变的恋爱的神圣之名把她占有专利，更不怕再会逃脱。这好像是"出店不认货"的店铺，专卖次货，生怕买主后来看出破绽要来退还，所以立下这样规则，强迫不慎的买主收纳有破绽的次货。真正用爱者当如园丁，想培养出好花，先须用上相当的精力，这些道学家却只是性的渔人罢了。大抵神经变质者最怕听于自己不利的学说，如生存竞争之说很为中国人所反对，这便因为自己没有生存力的缘故，并不是中国人真是酷爱和平；现在反对爱之移动说也正是同样的理由。但是事实是最大的威吓者，他们粉红色的梦能够继续到几时呢？

爱是给予，不是酬报。中国的结婚却还是贸易，这其间真差得太远了。

附记：

近来阅蔼理斯的《性的心理研究》第五卷《色情的象征》，第六章中引法国泰耳特（G. Tarde）的论文《病的恋爱》，有这几句话："我们在和一个女人恋爱以前，要费许多时光；我们必须等候，看出哪些节目，使我们注意，喜悦，而且使我们因此掩过别的不快之点。不过在正则的恋爱上，那些节目很多而且常变。恋爱的真义无非是一种环绕着情人的航行，一种探险的航行，而永远得着新的发现。最诚实的爱人，不会两天接续地同样地爱着一个女人。"他的话虽似新奇，却与《爱的创作》之说可以互相参证。编订时追记。

《俺的春天》

我在《歌咏儿童的文学》里，最初见到小林一茶的俳文集《俺的春天》，但是那里所选的文章只是关于儿童的几节，并非全本，后来在中村编的《一茶选集》里才看见没有缺字的全文。第一节的末尾说：

> 我们埋在俗尘里碌碌度日，却说些吉祥话庆祝新年，大似唱发财的乞人的口吻，觉得很是无聊。强风吹来就会飞去的陋室还不如仍他陋室的面目，不插门松，也不扫尘埃，一任着雪山路的曲折，今年的正月也只信托着你去迎接新春罢。（后附俳句，下同。）
>
> 恭喜也只是中通罢了，俺的春天。

本书的题名即从这里出来的，下署文政二年，当公历一八一九年顷。是年夏间所记最有名的两节文章，都是关于他的女儿聪女的，今摘译其一部分：

> 去年夏天种竹日左右，诞生到这多忧患的浮世来的女儿，愚鲁而望其聪敏，因命名曰聪。今年周岁以来，玩着点窝螺、打哇哇、摇头的把戏，见了别的小孩，拿着风车，喧闹着也要，拿来给她的时候，便即放在嘴里吮过舍去，丝毫没有顾惜。随即去看别的东西，把近旁的饭碗打破，但又立刻厌倦，哧哧地撕纸障上的薄纸，大人称赞说乖呀乖呀，她就信以为真，哈哈地笑着更是竭力地去撕。心里没有一点尘翳，如满月之清光皎洁，见了正如看幼稚的俳优，很能令人心舒畅。人家走来，问汪汪哪里，便指

着狗；问呀呀哪里，便指着乌鸦。这些模样，真是从口边到足尖，满是娇媚，非常可爱，可以说是比蝴蝶之戏春草更觉得柔美了。……

但是不久这聪女患天然痘，忽然地死了，一茶在《俺的春天》里记着一节很悲哀的文章，其末尾云：

　　……她遂于六月二十一日与舜花同谢此世。母亲抱着死儿的脸荷荷地大哭，这也是当然的了。到了此刻虽然明知逝水不归，落花不再返枝，但无论怎样达观，终于难以断念的，正是这恩爱的羁绊。
　　露水的世，虽然是露水的世，虽然是这样。

书中还有许多佳篇，可以见作者的性情及境遇者，今译录几节于后：

　　没有母亲的小孩，随处可以看出来：衔着指头，站在大门口！这样地被小孩们歌唱，我那时觉得非常胆怯，不大去和人们接近，只是躲在后园里垒着的柴草堆下，过那长的日子。虽然是自己的事情，也觉得很是可哀。
　　同我来游戏罢，没有母亲的雀儿！——六岁时作。
　　为男子所嫌弃，住在母家的女人，想一见自己儿子的初次五月节，但是在白昼因为自己的人太多，如诗中所说（作诗的女人名姓不详）："被休的门外，夜间眺望的鲤帜！"
　　父母思子的真情，听了然是可哀。能柔和那狞猛的武士之心者，大约就是这样的真心罢，即使是怎样无情的男子，倘若偶尔听到，也或者再叫她回去罢。
　　紫之里附近，或捕得一窠同炭团一样黑的小鸟，关在笼里，这天晚间有母鸟整夜地在屋上啼叫，作此哀之。
　　思子之情呵，暗夜里"可爱可爱"的，声音叫哑了彻夜地啼着！

193

这一首是仿和歌体的"狂歌",大抵多含滑稽或双关的字句,这里"可爱可爱"兼关鸦的叫声,"叫哑"一字兼关乌鸦,现在用哑鸦同音,姑且敷衍过去,但是原来的妙趣总不免失掉了。

> 二十七日晴。老妻早起烧饭,便听得东邻的园右卫门在那里春年糕,心想大约是照例要送来的,冷了不好吃,须等他勃勃地发热气的时候赏鉴才好。来了罢来了罢地等了好久,饭同冰一样地冷掉了,年糕终于不来。
> "我家的门口,像煞是要来的样子,那分送的年糕。"

一茶的俳句在日本文学史是独一无二的作品,可以说是前无古人,大约也不妨说后无来者的。他的特色是在于他的所谓小孩子气,这在他的行事和文章上一样明显地表示出来,一方面是天真烂漫的稚气,一方面却又是倔强皮赖,容易闹脾气的。因为这两者本是小孩的性情,不足为奇,而且他又是一个继子,这更使他的同情与反感愈加深厚了。关于他的事情,我有一篇文章登在年前的《小说月报》上,现在不复多说;本篇里译文第三四节系从那里取来的,但是根据完善的原本有两处新加订正了。

法布耳《昆虫记》

　　法国法布耳所著的《昆虫记》共有十一册，我只见到英译《本能之惊异》《昆虫的恋爱与生活》《蠊虫的生活》和从全书中摘辑给学生读的《昆虫的奇事》，日本译《自然科学故事》《蜘蛛的生活》以及全译《昆虫记》第一卷罢了。在中国要买外国书物实在不很容易，我又不是专门家，积极地去收罗这些书，只是偶然地遇见买来，所以看见的不过这一点，但是已经尽够使我十分佩服这"科学的诗人"了。

　　法布耳的书中所讲的是昆虫的生活，但我们读了却觉得比看那些无聊的小说戏剧更有趣味，更有意义。他不去做解剖和分类的功夫（普通的昆虫学里已经说得够了），却用了观察与试验的方法，实地地记录昆虫的生活现象，本能和习性之不可思议的神妙与愚蒙。我们看了小说戏剧中所描写的同类的运命，受得深切的铭感，现在见了昆虫界的这些悲喜剧，仿佛是听说远亲——的确是很远的远亲——的消息，正是一样迫切地动心，令人想起种种事情来。他的叙述，又特别有文艺的趣味，更使他不愧有"昆虫的史诗"之称。戏剧家罗斯丹（Rostand）批评他说，"这个大科学家像哲学者一般地想，美术家一般地看，文学家一般地感受而且抒写"，实在可以说是最确切的评语。默忒林克（Maeterlinck）称他为"昆虫的荷马"，也是极简明的一个别号。

　　法布耳（Jean Henri Fabre，一八二三至一九一四）的少年生活，在他的一篇《爱昆虫的小孩》中说得很清楚，他的学业完全是独习得来的。他在乡间学校里当理化随后是博物的教师，过了一世贫困的生活。他的特别的研究后来使他得了大名，但在本地不特没有好处，反造成许多不愉快的事情。同僚因为他的博物讲义太有趣味，都妒忌他，叫他作"苍蝇"，又运动他的房东，是两个老姑娘，说他的讲义里含有非宗教的分子，把他赶了出去。许多学者又非难他的著作太浅显了，缺少科学的价值。法布耳在《荒地》一篇论文里说：

> 别的人非难我的文体，以为没有教室里的庄严，不，还不如说是干燥。他们恐怕一页书读了不疲倦的，未必含着真理。据他们说，我们的说话要晦涩，这才算是思想深奥。你们都来，你们带刺者，你们蓄翼着甲者，都来帮助我，替我做见证。告诉他们，我的对于你们的密切的交情，观察的忍耐，记录的仔细。你们的证据是一致的：是的，我的书册，虽然不曾满装着空虚的方式与博学的胡诌，却是观察得来的事实之精确的叙述，一点不多，也一点不少。凡想去考察你们事情的人，都能得到同一的答案。

他又直接地对着反对他的人们说：

> 倘若我为了学者，哲学家，将来想去解决本能这个难问题的人而著述，我也为了而且特别为了少年而著述；我想使他们爱那自然史，这就是你们使得他们如此厌恶的。因此，我一面仍旧严密地守着真实，却不用你们的那科学的散文，因为那种文章有时似乎是从伊罗瓜族的方言借用来的！

我们固然不能菲薄纯学术的文体，但读了他的诗与科学两相调和的文章，自然不得不更表敬爱之意了。

小孩子没有不爱生物的。幼时玩弄小动物，随后翻阅《花镜》《格致镜原》和《事类赋》等书找寻故事，至今还约略记得。见到这个布罗凡斯（Provence）的科学的诗人的著作，不禁引起旧事，羡慕有这样好书看的别国的少年，也希望中国有人来做这翻译编纂的事业，即使在现在的混乱秽恶之中。

《魔侠传》

　　我好久没有读古文译本的小说了，但是这回听说林纾、陈家麟二君所译的《魔侠传》是西班牙西万提司的原作，不禁起了好奇心，搜求来一读，原来真是那部世界名著 *Don Quixote*（《吉诃德先生》）的第一分，原本五十二章，现在却分作四段了。

　　西万提司（Miguel de Cervantes 一五四七至一六一六）生于西班牙的文艺复兴时代，本是一个军人，在土耳其战争里左手受伤成了残废，归途中又为海贼所掳，带往非洲做了五年苦工；后来在本国做了几年的收税官，但是官俸拖欠拿不到手，反因税银亏折，下狱追比，到了晚年，不得不靠那余留的右手著书度日了。他的著作各有相当的价值，但其中却以《吉诃德先生》为最佳，最有意义。据俄国都盖涅夫在《吉诃德与汉列忒》一篇论文里说，这两大名著的人物实足以包举永久的二元的人间性，为一切文化思想的本源；吉诃德代表信仰与理想，汉列忒（Hamlet）代表怀疑与分析。其一任了他的热诚，勇往直前，以就所自信之真理，虽牺牲一切而不惜；其一则凭了他的理智，批评万物，终于归到只有自己，但是对于这唯一的自己也不能深信。这两种性格虽是相反，但正因为有他们在那里互相撑拒，文化才有进步，《吉诃德先生》书内便把积极这一面的分子整个地刻画出来了。在本书里边，吉诃德先生（译本作"当块克苏替"）与从卒山差邦札（译本作"山差邦"）又是一副绝好的对照；吉诃德是理想的化身，山差便是经验的化身了。山差是富于常识的人，他跟了主人出来冒险，并不想得什么游侠的荣名，所念念不忘者只是做海岛的总督罢了；当那武士力战的时候，他每每利用机会去喝一口酒，或是把"敌人"的粮食装到自己的口袋里去。他也知道主人有点疯癫，知道自己做了武士的从卒的命运除了被捶以外是不会有什么好处的，但是他终于遍历患难，一直

197

到吉诃德回家病死为止。都盖涅夫说，"本来民众常为运命所导引，无意地跟着曾为他们所嘲笑、所诅咒、所迫害的人而前去"，或者可以做一种说明。至于全书的精义，著者在第二分七十二章里说得很是明白。主仆末次回来的时候，山差望见村庄便跪下祝道：

> 我所怀慕的故乡，请你张开眼睛看他回到你这里来了。——你的儿子山差邦札，他身上满是鞭痕，倘若不是金子。请你又张了两臂，接受你的儿子吉诃德先生，他来了，虽然被别人所败，却是胜了自己了。据他告诉我，这是一切胜利中人们所最欲得的 ［大］胜利了……

这一句话不但是好极的格言，也就可以用作墓碑，纪念西班牙与其大著作家的辛苦而光荣的生活了。

《吉诃德先生》是一部"拟作"（Parody），讽刺当时盛行的游侠小说的，但在现今这只是文学史上的一件史实，和普通赏鉴文艺的没有什么关系了。全书凡一百八章，在现时的背景里演荒唐的事迹，用轻妙的笔致写真实的性格，又以快活健全的滑稽贯通其间，所以有永久的生命，成为世界的名著。他在第二分的序信上（一六一六年，当明朝万历末年），游戏地说道，中国皇帝有信给他，叫他把这一部小说寄去，以便做北京学校里西班牙语教科书用。他这笑话后来成为预言，中国居然也有了译本，但是因为我们的期望太大，对于译本的失望也就更甚，——倘若原来是"白髭拜"（Guy Boothby）一流人的著作，自然没有什么可惜。全部原有两分，但正如《鲁滨孙漂流记》一样，世间往往只取其上半部（虽然下半部也是同样的好），所以这一节倒还可以谅解。林君的古文颇有能传达滑稽味的力量，这是不易得的，但有时也大失败，如欧文的《拊掌录》的译文，有许多竟是恶札了。在这《魔侠传》里也不免如此，第十六章（译本第二段第二章）中云：

> 骡夫在客店主人的灯光下看见他的情人是怎样的情形（案指马理多纳思被山差所打），便舍了吉诃德，跑过去帮助她。客店主人也跑过去，虽然是怀着不同的意思，因为他想去惩罚那个女

人，相信她是这些和谐的唯一的原因。正如老话（案指一种儿童的复叠故事）里所说，猫向老鼠，老鼠向绳，绳向棍子，于是骡夫打山差，山差打女人，女人打他，客店主人打她，大家打得如此活泼，中间不容一刹那的停顿。

汉译本上却是这几句话：

　　而肆主人方以灯至。骡夫见其情人为山差邦所殴，则舍奎沙达，奔助马累托。奎沙达见骡夫击其弟子，亦欲力疾相助，顾不能起。肆主人见状，知衅由马累托，则力蹴马累托。而骡夫则殴山差邦，而山差邦亦助殴马累托。四人纷纠，声至杂乱。

至于形容马理多纳思（即马累托）的一节，两本也颇有异同，今并举于下：

　　这客店里唯一的仆役是一个亚斯都利亚地方的姑娘，有一个宽阔的脸，平扁的后颅，塌鼻子，一只眼斜视，那一只也不平正。虽然她的身体的柔软可以盖过这些缺点，因为她的身长不过七掌（案约四尺半），两肩颇肥，使她不由得不常看着地面。（以上并据斯密士一九一四版英译本）

　　此外尚有一老妪。广额而丰颐，眇其一目，然颇矫捷。盖自顶及踵，不及三尺。肩博而厚，似有肉疾自累其身。（林译本一之二）

这一类的例，举起来还很多，但是我想这个责任，口译者还须担负大半，因为译文之不信当然是口译者之过，正如译文之不达不雅——或太雅——是笔述者之过一样。他们所用的原本似乎也不很好，大约是一种普通删改本。英译本自十七世纪以来虽然种类颇多，但好的也少，十九世纪末的阿姆斯比（Ormsby）的四卷本，华支（Watts）的五卷本，和近来的斯密士（Smith）的一卷本，算是最为可靠，只可惜不能兼有陀勒（Dore）

的插画罢了。

爱西万提司的人，会外国文的都可以去得到适当的译本（日本也有全译），不会的只得去读这《魔侠传》，却也可以略见一斑，因为原作的趣味太丰厚了。正如华支在《西万提司评传》中所说，即使在不堪的译文如莫妥（Motteux）的杂译本里，他的好处还不曾完全失掉。所以我说《魔侠传》也并非全然无用，虽然我希望中国将来会有一部不辱没原作者的全译出现。

　　本文以外，还有几句闲话。原本三十一章（林译本三之四）中，安特勒思叫吉诃德不要再管闲事，省得使他反多吃苦，末了说："我愿神使你老爷和生在世上的所有的侠客都倒了霉。"林君却译作："似此等侠客在法宜骈首而诛，不留一人以害社会。"底下还加上两行小注道："吾于党人亦然。"这种译文，这种批注，我真觉得可惊，此外再也没有什么可说了。

《你往何处去》

　　波兰显克微支的名作《你往何处去》，已由徐炳昶、乔曾劬二君译成中国语了，这是一件很可喜的事。

　　显克微支在本国的声名，第一是革命家，第二是小说家；小说中的声名，又以短篇居第一，历史小说居第二。但在外国恰是相反，大家只知道他是小说家，是历史小说家，而且历史小说之中又最推赏这部"描写当希腊罗马文明衰颓时候的社会状况和基督教的真精神"的《你往何处去》，至于描写波兰人的真精神的《火与剑》等三部作却在其次了。就艺术上讲，那三部作要较为优胜，因为他做《你往何处去》虽然也用该博精密的文化史知识做基本，但他描写里边的任何人，都不能像在三部曲里描写故国先人的样子，将自己和书中人物合一了去表现他，其次则因为寄托教训，于艺术便不免稍损了。但大体上总是历史小说中难得的佳作，波兰以外的国民把这部书认为显克微支的最大的著作，却也是当然的了。

　　这部书是表扬基督教的真精神的，但书中基督教徒的描写都不很出色，黎基与维尼胥的精神的恋爱是一件重要的插话，可是黎基的性格便很朦胧的，几乎没有独立的个性。克洛福特在《外国文学之研究》上说，"黎基是小说里的一个定型的基督教处女，她的命运是从狮子圈里被救出来"，可以算是确当的评语。在全书里写得最好，又最能引起我们的同情的，还是那个"丰仪的盟主"俾东。他是一个历史上有名人物，据挞实图的历史里说："他白天睡觉，夜里办事及行乐。别人因了他们的勤勉得成伟大，他却游惰而成名，因为他不像别的浪子一样，被人当作放荡的无赖子，但是一个奢华之专门学者（Erudito Luxu）。"

　　挞实图生于奈龙朝，所说应该可信的。就俾东的生活及著作（现存的《嘲笑录》的一部分）看来，他确是近代的所谓颓废派诗人的祖师，这是

201

使现代人对于他觉得有一种同情的缘故。其实那时罗马朝野上多是颓废派气味的人，便是奈龙自己也是，不过他们走到极端去了，正如教徒之走向那一个极端，所以发生那样的冲突。在或一意义上两方都可以说是幸福者，只有在这中间感到灵肉的冲突，美之终生的崇拜者，而又感知基督教的神秘之力的，如俾东那样的人，才是最可同情，因为这也是现代人所同感的情况了。显克微支自己大约也就多少如此，只是心里深固的根蒂牵挽他稍偏于这一面，正如俾东终于偏在异教那一面罢了。

《你往何处去》中有几段有名的描写，如第一篇第一章记俾东在浴室里的情形，使我们可以想见他的生活；第三篇第十一章（译本）的写教徒的被虐杀，第十七章的虞端斯拗折牛颈，救出黎基，很有传奇的惊心动魄的力量；至于卷末彼得见基督的半神话的神秘，俾东和哀尼斯情死的悲哀而且旖旎，正是极好的对比。

显克微支的历史小说，本来源出司各得，但其手法决不下于司各得，这便是在《你往何处去》中也可以看出来的。徐、乔二君的译本据序里所说，是以直译为主的。我们平常也主张直译，但是世间怀疑的还很多，现在能有这样的好成绩，可以证明直译的适用，实在是很可尊重的。卷首有一篇深切著明的序言，也是难得的。俗语说，会看书的先看序，现在可以照样地说，要知道书的好否，只需先看序。译著上边，有一篇好的序言，这是我们所长久期待而难得遇到的事。

对于这个译本要说美中不足，觉得人名音译都从法国读法，似乎不尽适当。譬如 Petronirs 译作彼得罗纽思或者未免稍繁，但译作俾东，也太省略。我想依了译本文体的精神，也应用全译的人名才觉相称。希腊罗马人名本来欧洲各国都照本国习惯去写读，德国一部分的学者提倡改正，大家多以为迂远，但我个人意见却以为至有道理。其次，则原书所据法国译本，似有节略。据说英译显克微支著作，以美国寇丁（Curtin）的足译本为最善，两相比较，英译还更多一点。第三篇分章也不相同，计有三十一章。在外国普通译本，对于冗长之作加以节略，似亦常有，无伤大体，或者于普及上还可以有点效用，不过我们的奢望，不免得了陇又要望蜀罢了。

《王尔德童话》

近来见到穆木天先生选译的《王尔德童话》，因此想就"文学的童话"略说几句。

普通的童话是"原始社会的文学"。我在答赵景深先生童话的讨论书上说：

> 原始社会的故事普通分作神话、传说、童话三种。神话是创世以及神的故事，可以说是宗教的。传说是英雄的战争与冒险的故事，可以说是历史的。童话的实质也有许多与神话传说共通，但是有一个不同点，便是童话没有时与地的明确的指定，又其重心不在人物而在事件，因此可以说是文学的。

但是这种民间童话虽然也是文学，却与所谓文学的童话很有区别。前者是民众的，传述的，天然的；后者是个人的，创作的，人为的。前者是"小说的童年"，后者是小说的化身，抒情与叙事的合体。记录民间童话的人是民俗学者，德国的格林（Grimm）兄弟是最著名的例；创作文学的童话的是文人，王尔德便是其中之一人。

英国安特路·阑在《文学的童话论》里说：

> 童话是文学的一种形式，原始的故旧，而又有恢复他的少年的无限的力。老婆子的故事，关于一个男孩子与一个女孩子，以及一个凶狠的继母，关于三个冒险的兄弟，关于友谊的或者被禁厌的兽，关于魔法的兵器与指环，关于巨人与吃人的种族的故事，是传奇的小说的最古的形式。开化的民族把这些小孩子气的

说话修饰成重要的传奇的神话，如［取金羊毛的］亚尔戈船，以及赫拉克来思与阿迭修思的传说。未开化的种族如阿及贝威，爱斯吉摩与萨摩亚人，保存这老婆子的故事，形式没有那样高雅，或者因此却更与原来的形式相近。欧洲的乡里人保留这故事的形式，近于野蛮民族的而与希腊相差更多；到后来文人随从民间传述中采用了这种故事，正如他们的采用寓言一般。

婆罗门教与佛教的经典，中古基督教的传道书里，早已利用了民间传说去载他们的教义，但其本意只是宗教的教训的，并没有将他当作文学看待。这种新的倾向起于十七世纪之末，法国的贝洛尔（Perrault）可以说是这派的一个开创者。他于一六九七年刊行他的《鹅母亲的故事》，在童话文学上辟了一个新纪元；但是他这几篇小杰作虽然经过他的艺术的剪裁，却仍是依据孩儿房的传统，所以他的位置还是在格林兄弟这一边，纯粹的文学的童话界的女王却不得不让给陀耳诺夫人（Madam d'Aulnoy）了。她的四十一册的《仙灵的宫廷》真可以说是仙灵故事的大成，虽然流行于后世的只有《白猫》等若干篇，她只要得到传说里的一点提示，便能造出鲜明快活的故事，充满着十八世纪的宫廷的机智。以后这派童话更加发达，确定为文学的一支，在十九世纪里出了许多佳作，如英国庚斯来的《水孩儿》，拉斯庚的《金河之王》，麦陀那耳特的《梦幻家》，加乐耳的《阿丽思》等都是。丹麦的安徒生更是不消说了，"他在想象上与原始的民间的幻想如此相似，与童年的心的秘密如此相近"。戈斯说："安徒生的特殊的想象使他格外和儿童的心思相亲近。小儿正如野蛮人，于一切不调和的思想分子，毫不介意，容易承受下去；安徒生的技术大半就在这里，他能很巧妙地把几种毫不相干的思想联结在一起。"因为他是诗人，又是一个"永久的孩子"，所以在文学的童话上是没有人能够及得上的。正如阔氏所说，他的《锡兵》和《丑小鸭》等才是真正的童话。王尔德的《石榴之家》与《幸福王子》两卷书却与安徒生的不同，纯粹是诗人的诗，在这一点上颇与法国孟代的《纺轮的故事》相似。王尔德和孟代一样，是颓废的唯美主义的人，但孟代在他的故事里明显地表示出快乐主义的思想，王尔德的又有点不同。这九篇都是"空想的童话，中间贯穿着敏感而美的社会的哀怜，恰如几幅锦绣镶嵌的织物，用一条深红的线坚固地缀成一帖"

（据亨特生著《人生与现代精神的解释者》）。王尔德的文艺上的特色，据我想来是在于他的丰丽的辞藻和精练的机智，他的喜剧的价值便在这里，童话也是如此。所以安徒生童话的特点倘若是在"小儿说话一样的文体"，那么王尔德的特点可以说是在"非小儿说话一样的文体"了。因此他的童话是诗人的，而非是儿童的文学。因为在近代文艺上，童话只是文学的一种形式，内容尽多变化，如王尔德、孟代等的作品便是这文学的童话的最远的变化的一例了。

以上关于王尔德童话的一点意见，译者在序里也已约略说及，我现在只是略加说明罢了。译者在原本九篇里选了《渔夫与他的魂》《莺儿与玫瑰》《幸福王子》《利己的巨人》与《星孩儿》这五篇，对于这个选择我也完全同意。关于译文我没有什么话说，不过觉得地名的译义似乎还有可商的地方。如《利己的巨人》里的"谷墙地方的食人鬼"一句里的"谷墙"，现在虽然是称作康瓦尔（Cornwall），可以做这两个字解，但据贝林戈尔特的《康瓦尔地志》说，这个名称起于十世纪，当时读作科伦威勒思（Comwesles），意云不列颠的角上的威尔士人。这本来不过是些小事，但使我最不满意的却是纸张和印工的太坏，在看惯了粗纸错字的中国本来也不足为奇，但看到王尔德的名字，联想起他的主张和文笔，比较摊在眼前的册子，禁不住发生奇异之感。我们并不敢奢望有什么插画或图案，只求在光洁的白纸上印着清楚的黑字便满足了，因为粗纸错字是对于著者和译者——即使不是对于读者——的一种损害与侮辱。

《沉沦》

我在要谈到郁达夫先生所做的小说集《沉沦》之先，不得不对于"不道德的文学"这一问题讲几句话，因为现在颇有人认他是不道德的小说。

据美国莫台耳（Mordell）在《文学上的色情》里所说，所谓不道德的文学共有三种，其一不必定与色情相关的，其余两种都是关于性的事情的。第一种的不道德的文学实在是反因袭思想的文学，也就可以说是新道德的文学。例如易卜生或托尔斯泰的著作，对于社会上各种名分的规律加以攻击，要重新估定价值，建立更为合理的生活，在他的本意原是"道德的"，然而从因袭的社会看来，却觉得是"离经叛道"，所以加上一个不道德的名称。这正是一切革命思想的共通的运命，耶稣、哥白尼、达尔文、尼采、克鲁泡特金都是如此。关于性的问题如惠忒曼、凯本特等的思想，在当时也被斥为不道德，但在现代看来却正是最纯净的道德的思想了。

第二种的不道德的文学应该称作不端方的文学，其中可以分作三类。一是自然的，在古代社会上的礼仪不很整饬的时候，言语很是率直放任，在文学里也就留下痕迹，正如现在乡下人的粗鄙的话在他的背景里实在只是放诞，并没有什么故意的挑拨。二是反动的，禁欲主义或伪善的清净思想盛行之后，常有反动的趋势，大抵倾向于裸露的描写，因以反抗旧潮流的威严，如文艺复兴期的法意各国的一派小说，英国王政复古时代的戏曲，可以算作这类的代表。三是非意识的，这一类文学的发生并不限于时代及境地，乃出于人性的本然。虽不是端方的，而也并非不严肃；虽不是劝善的，而也并非海淫的。所有自然派的小说与颓废派的著作大抵属于此类。据"精神分析"的学说，人间的精神活动无不以［广义的］性欲为中心，即在婴孩时代，也有他的性的生活，其中主动的重要分子，便是他苦（Sadistic）、自苦（Masochistic）、展览（Exhibitionistic）与窥伺（Voyeuristic）的本能。这些本能得到相当的发达与满足，便造成平常的幸福的性的生活之基础，又因了升华作用而成为艺术与学问的根本；倘若因迫压而致蕴积不发，便会变成病的性欲，即所谓色情狂了。这色情在艺术上的表现，本来也是由于迫压，因为这些要求在现代文明——或好或坏——底下，常难得十分满足的机会，所以非意识地喷发出来，无论是高尚优美的抒情诗，或是不端方的（即猥亵的）小说，其动机仍是一样。讲到这里，我们不得不承认那色情狂的著作也同属在这一类，但我们要辨明他是病的，与平常的文学不同，正如狂人与常人的不同，虽然这交界点的区划是很难的。莫台耳说：

> 亚普刘思（Apuleius）、彼得洛纽思（Petronius）、戈谛亚（Gautiar）或左拉（Zola）等人的展览性，不但不损伤，而且有时反增加他们著作的艺术的价值。

我们可以说《红楼梦》也如此，但有些中国的淫书却都是色情狂的了。猥亵只是端方的对面，并不妨害艺术的价值。天才的精神状态也本是异常的，然而在变态心理的中线以外的人与著作则不能不以狂论。但是色情狂的文学也只是狂的病的，不是不道德的，至于不端方的非即不道德，那自然是不必说了。

第三种的不道德的文学才是真正的不道德文学，因为这是破坏人间的和平，为罪恶做辩护的，如赞扬强暴诱拐的行为，或性的人身卖买者皆是。严格地说，非人道的名分思想的文章也是这一类的不道德的文学。

照上边说来，只有第三种文学是不道德的，其余的都不是。《沉沦》是显然属于第二种的非意识的不端方的文学，虽然有猥亵的分子而并无不道德的性质。著者在自序里说：

> 第一篇《沉沦》是描写着一个病的青年的心理，也可以说是青年忧郁病的解剖，里边也带叙着现代人的苦闷，便是性的要求与灵肉的冲突。……第二篇是描写一个无为的理想主义者的没落。

虽然他也说明"这两篇是一类的东西，就把他们作连续的小说看，也未始不可的"，但我想还不如综括地说，这集内所描写是青年的现代的苦闷，似乎更为确实。生的意志与现实之冲突，是这一切苦闷的基本；人不满足于现实，而复不肯遁于空虚，仍就这坚冷的现实之中，寻求其不可得的快乐与幸福。

现代人的悲哀与传奇时代的不同者即在于此。理想与现实社会的冲突当然也是苦闷之一，但我相信他未必能完全独立，所以《南归》的主人公的没落与《沉沦》的主人公的忧郁病终究还是一物，著者在这个描写上实在是很成功了。所谓灵肉的冲突原只是说情欲与迫压的对抗，并不含有批判的意思，以为灵优而肉劣。老实说来，超凡入圣的思想倒反于我们凡夫觉得稍远了，难得十分理解，譬如中古诗里的"柏拉图的爱"，我们如不将他解作性的崇拜，便不免要疑是自欺的饰词。我们赏鉴这部小说的艺术地写出这个冲突，并不要他指点出那一面的胜利与其寓意。他的价值在于非意识地展览自己，艺术地写出升化的色情，这也就是真挚与普遍的所在。至于所谓猥亵部分，未必损伤文学的价值；即使或者有人说不免太有东方气，但我以为倘在著者觉得非如此不能表现他的气氛，那么当然没有可以反对的地方。但在《留东外史》，其价值本来只足与《九尾龟》相比，却不能援这个例，因为那些描写显然是附属的，没有重要的意义，而且态度也是不诚实的。《留东外史》终是一部"说书"，而《沉沦》却是一件艺术的作品。

我临末要郑重地声明，《沉沦》是一件艺术的作品，但他是"受戒者的文学"（Literature for the initiated），而非一般人的读物。有人批评波特来耳的诗说：

> 他的幻景是黑而可怖的。他的著作的大部分颇不适合于少年与蒙昧者的诵读，但是明智的读者却能从这诗里得到真正稀有的力。

这几句话正可以移用在这里。在已经受过人生的密戒，有他的光与影的性的生活的人，自能从这些书里得到稀有的力，但是对于正需要性的教育的"儿童"们却是极不适合的。还有那些不知道人生的严肃的人们也没有诵读的资格，他们会把鸦片去当饭吃的。关于这一层区别，我愿读者特别注意。

著者曾说："不曾在日本住过的人，未必能知这书的真价。对于文艺无真挚的态度的人，没有批评这书的价值。"我这些空泛的闲话当然算不得批评，不过我不愿意人家凭了道德的名来批判文艺，所以略述个人的意见以供参考。至于这书的真价，大家知道得大约很多，也不必再要我来多说了。

读《京华碧血录》

《京华碧血录》是我所见林琴南先生最新刊的小说。我久不读林先生的古文译本，他的所有"创作"却都见过。这本书序上写的是"壬子长至"，但出版在于十二年后，我看见时又在出版后两三个月了。书中写邴生刘女的姻缘，不脱才子佳人的旧套。梅儿是一个三从四德的木偶人，倒也算了；邴仲光文武全才，亦儒亦侠，乃是文素臣铁公子一流人物，看了更觉得有点难过。不过我在这里并不想来攻击这书的缺点，因为林先生的著作本是旧派，这些缺点可以说是当然的。现在我所要说的是此书中的好处。

《碧血录》全书五十三章，我所觉得好的是第十九至第廿四这五章记述庚子拳匪在京城杀人的文章。我向来是神经衰弱的，怕听那些凶残的故事，但有时却又病理地想去打听，找些战乱的记载来看。最初见到的是明季稗史里的《扬州十日记》，其次是李小池的《思痛记》，使我知道清初及洪杨时情形的一斑。《寄园寄所寄》中故事大抵都已忘却，唯张勋战败的那年秋天，伏处寓中，借"知不足斋丛书"消遣，见到《曲洧旧闻》（？）里一条因子巷缘起的传说，还是记得，正如安特来夫的《小人物的自白》里的噩梦，使人长久不得宁贴。关于拳匪的事我也极想知道一点，可惜不易找到，只有在阑陀的《在北京的联军》两卷中看见一部分，但中国的记载终于没有。《驴背集》等书记的大略，没有什么用处。专门研究庚子史实的人当然有些材料，我只是随便看看，所以见闻如此浅陋。林先生在这寥寥十五页里记了好些义和拳的逸事，颇能写出他们的愚蠢与凶残来。外国人的所见自然偏重自己的一方面，中国人又多"家丑不可外扬"的意思，不大愿意记自相残杀的情形。林先生的思想虽然旧，在这一点上却很明白，他知道拳匪的两样坏处，所以他写得虽然简略，却能抉出这次国民运动的真相来了。

以上是两个月前所写，到了现在，又找了出来，想续写下去，时势却已大变，再要批评拳匪似乎不免有点不稳便，因为他们的义民的称号不久将由国民给他恢复了。本来在现今的世界排外不能算是什么恶德，"以直报怨"我觉得原是可以的，不过就是盗亦有道，所以排外也自有正当的方法，像凯末尔的击破外敌改组政府的办法即是好例。中国人如图自卫，提倡军国主义，预备练成义勇的军队与外国抵抗，我虽不代为鼓吹，却也还可以赞同，因为这还不失为一种办法。至如拳匪那样，想借符咒的力量灭尽洋人，一面对于本国人大加残杀，终是匪的行为，够不上排外的资格。记心不好的中国人忘了他们残民以逞的事情，只同情于"扶清灭洋"的旗号，于是把他们的名誉逐渐提高，不久恐要在太平天国之上。现在的青年正不妨"卧薪尝胆"地修炼武功，练习机关枪准备对打，发明"死光"准备对照，似大可不必回首去寻大师兄的法宝。我不相信中国会起第二次的义和拳，如帝国主义的狂徒所说；但我觉得精神上的义和拳是可以有的，如没有具体的办法，只在纸上写些"杀妖杀妖"或"赶走直脚鬼"等语聊以快意，即是"口中念念有词"的变相。又对于异己者加以许多"洋狗洋奴"的称号，痛加骂詈，即是搜杀二毛子的老法子。他的结果是于"夷人"并无重大的损害，只落得一场骚扰，使这奄奄一息的中国的元气更加损伤。我不承认若何重大的赔款足以阻止国民正当的自卫抵抗心之发达，但是愚蠢与凶残之一时的横行乃是最酷烈的果报，其贻害于后世者比敌国的任何种惩创尤为重大。我之反对拳匪以此，赞成六年前陈独秀先生的反对拆毁克林德碑与林琴南先生的《碧血录》里的意见者亦以此。——现在陈林二先生的态度不知有无变化，我则还是如此。

虽然时常有青年说我的意见太是偏激，我自己却觉得很有顽固的倾向，似乎对于林琴南、辜汤生诸先生的意思比对于现代青年的还理解得多一点，这足以表明我们的思想已是所谓属于过去的了。但是我又有时觉得现代青年们似乎比我们更多有传统的精神，更是完全的中国人，到底不知道是怎么一回事。上边所说的话，我仔细看过，仿佛比他们旧，然而仿佛也比他们新，——其实这正是难怪，因为在这一点上陈独秀、林琴南两先生恰巧是同意也。

《人境庐诗草》

黄公度是我所尊重的一个人。但是我佩服他的见识与思想，而文学尚在其次，所以在著作里我看重《日本杂事诗》与《日本国志》，其次乃是《人境庐诗草》。老实不客气地说，这其实还有点爱屋及乌的意思，我收藏此集就因为是人境庐著作之故，若以诗论，不佞岂能懂乎。我于诗这一道是外行，此其一。我又觉得旧诗是没有新生命的。他是已经长成了的东西，自有他的姿色与性情，虽然不能尽一切的美，但其自己的美可以说是大抵完成了。旧诗里大有佳作，我也是承认的，我们可以赏识以至礼赞，却是不必想去班门弄斧。要做本无什么不可，第一贤明的方法恐怕还只有模仿，精时也可乱真，虽然本来是假古董。若是托词于旧皮袋盛新蒲桃酒，想用旧格调去写新思想，那总是徒劳。这只是个人的偏见，未敢拿了出来评骘古今，不过我总不相信旧诗可以变新，于是对于新时代的旧诗就不感到多大兴趣，此其二。有这些原因，我看人境庐诗还是以人为重，有时觉得里边可以窥见作者的人与时代，也颇欣然，并不怎么注重在诗句的用典或炼字上，此诚非正宗的读诗法，但是旧性难改，无可如何，对于新旧两派之人境庐诗的论争亦愧不能有左右祖也。

那么，我为什么写这篇文章的呢？我这里所想谈的并不是文学上的诗，而只是文字上的诗，换一句话来说，不是文学批评而是考订方面的事情。我因收集黄公度的著作，《人境庐诗草》自然也在其内，得到几种本子，觉得略有可以谈谈的地方，所以发心写此小文。——其实我于此道也是外行，不胜道士代做厨子之感焉。寒斋所有《人境庐诗草》只有五种，列记如下：

一、《人境庐诗草》十一卷，辛亥日本印本，四册。

二、同上，高崇信、尤炳圻校点，民国十九年北平印本，一册。

三、同上，黄能立校，民国二十年上海印本，二册。

四、同上，钱萼孙笺注，民国二十五年上海印本，三册。

五、同上四卷，人境庐抄本，二册。

日本印本每卷后均书"弟遵庚初校梁启超复校"，本系黄氏家刻本，唯由梁君经手，故印刷地或当在横滨，其用纸亦佳，盖是美浓纸也。二十年上海印本则署"长孙能立重校印"，故称再版，亦是家刻本，内容与前本尽同，唯多一校刊后记耳。高尤本加句读，钱本加笺注，又各有年谱及附录，其本文亦悉依据日本印本。这里有些异同可说的，只有那抄本的四卷。我从北平旧书店里得到此书，当初疑心是《诗草》的残抄本，竹纸绿色直格，每半页十三行，中缝刻"人境庐写书"五字，书签篆文"人境庐诗草"，乃用木刻，当是黄君手笔。书长二十三公分五，而签长有二十二公分，印红色蜡笺上。但是拿来与刻本一比较，却并不一样，二者互有出入，可知不是一个本子。仔细对校之后，发现这抄本四卷正与刻本的一至六卷相当，反过来说，那六卷诗显然是根据这四卷本增减而成，所以这即是六卷的初稿。总计六卷中有诗三百五首（有错当查），半系旧有，半系新增，其四卷本有而被删者有九十四首，皆黄君集外诗也。钱萼孙笺注本发凡之十五云：

> 诗家凡自定之集，删去之作必其所不惬意而不欲以示人者，他人辑为集外诗，不特多事，且违作者之意。黄先生诗系晚年自定者，集外之作不多，兹不另辑。

这也未始不言之成理，就诗言诗，实是如此。传世之作岂必在多，古人往往以数十字一篇诗留名后世，有诗集若干卷者难免多有芜辞累句，受评家的指摘。但如就人而言，欲因诗以知人，则材料不嫌太多，集外诗也是很有用的东西罢。黄能立君校刊后记中说，黄君遗著尚有文集若干卷，我们亦希望能早日刊布，使后人更能了解其思想与见识，唯为尊重先哲起见，读者须认清门路，勿拿去当作古今八大家文看才好耳。

抄本四卷的诗正与刻本的六卷相当，以后的诗怎么了呢？查《诗草》卷六所收诗系至光绪十七年（一八九一）止，据尤编年谱在"十六年"项下云：

先生自本年起始辑诗稿。自谓四十以前所作诗多随手散佚，庚辛之交随使欧洲，愤时势之不可为，感身世之不遇，乃始荟萃成编，借以自娱。

又黄君有《人境庐诗草》自序，亦作于光绪十七年六月，那么这四卷本或者即是那时所编的初稿也未可知。（《诗草》自序在尤本中有之，唯未详出处，曾函询尤君，亦不复记忆。）钱编年谱在"十七年"项下说及此序，注云：

先生《诗草》自序原刊集中不载，见《学衡》杂志第六十期，编者吴宓得之于先生文孙延凯者。

诗话下引有吴君题跋，今不录。罗香林君藏有黄君致胡晓岑书墨迹三纸，诗一纸，又《山歌》二页。老友饼斋（钱玄同）录有副本，曾借抄一通，其书末云：

遵宪奔驰四海，忽忽十余年，经济勋名一无成就，即学问之道亦如鹠退飞，唯结习未忘，时一拥鼻，尚不至一行作吏此事遂废，删存诗稿犹存二三百篇。今寄上《奉怀诗》一首，又《山歌》十数首，如兄意谓可，即乞兄抄一通，改正评点而掷还之。弟于十月可到新嘉坡，寄书较易也。

下署八月五日。其《寄怀胡晓岑同年》一诗，末署"光绪辛卯夏六月自英伦使馆之搔蜮处书寄"。此诗今存卷四中，题曰"忆胡晓岑"，卷末一首为《舟泊波塞》，盖是年九月作。总计四卷本共有诗二百四十七首，与书中所言二三百篇之数亦大旨相合。《饮冰室诗话》所云丙申（一八九六）年梁任公、何翱高诸人所见《人境庐集》，事在五年后，或当别是一本，不能详矣。

四卷本中有二十四题全删，共六十首，题目存留而删去其几首者有十六项，其最特别的是删改律诗为绝句，计有三项。卷一中《闻诗五妇病甚》云：

中年儿女更情长，婉转重吟妇病行。
四壁对怜消渴疾，十洲难觅反魂香。
每将家事探遗语，先写诗题说悼亡。
终日菜羹鱼酱外，帖书乞米药钞方。

刻本只存首尾两联，中四句全删。《为梁诗五悼亡作》及《哭张心谷》亦均如是，后者本有六首，其第三删改为七绝，即刻本的第一首是也。全删的诗在卷一中有《榜后》四首，《无题》三首，《游仙词》八首，皆可注意。今录《游仙词》于下，其后即列癸酉追和罗少珊诗，盖是同治十二年（一八七三）所作：

新声屡奏郁轮袍，混入群仙亦足豪。
夜半寥阳呼捉贼，九天高处又偷桃。

招摇天市闹喧哗，上界年年卜榜花。
贯索围仓齐及第，群仙校对字无差。

贝宫瑶阙矗千层，欲上天梯总未能。
但解淮王炼金术，便容鸡犬共飞升。

上清科斗字犹存，检点琅函校旧文。
亲写绿章连夜奏，微臣眼见异风闻。

臣朔当年溺殿衔，颇烦王母口赍嗟。
金盘玉碗今盛矣，定比东方罪有加。

215

星宫昨夜会群真，各自燃犀说旧因。

不识骑驴张果老，是何虫豸是前身。

新翻妙曲舞霓裳，何故人间遍播扬。

分付雏龙慎防逻，不容搰笛傍红墙。

懊侬掷米不成珠，十斛珠尘又赌输。

至竟如何施狡狯，亲骑赤凤访麻姑。

又卷三中删去在日本所作诗二十二首，其中有"浪华内田九成以所著名人书画款识因其友税关副长苇原清风索题，杂为评论，作绝句十一首"，注云："仿渔洋山人《论诗绝句》体例，并附以注。"也是颇有意思的，不知何以删去。还有好些有名的咏日本事物的诗，如刻本卷三中的《都踊歌》《赤穗四十七义士歌》等，抄本里也都没有，难道是后来补作的么，还是当初忘记编入，这个问题我觉得没有法子解决，现在只好存疑。

部分的删去的诗以卷一为多，如《乙丑十一月避乱大埔》八首删其四，《二十初度》四首删其三，《寄和周朗山》五首删其四，《山歌》十二删其四，《人境庐杂诗》十删其二，皆是。今举《杂诗》的第九、十两首为例：

扶筇访花柳，偶一过邻家。高芋如人立，疏藤当壁遮。
絮谈十年乱，苦问长官衙。春水池塘满，时闻阁阁蛙。

无数杨花落，随波半化萍。未知春去处，先爱子规声。
九曲栏回绕，三盆路送迎。猿啼并鹤怨，惭对草堂灵。

至于《山歌》的校对更是很有兴趣的事。抄本有十二首，刻本九，计抄本比刻本多出四首，而刻本的末一首却也是抄本中所没有的。这里碰巧有罗氏所藏黄君的手写本，共有十五首，比两本都早也更多，而且后边还有题记五则，觉得更有意思。今依手写抄录，略注异同于下：

216

自煮莲羹切藕丝，待郎归来慰郎饑。

为贪别处双双箸，只怕心中忘却匙。

（案，此首三本皆同，以后不复注明。"饑"字各本均如此，当依古直笺作"饥"。）

人人要结后生缘，侬要今生结眼前。

一十二时不离别，郎行郎坐总随肩。

（案，第二句抄本刻本均作"侬只今生结目前"。）

买梨莫买蜂咬梨，心中有病没人知。

因为分梨故亲切，谁知亲切更伤离。

送郎送到牛角山，隔山不见侬自还。

今朝行过记侬恨，牛角依然弯复弯。

（案，手写本第二句以下原作"望郎不见侬自还，今朝重到山头望，恨他牛角弯复弯"，后乃涂改如上文。刻本中无，抄本"自还"作"始还"，"弯复弯"作"弯又弯"。）

催人出门鸡乱啼，送人离别水东西。

挽水西流不容易，从今不养五更鸡。

（案，"不容易"抄本刻本均作"想无法"。"西流"钱本作"东流"，恐误。）

邻家带得书信归，书中何字侬不知。

待侬亲口问渠去，问他比侬谁瘦肥。

（案，"待"抄本刻本均作"等"。）

一家女儿做新娘，十家女儿看镜光。

声声铜鼓门前打，打到中心只说郎。

（案，第三句抄本刻本均作"街头铜鼓声声打"，"到"均作"着"。）

217

嫁郎已嫁十三年，今日梳头侬自怜。

记得来时同食乳，同在阿婆怀里眠。

（案，"来时"抄本刻本均作"初来"。）

阿嫂笑郎学精灵，阿姊笑侬假惺惺。

笑时定要和郎赌，谁不脸红谁算赢。

（案，手写本"惺惺"原作"至诚"，后改。"赌"写作

"睹"，当系笔误。抄本刻本均无。）

做月要做十五月，做春要做四时春。

做雨要做连绵雨，做人莫做无情人。

（案，抄本刻本均无。）

见郎消瘦可人怜，劝郎莫贪欢喜缘。

花房蝴蝶抱花睡，可能安睡到明年。

（案，手写本"可能"原作"看他"，后改，抄本作"如

何"。刻本无。）

自剪青丝打作条，送郎亲手将纸包。

如果郎心止不住，请看结发不开交。

（案，"送郎亲手"抄本刻本均作"亲手送郎"，"请看"均

作"看侬"。）

人人曾做少年来，记得郎心那一时。

今日郎年不翻少，却夸年少好花枝。

（案，"却夸年少"抄本作"却夸新样"。刻本无。）

人道风吹花落地，侬要风吹花上枝。

亲将黄蜡粘花去，到老终无花落时。

（案，抄本有，刻本无。）

第一香橼第二莲，第三槟榔个个圆。

第四芙蓉并枣子，有缘先要得郎怜。

（案，"并"刻本作"五"，"有缘先要"作"送郎都要"。抄本无。）

其后有题记云：

十五《国风》妙绝古今，正以妇人女子矢口而成，使学士大夫操笔为之，反不能尔，以人籁易为，天籁难学也。余离家日久，乡音渐忘，辑录此歌谣往往搜索枯肠，半日不成一字，因念彼冈头溪尾，肩挑一担，竟日往复，歌声不歇者，何其才之大也。

钱塘梁应来孝廉作《秋雨庵随笔》，录粤歌十数篇，如"月子弯弯照九州"等篇皆哀感顽艳，绝妙好词，中有"四更鸡啼郎过广"一语，可知即为吾乡山歌。然山歌每以方言设喻，或以作韵，苟不谙土俗，即不知其妙，笔之于书殊不易耳。

往在京师，钟遇宾师见语，有土娼名满绒遮，与千总谢某昵好，中秋节至其家，则既有密约，意不在客，因戏谓："汝能为歌，吾辈即去不复翾。"遂应声曰："八月十五看月华，月华照见侬两家（原注，以土音读作纱字第二音），满绒遮，谢副爷。"乃大笑而去。此歌虽阳春二三月不及也。

又有乞儿歌，沿门拍板，为兴宁人所独擅场。仆记一歌曰："一天只有十二时，一时只走两三间，一间只讨一文钱，苍天苍天真可怜。"悲壮苍凉，仆破费青蚨百文，并软慰之，故能记也。

仆今创为此体，他日当约陈雁皋、钟子华、陈再芗、温慕柳、梁诗五分司辑录，我晓岑最工此体，当奉为总裁，汇录成编，当远在《粤讴》上也。

黄君与晓岑书中有云：

219

准出门愈远，离家愈久，而眷恋故土之意乃愈深。记阁下所作《枌榆碎事序》有云："吾粤人也，搜辑文献，叙述风土，不敢以让人。"弟年来亦怀此志。

其欲作《客话献征录》，有记录方言之意，写《山歌》则即搜集歌谣也。此是诗人外的别一面目，不佞对之乃颇感到亲切，盖出于个人的兴趣与倾向，在大众看来或未必以为然耳。我所佩服的是黄公度其人，并不限于诗，因此觉得他的著作都值得注意，应当表彰。集外诗该收集，文集该刻布，即《日本杂事诗》亦可依据其定本重印，国内不乏文化研究的机关与学者，责任自有所在，我们外行只能贡献意见，希望一千条中或有一个得中而已。

顺便说到《日本杂事诗》的版本，根据黄君所说，计有下列这几种：

一、同文馆集珍本，光绪五年己卯。

二、香港循环报馆巾箱本，同六年庚辰。

三、日本凤文书局巾箱本，未详。

四、中华印务局本。

五、六、日本东西京书肆本，均未详。

七、梧州自刊本，光绪十一年乙酉木刻。

八、长沙翻本，未详。

九、长沙自刊定本，光绪二十四年戊戌木刻。

以上一二七九各种寒斋均有，又有一种系翻印同文馆本，题字及铅字全是一样，唯每半页较少一行，又夹行小注排列小异，疑即是中华印务局本。尤年谱称"后上海游艺图书馆等又有活字本"，惜均未能详，黄君似亦不曾见刻，或者是在戊戌作跋后的事乎。香港巾箱本当即是天南遁窟印本。钱年谱在"光绪五年"项下云：

夏，先生《日本杂事诗》出版。

小注云：

为京师译署官版，明年王韬以活字版排印于上海，为作序。

据王韬在光绪六年所撰序中云：

因请于公度，即以余处活字版排印。

又《弢园尺牍续编》卷一《与黄公度参赞书》中云：

自念遁迹天南，倏逾二十载，首丘之思，靡日或忘。

时为辛巳，即光绪七年。可知所谓"余处"当在香港，而活字版与集珍亦本是一物，不过译署官版用二号铅字，遁窟本用四号耳。以言本文，则遁窟本似较差，注文多删改处，未免谬妄。自刻本皆木刻，最有价值，乙酉本有自序一篇，戊戌本有新自序及跋各一篇，都是重要的文献。《杂事诗》原本上卷七十三首，下卷八十一首，共百五十四首，今查戊戌定本上卷删二增八，下卷删七增四十七，计共有诗二百首。跋中自己声明道：

此乃定稿，有续刻者当依此为据，其他皆拉杂摧烧之可也。

至其改订的意思则自序中说得很明白，去年三月中我曾写一篇小文介绍，登在《逸经》上，现在收入文集《风雨谈》中，不复赘。这里还有一件很有意思的事，便是这定本《杂事诗》虽然是"光绪二十四年长沙富文堂重刊"（此字及书面皆是徐仁铸所写），其改订的时候却还在八年前，说明这经过的自序系作于"光绪十六年七月"，——与他作《人境庐诗草》自序在一个年头里，这是多么有意义的偶然的事。我们虽然不必像吴雨僧君对于《诗草》自序的那么赞叹，但也觉得这三篇序跋在要给黄君做年谱的人是有益的参考资料。话又说了回来，中国应做的文化研究事业实在太多，都需要切实的资本与财力，关于黄公度的著作之研究亦即其一，但是前途未免茫茫然。因为假如这些事情略为弄得有点头绪，我们外行人也就早可安分守己，不必多白费气力来说这些闲话了。

民国二十六年二月四日，在北平

221

附记：

去年秋天听说有我国驻日本大使馆的职员在席上大言《日本国志》非黄公度所作，乃是姚栋的原著云。日本友人闻之骇怪，来问姚栋其人的事迹，不佞愧无以对。假如所说是姚文栋，那么我略为知道一点，因为我有他的一部《日本地理兵要》，但可以断定他是写不出《日本国志》那样书的。姚书共十卷，题"出使日本随员直隶试用通判姚文栋谨呈"，其内容则十分之九以上系抄译日本的《兵要地理小志》，每节却都注明，这倒还诚实可取。黄书卷首有两广总督张之洞咨总理衙门文，中有云：

> 查光绪甲申年贵衙门所刊姚文栋《日本地理兵要》所载兵籍，于陆军但存兵数，海军存舰名而已，视黄志通叙兵制姚略相去奚啻什伯。

末又云：

> 二书皆有用之作，唯详备精核，则姚不如黄。

此虽是公文，对于二书却实地比较过，所评亦颇有理，可见二者不但不同而且绝异也。绝异之点还有一处，是极重要的，即是作者的态度。姚君在例言中畅论攻取日本的路道，其书作于甲午之十年前，可知其意是在于言用兵，虽然单靠日本的一册《兵要地理小志》未必够用。黄书的意义却是不同的，他只是要知彼，而知己的功用也就会从这里发生出来。原版《日本国志》后有光绪二十二年（甲午后二年）的梁任公后序云：

> 中国人寡知日本者也。黄子公度撰《日本国志》，梁启超读之欣怿咏叹黄子，乃今知日本，乃今知日本之所以强，赖黄子也。又憨愤责黄子曰，乃今知中国，乃今知中国之所以弱。在黄子成书十年，久谦让不流通，令中国人寡知日本，不鉴不备，不患不悚，以至今日也。

《人境庐诗草》卷十三哀诗之一《袁爽秋京卿》篇中云：

马关定约后，公来谒大吏。青梅雨修修，煮酒论时事。
公言行箧中，携有日本志。此书早流布，直可省岁币。
我已外史达，人实高阁置。我笑不任咎，公更发深喟。

钱年谱列其事于光绪二十一年，且引黄君从弟由甫之言曰：

爽秋谓先生《日本国志》一书可抵银二万万。先生怪问其
故，爽秋云：此书稿本送在总署，久束高阁，除余外无人翻阅，
甲午之役力劝翁常熟主战者为文廷式、张謇二人，此书若早刊
布，令二人见之，必不敢轻于言战，二人不言战则战机可免，而
偿银二万万可省矣。

梁任公作黄君墓志中云：

当吾国二十年以前（案墓志作于宣统辛亥），未知日本之可
畏，而先生此书（案指《日本国志》）则已言日本维新之功成则
且霸，而首先受其冲者为吾中国。及后而先生之言尽验，以是人
尤服其先见。

由是观之，黄姚二书薰莸之别显然，不待烦言。还有一层，《日本国
志》实与《日本杂事诗》相为表里，其中意见本是一致。《杂事诗》定本
序云：

余所交多旧学家，微言讽刺，咨嗟太息，充溢于吾耳，虽自
守居国不非大夫之义，而新旧同异之见时露于诗中。及阅历日
深，闻见日拓，颇悉穷变通久之理，乃信其改从西法，革故取
新，卓然能自树立，故所作《日本国志》序论往往与诗意相乖
背。久而游美洲，见欧人，其政治学术竟与日本无大异，今年日
本已开议院矣，进步之速为古今万国所未有，时与彼国穷官硕学

言及东事，辄敛手推服无异词。使事多暇，偶翻旧编，颇悔少作，点窜增损，时有改正，共得诗数十首。

他自己说得很明白，就是我们平凡的读者也能感到，若说《日本国志》非黄公度之作，那么《杂事诗》当然也不是，这恐怕没有人能够来证明罢。本来关于《日本国志》应该专写一篇文章，因为其中学术志二卷、礼俗志四卷都是前无古人的著述，至今也还是后无来者，有许多极好意思极大见识，大可供我抄录赞叹，但是目下没有这工夫，所以就在这里附说几句。

二月八日再记

《老学庵笔记》

　　吾乡陆放翁近来似乎很交时运，大有追赠国防诗人头衔的光荣。这件事且莫谈，因为我不懂诗，虽然我也是推尊放翁的，其原因却别有所在。其一因为放翁是我的小同乡。他晚年住在鲁墟，就是我祖母的母家所在地，他题《钗头凤》的沈园离吾家不到半里路。五年前写《姑恶诗话》中曾说起过：

　　　　清道光时周寄帆著《越中怀古百咏》，其《沈园》一律末联云"寺桥春水流如故，我亦踟蹰立晚风"。沈园早不知到哪里去了，现在只剩了一片菜园，禹迹寺还留下一块大匾，题曰古禹迹寺，里边只有瓦砾草莱，两株大树。但是桥还存在，虽是四十年前新修的圆洞石桥，大约还是旧址，题曰春波桥，即用放翁诗句的典故，民间通称罗汉桥，是时常上下的船步。船头脑汤小毛氏即住在桥侧北岸，正与废园隔河相对。越城东南一隅原也不少古迹，怪山，唐将军墓，季彭山故里，王玄趾投水的柳桥，但最令人惆怅者莫过于沈园遗址，因为有些事情或是悲苦或是壮烈，还不十分难过，唯独这种啼笑不敢之情（如毛子晋题跋所说），深微幽郁，好像有虫在心里蛀似的，最难为怀。数百年后，登石桥，坐石阑上，倚天灯柱，望沈园墙北临河的芦荻萧萧，犹为之怅然，——是的，这里怅然二字用得正好，我们平常大约有点滥用，多没有那样的切贴了。

　　放翁三十二岁时在沈园见其故妻，至七十五岁又有题沈园二绝句，其二云：

梦断香消四十年，沈园柳老不飞绵。

此身行作稽山土，犹吊遗踪一泫然。

这种情况是很可悲的。家祭无忘告乃翁的绝笔也本写得好，却不能胜于此二首，虽然比起岳鹏举的《满江红》来自然已经好多了。

再说第二个原因是我爱读他的游记随笔，即《老学庵笔记》与《入蜀记》。据《四库书目提要》云《笔记》十卷，续二卷，《书目答问》亦如是说，注云津逮本、学津本。但是我不幸一直没有能够见到续笔记，查毛子晋所刻的无论是放翁全集本或津逮秘书本的《笔记》，都只有十卷，民国八年上海活字本据穴砚斋抄宋本亦无续笔，大约这只在《四库》里才有，而《答问》所注乃不可靠也。《复堂日记补编》光绪四年十一月十五日条云：

阅《老学庵笔记》十卷，放翁文士多琐语，不足为著述也，然吾师吴和甫先生最嗜此书，盖才识与务观近耳。

谭复堂亦是清末之有学识者，而此言颇偏，盖其意似与《四库提要》相近，必须"逸闻旧典往往足备考证"，才是好笔记也。我的意思却正是相反，逸闻旧典未尝不可以记，不过那应该是别一类，为野史的支流，若好的随笔乃是文章，多琐语多独自的意见正是他的好处，我读《老学庵笔记》如有所不满足，那就是这些分子之还太少一点耳。

《笔记》中有最有意义也最为人所知的一则，即关于李和儿的炒栗子的事。文在卷二，云：

故都李和炒栗名闻四方，他人百计效之终不可及。绍兴中陈福公及钱上阁恺出使虏庭，至燕山，忽有两人持炒栗各十裹来献，三节人亦人得一裹，自赞曰：李和儿也。挥涕而去。

赵云松著《陔余丛考》卷三十三京师炒栗一则云：

226

今京师炒栗最佳，四方皆不能及。按宋人小说，汴京李和炒栗名闻四方，绍兴中陈长卿及钱恺使金，至燕山，忽有人持炒栗十枚来献，自白曰：汴京李和儿也。挥涕而去。盖金破汴后流转于燕，仍以炒栗世其业耳，然则今京师炒栗是其遗法耶。

所云宋人小说当然即是放翁《笔记》，唯误十裹为十枚，未免少得可笑也。郝兰皋著《晒书堂笔录》卷四中亦有炒栗一则云：

> 栗生啖之益人，而新者微觉寡味，干取食之则味佳矣，苏子由服栗法亦是取其极干者耳。然市肆皆传炒栗法。余幼时自塾晚归，闻街头唤炒栗声，舌本流津，买之盈袖，恣意咀嚼。其栗殊小而壳薄，中实充满，炒用糖膏（俗名糖稀），则壳极柔脆，手微剥之，壳肉易离而皮膜不粘，意甚快也。及来京师，见市肆门外置柴锅，一人向火，一人坐高杌子，操长柄铁勺，频搅之令匀遍。其栗稍大，而炒制之法和以濡糖借以粗沙，亦如余幼时所见，而甜美过之，都市炫鬻，相染成风，盘饤间称佳味矣。偶读《老学庵笔记》二言，云云。惜其法竟不传，放翁虽著记而不能究言其详也。

郝君所说更有风致，叙述炒栗子处极细腻可喜，盖由于对名物自有兴味，非他人所可及，唯与放翁原来的感情却不相接触，无异于赵云松也。《放翁题跋》卷三有《跋吕侍讲〈岁时杂记〉》云：

> 承平无事之日，故都节物及中州风俗人人知之，若不必记，自丧乱来七十年，遗老凋落无在者，然后知此书之不可阙。吕公论著实崇宁大观间，岂前辈达识固已知有后日耶？然年运而往，士大夫安于江左，求新亭对泣者正未易得，抚卷累欷。庆元三年二月乙卯，笠泽陆游书。

读此可知在炒栗中自有故宫禾黍之思，后之读者安于北朝与安于江左相同，便自然不能觉得了。但是这种文字终不能很多，多的大都是琐语，我也以为很有意思。卷三有一则云：

> 今人谓贱丈夫曰汉子，盖始于五胡乱华时。北齐魏恺自散骑长侍迁青州长史，固辞，文宣帝大怒曰：何物汉子，与官不受！此其证也。承平日有宗室名宗汉，自恶人犯其名，谓汉子曰兵士，举宫皆然。其妻供罗汉，其子授《汉书》，宫中人曰：今日夫人召僧供十八大阿罗兵士，大保请官教点兵士书。都下哄然传以为笑。

又卷五有类似的一则云：

> 田登作郡，自讳其名，触者必怒，吏卒多被榜笞，于是举州皆谓灯为火。上元放灯，许人入州治游观，吏人遂书榜揭于市曰：本州依例放火三日。

这两则在正统派看去当然是萧鹂巴曾鹑脯之流，即使不算清谈误国，也总是逃避现实了罢。但是仔细想来，这是如此的么？汉子的语源便直戳了老受异族欺侮的国民的心，"只许州官放火，不许百姓点灯"的俗谚岂不是至今还是存在，而且还活着么？这种看法容易走入牛角弯的魔道里去，不过当作指点老实人出迷津的方便如有用处，那么似乎也不妨一试的罢。又卷一有一则云：

> 晏尚书景初作一士大夫墓志，以示朱希真。希真曰：甚妙，但似欠四字，然不敢以告。景初苦问之，希真指有文集十卷字下曰：此处欠。又问欠何字，曰：当增"不行于世"四字。景初遂增"藏于家"三字，实用希真意也。

卷七有谈诗的一则云：

> 今人解杜诗但寻出处，不知少陵之意初不如是。且如岳阳楼诗：昔闻洞庭水，今上岳阳楼。吴楚东南坼，乾坤日夜浮。亲朋

228

无一字，老病有孤舟。戎马关山北，凭轩涕泗流。此岂可以出处求哉？纵使字字寻得出处，去少陵之意益远矣。盖后人元不知杜诗所以妙绝古今者在何处，但以一字亦有出处为工，如《西昆酬唱集》中诗何曾有一字无出处者，便以为追配少陵可乎？且今人作诗亦未尝无出处，渠自不知，若为之笺注亦字字有出处，但不妨其为恶诗耳。

放翁的意见固佳，其文字亦冷隽可喜，末数语尤妙，"不妨其为恶诗"，大有刀笔余风，令人想起后来的章实斋。上节记"不行于世"虽非放翁自己的话，也有同样的趣味。卷八又有云：

> 北方民家吉凶辄有相礼者，谓之白席，多鄙俚可笑。韩魏公自枢密归邺，赴一姻家礼席，偶取盘中一荔枝欲啖之，白席者遽唱言曰：资政吃荔枝，请众客同吃荔枝。魏公憎其喋喋，因置不复取。白席者又曰：资政恶发也，却请众客放下荔枝。魏公为一笑。恶发犹云怒也。

又卷二云：

> 钱王名其居曰握发殿。吴音握恶相乱，钱塘人遂谓其处曰：此钱大王恶发殿也。

连类抄录，亦颇有致。笔记中又有些文字，亦是琐语而中含至理，可以满正宗读者之意，如卷一云：

> 青城山上官道人北人也，巢居食松麨，年九十矣，人有谒之者，但粲然一笑耳，有所请问则托言病聩，一语不肯答。予尝见之于丈人观道院，忽自语养生曰：为国家致太平与长生不死皆非常人所能然，且当守国使不乱以待奇才之出，卫生使不夭以须异人之至，不乱不夭皆不待异术，唯谨而已。予大喜，从而叩之，则已复言聩矣。

上官道人其殆得道者欤，行事固妙，所说治国卫生的道理寥寥几句话，却最高妙也最切实。我想这或者可以说是黄老之精髓罢，一方面亦未尝不合于儒家的道理，盖由于中国人原是黄帝子孙，而孔子也尝问礼于老聃乎。所可惜的是不容易做，大抵也没有人想做过，北宋南宋以至明的季世差不多都是成心在作乱与妖，这实是件奇事。中国的思想大都可以分为道与儒与法，而实际上的政教却往往是非道亦非儒亦非法，总之是非黄老，而于中国最有益的办法恐怕正是黄老，如上官道人所说是也。读《老学庵笔记》而得救国之道，似乎滑稽之甚，但我这里并不是说反话，真理原是平凡的东西，日光之下本无新事也。

蔡文姬《悲愤诗》

近来想买一点清朝人笔记来看，收得焦南浦的《此木轩杂著》八卷，光绪初年席氏刊本，其中已有烂版，而文实可读，可谓同类书中之白眉。书中偶有眉批，又一印文曰王小松，第二册卷首有题词五行云：

> 拥书三十年，多半手未触。翻从病榻上，泛观或细读。
> 有味不能多，什九语陈腐。艰深与聱牙，亦不爽心目。
> 此编无鸿文，杂论遂所取。识解颇超卓，笔墨颇简古。
> 晚书不值钱，幸未付书贾。
>
> 庚午九月黄冠村人王小松

案，庚午为民国十九年，王小松不知为何许人，但据批语可推知是生于北方耳。题诗似偈，虽去入通押，读之未免拗口，但颇有风致，意思亦佳，评骘的当有见识。焦氏立论多极严正，唯因有识见有理解，故判断得中，宽严合理，真读书人不当如是耶。卷二有"范史列女传"一条云：

> 范晔作《列女传》凡十七人，而蔡琰文姬在焉，论者非之，谓琰失节于胡，徒以其文采之故而录之，非所以厉妇节。余谓琰有如此之才，身不能死，而流离困辱，备历人世艰厄之境，其事诚伟，其情诚可悲也。范固云：搜次才行尤高秀者，不必专在一操而已。才致如琰，遭遇丧乱，出死入生，万端千状如琰，秉史笔者固不得而没之也。且但备纪其本末，则所以劝诫之意亦寓其中矣，岂必刊削无遗余，甚者痛詈极詈，然后为良史哉。后之妇人有志节者，决不以文姬得列于传而相慕效，然则晔之为此，其

231

于名教盖可以无罪也。

后半为范蔚宗辩解，语甚平凡，前半所说则极有意义，人世苦痛是可悲故而伟大的事，史家首应注意，若执笔点定个人言行之好坏，则是歪曲恶化的末流耳。杭董浦著《订讹类编》卷二"蔡琰入胡在邕未诛前"一则云：

> 《蔡宽夫诗话》云：《后汉》蔡琰传载其二诗，或疑董卓死邕被诛而诗叙以卓乱流入胡，为非琰词（案，东坡有是说），盖未尝详考于史也。且卓既擅废立，袁绍辈起兵山东，以诛卓为名，中原大乱，卓挟献帝迁长安，是时士大夫岂能皆以家自随乎，则琰之入胡不必在邕诛之后。其诗首言"逼迫迁旧邦，拥主以自强，海内兴义师，欲共讨不祥"，则指绍辈固可见。继言"中土人脆弱，来兵皆胡羌，纵猎围城邑，所向悉破亡。马边悬男头，马后载妇女，长驱西入关，迥路险且阻"，则是为山东兵所掠也。其末乃云"感时念父母，哀叹无穷已"，则邕尚无恙，尤无疑也。

此条考证文姬入胡在蔡伯喈未狱死之前，乃是别一问题，姑且不论，这里有关系的只是说明掳掠的是山东的义兵，其人则是胡羌，盖由山东出河南，大掠而西，入于匈奴，这时候如是初平元年，则文姬归汉当在建安七年顷矣。《悲愤诗》第一章记乱中惨状，最有价值，上文所引太略，今从"欲共讨不祥"下，据《后汉书》抄录于后：

> 卓众来东下，金甲耀日光。平土人脆弱，来兵皆胡羌。
> 猎野围城邑，所向悉破亡。斩截无孑遗，尸骸相撑拒。
> 马边悬男头，马后载妇女。长驱西入关，迥路险且阻。
> 还顾邈冥冥，肝脾为烂腐。所略有万计，不得令屯聚。
> 或有骨肉俱，欲言不敢语。失意机微间，辄言毙降虏。
> 要当以亭刃，我曹不活汝。岂复惜性命，不堪其詈骂。
> 或便加棰杖，毒痛参并下。旦则号泣行，夜则悲吟坐。
> 欲死不能得，欲生无一可。彼苍者何辜，乃遭此厄祸。

末叙十二年后归乡的情形云：

> 城郭为山林，庭宇生荆艾。白骨不知谁，纵横莫覆盖。
> 出门无人声，豺狼号且吠。茕茕对孤景，怛咤糜肝肺。
> 登高远眺望，魂神忽飞逝。奄若寿命尽，旁人相宽大。

董卓之乱至今已历千七百五十年，但读此诗似无甚远隔之感，仿佛才如百年前事而已。太平天国之役去今不过八十年，其时情形恐未必有异，记录留存，今尚不少，亲历惨痛，而记述最详者，或当推李小池的《思痛记》，其所言悬男头载妇女之状，何其与《悲愤诗》相似，所不同者唯易韵言为散文耳。我们读此等诗文，固然第一为作者个人悲哀，但此是民族的悲剧，受其害者不知凡几，有一二人独能发为音词留在纸上，则虽是个人的说话，实乃代表无数人的苦痛，对于此第二点又不能不表示尊敬，此盖近于献给为公众幸福而横死者之一种尊敬矣。自汉末以至清末，此等事不知反复若干次，思之惘然，留下一点记录，读之徒增叹诧，亦复何益，唯有能惧思者，即是关心民族国家的事的，觉得不能放过，此正如摸背上痛疮，因知苦楚，乃可望治疗耳。焦君云"秉史笔者固不得而没之也"，可谓知言，再一转即入流矣。文姬诗云"旁人相宽大"，人类同情，聊寄于此一语，焦南浦盖有之，此则非一般论者所能了知者已。

读《初潭集》

　　久欲得《初潭集》，畏其价贵不敢出手，去冬书贾携一册来，少敝旧而价不出廿元，颇想留之。会玄同来谈，又有生客偬至，乃嘱玄同且坐苦雨斋北室，即前此听蛤蟆跳处，今已铺席矣，可随意偃卧，亦良便利也。比客去，玄同手《初潭集》出曰：此书大佳，如不要勿即退还。——盖自欲得之也。未几全书送来，议打一折扣而购得之，尚未及示玄同，而玄同已殁矣。今日重翻此集，不禁想起往事，感慨系之，于今能与不佞赏识卓吾老子者尚有几人乎。廿八年二月四日夜，知堂记于北平。

　　此是不佞题所藏《初潭集》的话，于今转眼将一年矣。今日取出书来看，不胜感慨。玄同遇蛤蟆事在民国十三年，查旧日记七月廿五日条下云：

　　阴，上午十一时玄同来谈，至晚十时去。

又八月二日条下云：

　　下午雨。玄同来访，阻雨，晚留宿客房。

　　次晨见面时玄同云：夜间室内似有人步声，何耶？我深信必无此事，以为当是幻觉，及客去收拾房间，乃见有大蛤蟆一只在床下，盖前此大雨时混入者也。尹默闻之笑曰：玄同大眼，故蛤蟆来与晤对耳。遂翻敬亭山诗咏之曰：相看两不厌，蛤蟆与玄同。昔日友朋戏笑之言，流传人间，衍为世说，或有传讹，实则只是如此耳。因题记语加以说明，念古人车过腹痛之感，盖有同情也。

玄同和我所谈的范围极广，除政治外几于无不在可谈之列，虽然他所专攻的音韵学我不能懂，敬而远之，称之曰未来派。关于思想的议论大抵多是一致，所不同者只是玄同更信任理想，所以也更是乐观的而已。但是我说中国思想界有三贤，即是汉王充、明李贽、清俞正燮，这个意见玄同甚是赞同。我们生于衰世，却喜尚友古人，往往乱谈王仲任、李卓吾、俞理初如何如何，好像都是我们的友朋，想起来未免可笑，其实以思想倾向论，不无多少因缘，自然不妨托熟一点。三贤中唯李卓吾以思想得祸，其人似乎很激烈，实在却不尽然。据我看去，他的思想倒是颇和平公正的，只是世间历来的意见太歪曲了，所以反而显得奇异，这就成为毁与祸的原因。思想的和平公正有什么凭据呢？这只是有常识罢了，说得更明白一点便是人情物理。懂得人情物理的人说出话来，无论表面上是什么陈旧或新奇，其内容是一样的实在，有如真金不怕火烧，颠扑不破，因为公正所以也就是和平。《礼运》云：饮食男女，人之大欲存焉。这是一句有常识的名言，多么诚实平常，却又是多么大胆呀。假如这是某甲说的，说不定也会得祸，幸而出于《礼记》，读书人没有办法，故得幸免，不为顾亭林辈所痛骂耳。

我曾说看文人的思想不难，只需看他文中对妇女如何说法即可明了。《越缦堂日记补》辛集上咸丰十一年六月二十日条下记阅俞理初的《癸巳类稿》事，有云：

> 俞君颇好为妇人出脱。其《节妇说》言，《礼》云一与之齐终身不改，男子亦不当再娶；《贞女说》言，后世女子不肯再受聘者谓之贞女，乃贤者未思之过；《妒非女人恶德论》言：夫买妾而妻不妒，是恝也，恝则家道坏矣。语皆偏谲，似谢夫人所谓出于周姥者，一笑。

李君是旧文人，其菲薄本不足怪，但能看出此一特点，亦可谓颇有眼力矣。李卓吾的思想好处颇不少，其最明了的亦可在这里看出来。《焚书》卷二《答以女人学道为见短书》中云：

谓人有男女则可，谓见有男女可乎？谓见有长短则可，谓男子之见尽长，女人之见尽短，又岂可乎？

《初潭集》卷三列记李夫人、阮嗣宗邻家女、阮仲容姑家鲜卑婢诸事后，加案语云：

李温陵曰：甚矣声色之迷人也，破国亡家，丧身失志，伤风败类，无不由此，可不慎欤。然汉武以雄才而拓地万余里，魏武以英雄而割据有中原，又何尝不自声色中来也；嗣宗、仲容流声后世，固以此耳。岂其所破败者自有所在，或在彼而未必在此欤。吾以是观之，若使夏不妹喜，吴不西施，亦必立而败亡也。周之共主，寄食东西，与贫乞何殊，一饭不能自给，又何声色之娱乎。固知成身之理，其道甚大，建业之由，英雄为本，彼琐琐者非恃才妄作，果于诛戮，则不才无断，威福在下也。此兴亡之所在也，不可不慎也。

此所言大有见识，非寻常翻案文章可比。又卷四"苦海诸媪"项下记蔡文姬、王昭君事，评云：

蔡文姬、王昭君同是上流妇人，生世不幸，皆可悲也。

又记桓元子为其侄女宥庾玉台一门，曹孟德为文姬宥董祀，评云：

婿故自急，二氏一律，桓公亲亲，曹公贤贤。呜呼，曹公于是为不可及矣。

书眉上有无名氏墨书曰：

上数条卓吾皆为贤，乃欲裂四维而灭天常耶。

其后别有一人书曰：

卓吾毕竟不凡。

李卓吾此种见解盖纯是常识，与《藏书》中之称赞卓文君正是一样，但世俗狂惑闻之不免骇然，无名氏之批犹礼科给事中张问达之疏耳，其词虽严，唯实在只是一声吆喝，却无意义者也。天下第一大危险事乃是不肯说诳话，许多思想文字之狱皆从此出。本来附和俗论一声亦非大难事，而狷介者每不屑为，致蹈虎尾之危，可深慨也。二月中题《扪烛脞存》中曾云：

卓吾老子有何奇，也只是这一点常识，又加以洁癖，乃更至于以此杀身矣。

但只有常识，虽然白眼看天下读书人，如不多说话，也可括囊无咎，此上又有洁癖，则如饭中有蝇子，必哇出之为快，斯为祸大矣。

《初潭集》三十卷，万历十六年卓吾初落发龙潭即纂此，故曰初潭，时年六十二岁。书分五部，曰夫妇父子兄弟师友君臣，又各分细目，抄集故事有如《世说》，间附以评论。中国读书人喜评史，往往深文周纳，不近人情，又或论文，则咬文嚼字，如吟味制艺。卓吾所评乃随意插嘴，多有妙趣，又务为解放，即偶有指摘亦具情理，非漫然也。卷十一儒教下云：

鲁季孙有丧，孔子往吊之，入门而左，从客也。主人以玙璠收。孔子径庭而趋，历阶而上，曰："以宝玉收，譬之犹暴骸中原也。"

评曰：

太管闲事，非子言也。

又云：

> 齐大饥，黔敖为食于路，以待饥者。有蒙袂辑屦，贸贸而来。曰："嗟，来食。"曰："余唯不食嗟来之食，以至于斯也。"从而谢之，不食而死。仲尼曰："其嗟也可去，其谢也可食。"

评曰：

> 道学可厌，非夫子语。

据《檀弓》所说，这里说话的是曾子，不知何以写作仲尼，但这两节所批总之都是不错的，他知道真的儒家通达人情物理，所言说必定平易近人，不涉于琐碎迂曲也。《焚书》卷三《童心说》中说得很妙，他以为经书中有些都只是圣人的迂阔门徒、懵懂弟子，记忆师说，有头无尾，得后遗前，随其所见，笔之于书。此语虽近游戏，却也颇有意思，格以儒家忠恕之义，亦自不难辨别出来，如上文所举，虽只是卓吾一家的看法，可以作为一例也。近来介绍李卓吾者有四川吴虞、日本铃木虎雄、福建朱维之、广东容肇祖，其生平行事思想约略可知矣。《焚书》亦已有两三次活字翻印，惜多错误不便读，安得有好事者取原书并续书影印，又抄录遗文为一集，公之于世以便学者乎。

俞理初论莠书

　　从前我屡次说过，在过去二千年中，我所最为佩服的中国思想家共有三人，一是汉王充，二是明李贽，三是清俞正燮。这三个人的言论行事并不怎么相像，但是我佩服他们的理由却是一个，此即是王仲任的疾虚妄的精神，这在其余的两人也是共通的，虽然表现的方式未必一样。关于俞理初我已经写过好几次文章，现在再来提起，别无何种新的意见，只是就他指斥莠书这一点上，想来略为谈谈罢了。

　　近几年来常看笔记一类的书，没有详细计算，想起来实在也已不少，其中特别以清朝的为多，可是结果非常地不满意。本来我看笔记原不是什么正经工作，所谓大抵只以代博弈，或当作纸烟，聊以遣时日而已。读一部书了，偶有一部分可喜，便已满足，有时觉得无味，亦不甚嫌憎，对于古人何必苛求，但取其足供我一时披读耳。古人云“只图遮眼”，我的意思亦止如此。但是有时遇见有些记录，文字未必不佳，主张也似乎很正大，可是根本上不懂得人情物理，看了时觉得遍身不快活，这时候的不满意便已超过了嫌憎，有点近于恐惧了。好比尝药辨性的老祖神农氏，把草根树皮放在口里咀嚼，烁的一下觉得怪辣，他会直觉地感到，这可不是毒？我们未敢以老祖自居，但是从经验上也会有时感觉，这说得有点蹊跷，便很有莠书的嫌疑。笼统地说莠书，似乎有语病，假如这里有点感情用事，那么就与随便评定思想不正确相似，含有很大的危险性。我根据俞理初的例所说的莠书当然不至于如此，这里所据的标准是简单的人情物理，如在这上面有讲不过去的便有问题，视为莠书也不为过，而且说也奇怪，被归入此类的并不是世间公认的邪说异端，倒反是普通正经的话为多，这是极有意思的事。盖天下多乡愿，其言行皆正经，常人无不佩服，然若准以情理，则其不莠者鲜矣，唯有识与力者始能表而出之，其事之难

239

与其功之大盖远过于孟子之攻异端也。《癸巳存稿》卷十五《胡先生事述》云：正燮记先生事甚多，先生素恶乡愿，因以所记遍求所谓乡愿者下意延问，凡经指示许可之事悉去之，故所存止此，呜呼，此先生之所以贤欤。寥寥的几句话，差不多把指斥莠书的精神表现得很好，我们也可不必多赘了。

俞理初论莠书的文章共有六篇，收在《癸巳存稿》卷十四内，计《酷儒莠书》《愚儒》《谈玄》《夸诞》《旷达》《悖儒》等莠书是也。其中以一二两篇为最精，可为代表，今先就《酷儒莠书》引例于下，第一节云：

> 夹谷之会，盖齐以兵来，鲁以兵应之，《史记·齐鲁世家》所载是也。《谷梁》又增一事云："齐人使优施舞于鲁君之幕下。孔子曰：'笑君者罪当死。'使司马行法焉，首足异门而出。"《史记·孔子世家》云："倡优侏儒为戏而前，孔子曰：'匹夫荧惑诸侯者罪当诛。'有司加法焉，首足异处，齐侯惧而动。"陆贾《新语》云："优施舞于鲁公之幕下，孔子曰：'君辱臣当死。'使司马行法斩焉，首足异门而出，齐人瞿然而恐。"《后汉》张升传："守外黄令赵明威戮，曰：'昔孔子暂相，诛齐之侏儒，手足异门而出，故能威震强国，反其侵地。'后升以谏死。"此四引孔子之事，乃委巷穷儒，忮螫之心无所泄，造此莠言，上诬圣人，不可训也。优人笑惑乃其职，于礼宜却之，于法无死罪，且鲁岂当杀齐优，实其说是行不义而杀不幸，齐人怒而鲁君不返也。

末节云：

> 高欢与长史薛淑言，使其子洋治乱丝，洋拔刀斩之曰："乱者必斩。"夫违命不治丝，独非乱乎，其意盖仿齐君王后以椎解环，不知环破即解，乱丝斩之仍不治也。《汉书·龚遂传》云："臣闻治乱臣犹治乱丝，不可急也，缓之然后可治。"高氏父子不足论，然欢在洋之愚憨不至此，其状迂而很，乃无知酷儒之莠言。此东坡《志林》所谓杜默之豪，正京东学院饮私酒，食瘴死牛肉，醉饱后所发者也。

《愚儒莠书》第一节云：

> 朱弁《曲洧旧闻》云："建隆间，竹木务监官患所积材植长短不齐，乞剪截俾齐整。太祖批其状曰：'汝手指能无长短乎，胡不截之使齐？长者任其自长，短者任其自短。'"弁亲戚有见此状及批者，其言似可信。邵博《闻见录》则云："破大为小，何若斩汝之头乎？"言已近妄。王巩《清虚杂著》则云："三司奏截大枋，太祖皇帝批其状曰：'截你爷头，截你娘头。'其爱物如此。"周密《齐东野语》则谓："手指言文弱无气象，太祖以三司请截模枋大材修寝殿，批曰'截你爷头，截你娘头'，别寻将来，真大哉王言也。"此何王言气象，盖以《史记》汉高谩骂而仿以为书，其愚如此。

第四节云：

> 王辟之《渑水燕谈录》又云："陈尧咨守荆南，宴集以弓矢为乐。母夫人曰：'汝父教汝以忠孝辅国家，今汝不务行仁化，而专一夫之技，岂汝先人志耶？'杖之，碎其金鱼。"射为六艺之一，州将习射乃正业，忠孝之行也。受杖当解金鱼，杖碎金鱼，金坚且碎，人骨折矣。袁门贱妇亦不至此，尧咨母不当有此言此事。明方昕《集事诗鉴》引此为贤母，著书者含毫吮墨，摇头转目，愚鄙之状见于纸上也。

上边所引已足见其大概，对于向来传为美谈，视为故实，而与情理不合的事，不客气地加以指斥，对于初习读书的学子甚为有益，只恨所举太少，唯望读者自能举一反三耳。同时有马时芳著《朴丽子》，语多通达，其《续朴丽子》卷下中有一则云：

> 传有之，孟子入室，因袒胸而欲出其妻，听母言而止。此盖周之末季或秦汉间曲儒附会之言也。曲儒以矫情苟难为道，往往

将圣贤装点成怪物。呜呼，若此类者岂可胜道哉。

这一则就可以补入《愚儒莠书》篇里去，其直揭曲儒的心理，不客气处亦与俞氏不相上下。鄙人前读《礼记》中《檀弓》一卷，亦曾有同样的意见，觉得关于原壤的事，《论语·宪问》所记殊不高明，读《檀弓》文乃极佳，比较之下乃益明显。《檀弓》云：

> 孔子之故人曰原壤，其母死，夫子助之沐椁。原壤登木曰："久矣予之不托于音也。"歌曰："狸首之斑然，执女手之卷然。"夫子为弗闻也者而过之。从者曰："子未可以已乎。"夫子曰："丘闻之，亲者毋失其为亲，故者毋失其为故也。"

《论语》则云：

> 原壤夷俟。子曰："幼而不孙弟，长而无述焉，老而不死，是为贼。"以杖叩其胫。

看所说的老而不死这句话，可知那时原壤已经老了。据戴望注《论语》《礼》，"六十杖于乡"，那么孔子也一定已是六十岁以上了罢。动手就打，圣门中只有子路或者未免，孔子不见得会如此，何况又是已在老年。我们看《檀弓》所记孔子对待原壤并不如此，可见这"以杖叩其胫"的事很是靠不住，大约是主张严酷者之所为，亦正是附会之言耳。"执女手之卷然"下，据孔颖达《正义》云：

> 孔子手执斤斧，如女子之手卷卷然而柔弱，以此欢说仲尼，故注云说人辞也。

假如这里疏家没有将他先祖的事讲错，我们可以相信那时孔子的年纪并不老，因为一是用女子之手比孔子，二是孔子手执斤斧，总不会是六十岁后的事情。把两件故事比较来看，觉得孔子在以前既是那么宽和，到老后反发大性，有点不合情理。本来《论语》与《檀弓》里的故事都是后人所记，真假一样地不可知，但是准情酌理来批判，就自然分出曲直来，此间自有区别俨然存在，一见可辨也。此类辩论仿佛有似致堂史论，无非对古人已事妄下雌黄，实则不然，史论不必要的褒贬古人，徒养成不负责任的说话之陋习，此则根本物理人情，订正俗传曲说，如为人心世道计，其益当非浅鲜。若能有人多致力于此，更推广之由人事而及于物性，凡逆妇变猪以至雀人大水为蛤之类悉加以辨订，则利益亦益广大，此盖为疾虚妄精神之现代化，当不愧称之为新《论衡》也。

唐诗易解

　　不是为的表示自己年岁老大，认识一堆方块字，有古典文学的知识，要来卖弄，我常喜欢劝人读古诗，从原文去赏鉴他。因为这并不难懂，说也奇怪，实在比古文要好懂得多，只要按字直读下去，大抵可以读懂，不像古文有那些别扭的字法句法和"之乎者也"作怪。这至多要费点功夫，加上衬语和一二替代语，意思便明了，我们试举唐诗为例，李白、杜甫二家杰作里，选出两篇来看看。

　　首先是李白的《下终南山过斛斯山人宿置酒》：

　　　暮从碧山下，山月随人归。却顾所来径，苍苍横翠微。
　　　相携及田家，童稚开荆扉。绿竹入幽径，青萝拂行衣。
　　　欢言得所憩，美酒聊共挥。长歌吟松风，曲尽河星稀。
　　　我醉君复乐，陶然共忘机。

　　其次是杜甫的《赠卫八处士》，因诗较长，所以只选了他的一部分：

　　　昔别君未婚，儿女忽成行。怡然敬父执，问我来何方。
　　　问答未及已，驱儿罗酒浆。夜雨剪春韭，新炊间黄粱。
　　　主称会面难，一举累十觞。……

　　试想整整一千二百年前，唐朝天宝时代诗人巨作，我们现在还能念得，而且从他的原文里直接享受他的好处，这正是中国说汉语的人的特点，是世界各国所没有的。文学遗产有那么丰富，又是那么易于接受，散文著作可以上溯到几百年前，韵文的还可更早得多，更追溯上去，有些周朝的诗经也可懂得，几乎有三千年了。三千年前的诗文至今还可读懂，岂不是世界的美谈么？

不过话得说回来，太高调了韵文易懂，也是有毛病的，因为我所举出的例也只有唐诗的少数，而且又以盛唐为主，若是晚唐及宋诗又不免别扭了。也有些诗句很是平易，但却并不容易懂，此乃是由于诗的措辞特别之故。例如韦庄的一首《金陵图》：

> 江雨霏霏江草齐，六朝如梦鸟空啼。
> 无情最是台城柳，依旧烟笼十里堤。

为什么"六朝如梦"，为什么"无情最是台城柳"，这须要另外说明补充，在于文字的表面之外的了。

阿 Q 的弟兄

　　《阿 Q 正传》的主人公的真姓名是谢阿桂，但是若把《正传》里所说的事，都记在阿桂的账上，那是绝对的不公平的。作者所以于二十六个字母中独取这个 Q 字，他的理由据作者自己说过，便是因为他好玩，像是有个小辫，既然用了 Q 字了，那么名字自然就想到阿贵阿桂，而这谢阿桂也碰巧地是个好玩的人，于是便把他用上了。可是无论怎么地好玩，也难得有这许多事情可以做小说的材料，那就只好东凑西拼地把有些别人的旧账，都挂在他的名下，这是作者自己说明的办法。阿桂只是普通一个卖气力的贫民，但是他懒于做工，只想不很劳力地能弄一点钱，经常给人家当捐客，卖旧货，看见他捧着一个大锅或者一只母鸡叫卖。后来就有人疑心做小偷，甚至他自己也讳言，对他老兄这样地说。他的哥哥名叫阿有，专门替人舂米，人很老实，主妇们都称他作"有老官"，仿佛像北京的说"老有"，多少有些客气的意思。阿桂常去问哥哥借钱，有一回老兄不肯再借，他央告着说，这几天实在运气不好，拿不到什么，务必请给一点，得手时即可奉还。他哥哥喝道：这叫作什么话，你如不快走，我就要大声告诉人家了。他这才急忙逃去，地方上都知道他是做这一行勾当的了。话虽如此，他却不曾被破获过，吊起来打，或是送官、戴大枷，可见他的贼运一定很好。但是他的自白也不一定很可靠，他本来原是乏人，干不来这种事情，只是对付他老兄胡扯一气也未可知，因为这也总算是一种职业，比游荡无业或者好一点罢。

　　我说阿桂好玩，并不是指他做小偷，乃是在于他有赞成革命的意思，即是说"造反"。在辛亥年的冬天，杭州已经反正，县城的文武官员都已弃印逃走，城防空虚，人心惶惶，阿桂在街上掉臂走着嚷道：我们的时候到来了，到了明天，我们钱也有了，老婆也有了。这街上便是我们老家所在的街，有一个破落的本家看见了便对他说：像我们这样的可以不要害怕。阿桂回答得好：你们总要比我有。有即是说有油水，不一定严格地说钱财。但是在那一天的夜里，嵊县由土匪出身的王金发已经率领了民军从省城里来了，阿桂也就失却了机会，只好安分地仍旧做他的二流子了。以上是我所知道的谢阿桂的行述，如根据事实写到《正传》里去就只是这样。

但《阿Q正传》乃是小说，单有这些当然不够，结果只能来把别人的事补凑上去了。有许多精彩的描写和论叙，都不是一个人的事情，乃是众人集体的创作，譬如那在处世上最有用处的所谓精神胜利法，实在是知识阶级的发明，不过他有普遍的根底存在，所以不是士大夫所能独占罢了。这些是中国人家传的法宝，他之所以能够永久自高自大地混过去，实在还是因为他是压根儿自轻自贱惯了的缘故，这样矛盾的生活法是适宜于专制独裁的时代的，所以他就源远流长地生存着，但是要找一个人具体的代表这些思想，说是"模特儿"，这却是很难，只好请阿Q去独自表现去了。不过《正传》里第四章《恋爱的悲剧》那一幕，那却是另有主名的，乃是另一个阿Q，我们这里便称他为"阿Q的弟兄"。阿桂有一个弟兄，我们已经说过，是一个老老实实的工人，这一个却不是姓谢，乃是做书的人的本家，他的家谱上的名字是凤桐，小名就是阿桐，但却以诨名"钢菩萨"得名，普通称他为桐店王（店王即是老板的意思），外边的人对他客气一点则叫他作桐少爷。他虽是所谓"台门里的人"，但是穷得同乞丐一样，景况不比阿桂稍好，但是他还保住这个号称，平常也穿了一件破大褂，坐在仪门里边。他本是《朝花夕拾》里的衍太太的亲侄儿，房屋都被归并了去，却丝毫得不到照顾，本人也是无所为，结果只得住到门口一间空屋里去。他的生活真可以说是艰苦卓绝的。他从小留养在外婆家里，因为他父亲出外不归，母亲早死了，外婆家里却是有钱的，特别给他雇了一个保姆，每年回家来拜年的时候，虽是十多岁了，还是保姆带领着。但是到了他外婆死了，他被送回父家来，便完全变了一种生活，可是他也似乎毫不在乎的样子。当初本家也有人替他不平，向衍太太说话，及至叫他来问时，他却说就这样听婶娘的支配好了，自己家里的事情也用不着请别人来过问。所以就不好再提了。就一般的事情看来，似乎他是一种精神薄弱的低能儿，不过从这件事去说，却又不像，因为他的意思是知道衍太太的厉害，她要怎么办只好听她，说也是没用的。那么他的观察与判断，岂不是也很明白的么？

他是一个败落的大家子弟，所以手不能提，肩不能挑，没有什么谋生的能力的。本家有人给他出主意，叫他做小生意，在做油条的店子里替他担保，每天拿若干的麻花（即油条的土名）烧饼，卖去再还钱，可是过了几天之后，不但本钱没有归还，就是卖麻花的用具也都不见，拿去买了酒吃了。这样的事有过两三次以后，生意也做不下去，结果只能家食，而家里实在无可食，所以有时就吃，没有的时候只好不吃，就只那么地挺着挨饿。最特别的是挨着饿，也决不去求人，更没有硬借恶讨的事情，这是值得佩服的一点。在他饿着的时候，有本家送给一点食去，他也毫不见情，只是说一句"安东好者"（意云搁在那里好了），若是再要啰唆，便会回你一句不客气的话，说你以为我是快要饿死了罢。他平常的态度也很是倔强生硬。有人记述他坐在仪门内板凳上那时的情形，很是有意思。

"他在高兴的时候，碰到长辈经过，他忙即站起耸一耸肩胛，笑容可掬地叫一声某叔；碰到不高兴，他身子一扭，屁股朝着你，等你走过了再转过来。你要是叫他一声阿桐，他还是背着应一声：'做啥啰，又没有事体！'要是平辈喊他，那就恶狠狠地应一声：'啥！叫我吃老酒？空佬佬！'（意思即是说空叫为什么）要是小一辈的，有时报之以白眼，有时绷起面孔厉声应一个嗯字。"这里所说平辈当面叫他，大抵都是桐店王，至于小辈那自然是规规矩矩地叫桐叔叔了。

据上边所记的这些看来，"钢菩萨"这人是颇可笑的，他没有谋生的能力，智慧似乎也很缺少，大概是属于低的一种。这是在败落的大家里极是常见的。但是他也很能吃苦，这或者是为环境所迫，出于无可如何，姑且不算也罢。他又倔强而善良，他决不偷窃强取，或是欺侮女人小孩，唯一的缺点是爱喝酒，却也不曾看见他酗酒胡闹过。在他一生中被人家传作笑柄的，只是那"恋爱的悲剧"，始鲁迅拾了去写进《阿Q正传》里去，但这可笑的单是在于那方式，若是讲那事情原是极为平常的，不值得什么人注意了。其时大概还在他的早年，有一个时期寄食于本家义房的厨房，和男女用人一块儿吃饭，那时对女仆下跪说："你给我做了老婆罢！"结果这事闹开了，他就不能再在这厨房里吃饭，只好回到他的大门口的屋里或吃或不吃了。在《正传》里把这事渲染得很热闹，成为阿Q的一件大事，也是故事的一个转折点，其实是那么简单的。

《文饭小品》

民国初年我在绍兴城内做中学教师，忽发乡曲之见，想搜集一点越人著作，这且以山阴会稽为限。然而此事亦大难，书既难得，力亦有所未逮，结果是搜到的寥寥无几，更不必说什么名著善本了。有一天，在大路口的一家熟识的书摊里，用了两三角钱买到一本残书，这却很令我喜欢。书名《谑庵文饭小品》，山阴王思任著，这只是卷三一册，共九十四页，有游记二十二篇。王思任是明末的名人，有气节有文章，而他的文章又据说是游记最好，所以这一册虽是残佚，却也可以算是精华。其中有《游西山诸名胜记》《游满井记》《游杭州诸胜记》《先后游吾越诸胜记》，都是我所爱读的文章。如《游杭州诸胜记》第四则云：

> 西湖之妙，山光水影，明媚相涵，图画天开，镜花自照，四时皆宜也。然涌金门苦于官皂，钱塘门苦僧苦客，清波门苦鬼。胜在岳坟，最胜在孤山与断桥。吾极不乐豪家徽贾，重楼架舫，优喧粉笑，势利传杯，留门趋入。所喜者野航两棹，坐恰两三，随处夷犹，侣同鸥鹭，或柳堤鱼酒，或僧屋饭蔬，可信可宿，不过一二金而轻移曲探，可尽两湖之致。

又《游慧锡两山记》云：

> 越人自北归，望见锡山，如见眷属。其飞青天半，久暍而得浆也，然地下之浆又慧泉首妙。居人皆蒋姓，市泉酒独佳，有妇折阅，意闲态远，予乐过之。买泥人，买纸鸡，买木虎，买兰陵面具，买小刀戟，以贻儿辈。至其酒，出净瓷许先尝，论值。予

249

丐冽者清者，渠言燥点择奉，吃甜酒尚可做人乎？冤家！直得一死。沈丘壑曰："若使文君当垆，置相如何地也。"

谑庵孙田锡于卷头注曰："口齿清呖，似有一酒壶在内，呼之或出耳。"《游西山诸名胜记》中述裂帛湖边一小景云：

> 有角巾遥步者，望之是巢必大。仲容目短，大然曰："是是，果巢必大也。"则哄唤之。必大曰："王季重哉，何至此？"入山见似人而喜也。至则共执其臂，索酒食，如兵番子得贼者。必大叫曰："无梧我，有有有。"耳语其僮："速速。"必大予社友，十六岁戊子乡荐，尊公先生有水田十顷，在瓮山，构居积谷，若眉坞，可扰。不二时，酒至，酒且蕙，肉有金蹄，有脍，有小鱼鳞鳞，有馎饦，有南笋旧芥撒兰头，豉酱称是。就堤作灶，折枯作火，挥拳歌舞，瓶之罄矣。必大张其说曰："吾有内酝万瓶，可淹杀公等许许，三狂二秃何足难。"邀往便往，刑一鸡，摘蔬求豕。庄妇村中俏也，巫冶庖。又有棋局，一宵千古。

又《雁荡记》起首云：

> 雁荡山是造化小儿时所作者，事事俱糖担中物，不然则盘古前失存姓氏大人家劫灰未尽之花园耳。

以上几节文章颇可以代表谑庵的作风，其好处在于表现之鲜新与设想之奇辟，但有时亦有古怪难解之弊。他与徐渭、倪元璐、谭元春、刘侗，均不是一派，虽然也总是同一路，却很不相同，他所独有的特点大约可以说是谑罢。以诙谐手法写文章，到谑庵的境界，的确是大成就，值得我辈的赞叹，不过这是降龙伏虎的手段，我们也万万弄不来。古人云，学我者病，来者方多，谑庵的文集上也该当题上这两句话去。

王季重的《九种》《十一种》后来在图书馆里也看到过，但是我总不能忘记《文饭小品》。今年春天在北平总算找到一部，据说是从山东来的，凡五卷，谑庵子鼎起跋称戊戌，盖刻于顺治十五年也。卷一为致辞、尺牍、启、表、判、募疏、赞、铭、引、题词、跋、纪事、说、骚、赋。卷二为诗，内分乐府、风雅什、诗、诗余、歌行，末附《悔谑》，计四十则，鸿宝《应本》中有一序，今未收。卷三、四为记与传。卷五则为序、行状、墓志铭、祭文，以《奕律》四十条附焉。据余增远序中云：

> 向其所刻，星分棋布，未归一致，乃于读书佳山水间手自校雠，定为六十卷，命曰《文饭》，雕几未半，而玉楼召去，刻遂不成。

此五卷盖鼎起所选，其跋云：

> 蓄志成先君子《文饭》而制于力，勉以小品先之。而毁言至，曰：以子而选父，篡也；以愚而选智，诞也；以大而选小，舛也。似也，然《易》不云乎？八卦而小成，则大成者小成之引申也。智者千虑，不废愚者之一得。父子之间，外人哪得知，此吾家语也。吾第使天下先知有《文饭》，饥者易为食而已。知我罪我，于我何有哉。

宋长白于康熙乙酉著《柳亭诗话》，卷二十九有"倪王"一条云：

> 明末诗文之弊，以雕琢小巧为长，筱骖飙犊之类万口一声。吾乡先正如倪文正鸿宝、王文节季重皆名重一时，《代言》《文饭》，有识者所共见矣。至其诗若倪之"曲有公无渡，药难王不留"，王之"买天应较尺，赊月不论钱"，歇后市语，信手拈来，直谓之游戏三昧可耳。

歇后市语迥异筱骖之类，长白即先后自相矛盾，至其所谓《文饭》殆即《文饭小品》，盖《文饭》全集似终未刊行也。王鼎起以选本称为小品，恰合原语本义，可为知言，又其跋文亦殊佳，可传谑庵的衣钵矣。知父莫若子，他人欲扬抑谑庵者应知此理焉。

张岱著《有明越人三不朽图赞·立言·文学类》中列王思任像，后附文曰：

王遂东，思任，山阴人。少年狂放，以谑浪忤人。官不显达，三仕令尹，乃遭三黜。所携宦橐游囊，分之弟侄姊妹。外方人称之曰：王谑庵虽有钱癖，其所入者皆出于称觞诔墓，赚钱固好而用钱为尤好。赞曰：拾芥功名，生花彩笔。以文为饭，以弈为律。谑不避虐，钱不讳癖。传世小题，幼不可及。宦橐游囊，分之弟侄。孝友文章，当今第一。

李慈铭批云：

遂东行事固无甚异，然其风流倜傥，自是可观，与马士英书气宇峰举，犹堪想见。若其诗文打油滑稽，朱氏谓其钟谭之外又一旁派，盖邪魔下乘，直无足取。此乃表其钱癖，而赞又盛称其文章，皆未当也。唯郡县志及《越殉义传》、邵廷采《思复堂集》、杜甲《传芳录》、温睿临《南疆逸史》诸书皆称遂东为不食而死，全氏祖望《鲒埼亭外集》独据倪无功言力辩其非死节，陶庵生与相接而此赞亦不言其死，可知全氏之言有征矣。

李氏论文论学多有客气，因此他不但不能知道王谑庵的价值，就是张宗子的意思也不能懂得了。宗子此赞又见《琅嬛文集》中（光绪刻本卷五），其"谑不避虐，钱不讳癖"二句盖其主脑，宗子之重谑庵者亦即在此。文集卷四有《王谑庵先生传》，末云：

偶感微疴，遂绝饮食，僵卧时常掷身起，弩目握拳，涕洟哽咽，临瞑连呼高皇帝者三，闻者比之宗泽濒死三呼过河焉。

此与《文饭小品》唐九经序所云：

唯是总漕王清远公感先生恩无以为报，业启□□贝勒诸王（案纸有腐蚀处缺字，下同）将大用先生，先生闻是言愈局蹐无

252

以自处，复作手书遗经曰：我非偷生者，欲保此肢体以还我父母尔，时下尚有□谷数斛，谷尽则逝，万无劳相逼为。迨至九□□初，而先生正寝之报至。呜呼，屈指其期，正当殷谷既没周粟方升之始，而先生□□□逝，迅不逾时，然则先生之死岂不皎皎与日月争光，而今日之凤林非即当年之首阳乎。

语正相合。盖谑庵初或思以黄冠终老，迫逼之太甚，乃绝食死。又邵廷采《明侍郎遂东王公传》引徐沁《采薇子像赞》云：

> 公以诙谐放达，而自称为谑，又虑愤世嫉邪，而寻悔其虐。孰知嬉笑怒骂，聊寄托于文章；慷慨从容，终根底于正学。

当时"生与相接"者之言悉如此，关于其死事可不必多疑，唯张宗子或尤取其谑虐钱癖二事，以为比死更可贵，故不入之立德而列于立言，未可知也。《王谑庵先生传》中叙其莅官行政摘伏发奸以及论文赋诗无不以谑从事，末乃云：

> 人方眈眈虎视，将下石先生，而先生对之调笑狎侮，谑浪如常，不肯少自贬损也。晚乃改号谑庵，刻《悔虐》，以志己过，而逢人仍肆口诙谐，虐毒益甚。

倪鸿宝《应本》卷七有序文亦称《悔虐》，而《文饭小品》则云《悔谑》，其所记在今日读之有稍费解者，康熙时刻《山中一夕话》卷六曾采取之，可知其在当时颇为流行矣。传后论云：

> 谑庵先生既贵，其弟兄子侄宗族姻娅，待以举火者数十余家，取给宦囊，大费供亿，人目以贪，所由来也，故外方人言王先生赚钱用似不好，而其所用钱极好。故世之月旦先生者无不称以孝友文章，盖此四字唯先生当之则有道碑铭庶无愧色，若欲移署他人，寻遍越州，有乎？无有也。

陶元藻《全浙诗话》卷三十五云:

> 遂东有钱癖,见钱即喜形于色,是日为文特佳,然其所入者强半皆谀墓金,又好施而不吝,或散给姻族,或宴会朋友,可顷刻立尽,与晋人持筹烛下溺于阿堵者不同,故世无鄙之者。

陶篁村生于乾隆时,去谑庵已远矣,其所记如此,盖或本于故老流传,可与宗子所说互相印证。叶廷琯《鸥波渔话》云:

> 字画索润,古人所有。板桥笔榜小卷,盖自书书画润笔例也,见之友人处,其文云:大幅六两,中幅四两,小幅二两,书条幅对联一两,扇子斗方五钱。凡送礼物食物,总不如白银为妙,公之所送未必弟之所好也。送现银则中心喜乐,书画皆佳。礼物既属纠缠,赊欠尤为赖账,年老神倦,不能陪诸君子作无益语言也。画竹多于买竹钱,纸高六尺价三千,任渠话旧论交接,只当秋风过耳边。乾隆己卯,拙公和上属书谢客,板桥郑燮,此老风趣可掬,视彼卖技假名士偶逢旧友,貌为口不言钱,而实故靳以要厚酬者,其雅俗真伪何如乎。

板桥的话与篁村所说恰合,叶调生的评语正亦大可引用,为谑庵张目也。

李越缦引朱竹垞语,甚不满意于谑庵的诗文,唯查《静志居诗话》关于谑庵只是"季重滑稽太甚有伤大雅"这一句话,后附录施愚山的话云:

> 季重颇负时名,自建旗鼓,其诗才情烂漫,无复持择,入鬼入魔,恶道坌出,钟谭之外又一旁派也。

盖即为李氏所本。其实这些以正统自居者的批评原不甚足依据,而李氏自己的意见前后亦殊多矛盾,如上文既说其风流倜傥自是可观,在《越中先贤祠目》序例中又云风流文采照映寰宇,可是对于诗文却完全抹杀,亦不知其所谓风流文采究竟是怎么一回事也。李氏盛称其致马士英书,以为正义凛然，书亦见邵廷采所著传中，但似未完，今据张岱所著传引录于下：

> 阁下文采风流，吾所景美。当国破众散之际，拥立新君，阁下辄骄气满腹，政本自由，兵权在握，从不讲战守之事，而但以酒色逢君，门户固党，以致人心解体，士气不扬，叛兵至则束手无措，强敌来则缩颈先逃，致令乘舆迁播，社稷丘墟，观此茫茫，谁任其咎。职为阁下计，无如明水一盂，自刎以谢天下，则忠愤之士尚尔相原。若但求全首领，亦当立解枢柄，授之守正大臣，呼天抢地，以召豪杰。乃今逍遥湖上，潦倒烟霞，效贾似道之故辙，人笑褚渊齿已冷矣。且欲求奔吾越，夫越乃报仇雪耻之国，非藏垢纳污之地也，职当先赴吾涛，乞素车白马以拒阁下。此书出，触怒阁下，祸且不测，职愿引领以待钼镬。

此文价值重在对事对人，若以文论本亦寻常，非谑庵之至者，且文庄而仍"亦不废谑"，如王雨谦所评，然则李氏称之亦未免皮相耳。今又从《文饭小品》卷一抄录《怕考判》一篇，原文有序，云：

> 督学将至，姑熟棚厂具矣，有三秀才蕴药谋燕之，逻获验确，学使者发县。该谑庵判理具申："一炬未成，三生有幸。欲有谋而几就，不待教而可诛。万一延烧，罪将何赎。须臾乞缓，心实堪哀。闻考即已命终，火攻乃出下策。各还初服，恰遂惊魂。"

二文一庄一谐，未知读者何去何从，不佞将于此观风焉。唯为初学设想，或者不如先取致马阁老书，因其较少流弊，少误会，犹初学读文章之宁先《古文析义》而后《六朝文絜》也，但对于《怕考判》却亦非能了解不可，假如要想知道明末的这几路的新文学与其中之一人王谑庵的人及其文章。至于自信为正统的载道派中人乃可不必偏劳矣，此不特无须抑住怒气去看《怕考判》了，即致马士英书亦可以已，盖王谑庵与此载道家者流总是无缘也。

255

《江州笔谈》

　　从小时候就在家里看见一部《巴山七种》，无事时随便翻看，三十年来不知道有几次了，及今才知其妙。书有同治乙丑（一八六六）序，木刻小本，纸墨均劣。计《皇朝冠服志》二卷，《治平要术》一卷，《衡言》四卷，《放言》二卷，《江州笔谈》二卷，《白岩文存》六卷，《诗存》五卷，共二十二卷。云有《治官记异》及《字通》二书已先刊行，则未之见。著者为栖清山人王侃，《文存》卷四有自撰墓志，知其字迟士，四川温江人，以贡授州判不就，撰文时为咸丰辛酉，称行年六十有七，计当生于乾隆六十年乙卯（一七九五）也。墓志自称"山人喜事功，不解渊默，心存通脱，死生不以置怀，何有名利。其为人直口热肠，又性卞急，以故于时不合，然与人无町畦，人亦不忍相欺"云。又云"良恨前后执政庸庸，不能统天下大计，建言变法，以致世局日坏"，可见在那时也是一个有心人。但是我所觉得有意思者，还在他对于一般事物的常识与特识，这多散见于笔记中，即《衡言》《放言》与《江州笔谈》。据他在墓志里说："随时自记其言，论古者可名《衡言》，谈时事者可名《放言》，一听后人分部统名《笔谈》。"其实内容大略相似，随处有他的明达的识见。《江州笔谈》大约是在江津所记，因为较是杂记性质，所以拿来权作代表，其二言所谈及者便即附列在内。栖清山人论小儿读书很有意思，《笔谈》卷上云：

　　　　读书理会笺注，既已明其意义，得鱼忘筌可也，责以诵习，岂今日明了明日复忘之耶。余不令儿辈读章句集注，盖欲其多读他书，且恐头巾语汩没其性灵也，而见者皆以为怪事，是希夷所谓学《易》当于羲皇心地上驰骋，毋于周孔注脚下盘旋者非也。

256

卷下又云：

　　教小儿，不欲通晓其言而唯责以背诵，虽能上口，其究何用。况开悟自能记忆，一言一事多年不忘，传语于人莫不了了，是岂再三诵习而后能者耶。

《衡言》卷一亦有一则可以参考，文云：

　　周诰殷盘佶屈聱牙，寻绎其义，不过数语可了，有似故为艰深者，不知当时之民何以能解，岂一时文体所尚如是乎，抑果出于下吏之手乎？授小儿强读之，徒形其苦，未见其益。

山人又痛恶八股文字，《笔谈》卷上云：

　　唐宋金石文字间用左行，字大小斜正疏密不拘，署衔名长短参差有致，虽寥寥数语，出自巷曲细民，文理亦行古雅。今之碑板文既陋劣，语言名称尤甚不伦，良由独习进取之文，不暇寻古人门径。独惜土木之工壮丽称于一时，而文不足传后，千载下得不笑今世无人耶。

又云：

　　诗以言情，感于所遇，吐露襟怀，景物取诸当前，何假思索。若本无诗情而勉强为诗，东抹西涂，将无作有，即得警句亦不自胸中流出，况字句多疵，言语不伦耶。至以八股之法论诗，谓此联写题某处，此句写题某处。岂知古人诗成而后标出作诗之由，非拟定此题然后执笔为诗，梦梦如是，无怪人以作诗为难；亦犹人皆可为圣贤，自道学书连篇累牍，言心言性，使人视为苦事，不敢有志圣贤也。

257

又云:

文之最难者无如八股,故虽以之名家,其一生不过数艺可称合作,然置之场屋不必能取科名,取科名者亦不必皆佳,而皆归于无用。昌黎所谓虽工于世何补者,尚足以记载事物称颂功德也。今捐班有诗字画皆能而独不通八股者,以其能取科名,不敢轻视,倘或知其底里,恐不愿以彼易此也。

《放言》卷上云:

执笔行文所以达意,不但不能达意,而并无意可达,徒将古人陈言颠倒分合,虚笼旁衬,欲吐还吞,将近忽远,作种种丑态,争炫伎俩,而犹以为代圣贤立言,圣贤之言尚不明了而待此乎。又况登第之后日写官版楷书,得入翰林,亦第以诗赋了事,今世所谓读书人者止此。不解韬钤,不明治术,而又拘于宦场习套,庸庸自甘,安得贤豪接踵,将此辈束之高阁也。

又云:

农谈丰歉,工谈巧拙,商谈赢绌,宜也。士之为士,只宜谈八股乎?求进取不得不习八股,既已仕矣,犹不可废之乎?秦燔百家言以愚黔首,今尚八股以愚黔首,愚则诚愚矣,其如人才不竞,不能以八股灭贼何?

其对于武人亦大不敬,《放言》卷上云:

服物采章以表贵贱,然异代则改,异域顿殊,一时一地之荣,何足为重。今饰功冒赏,冠多翘翘,蓝翎倍价而不可得,貂可续以狗尾,此则将何为续?当此之时,犹复奔竞营求,抑知无贼之地固可扬项自雄,一旦遇贼,惧为所识,又将拔之唯恐不及乎?

258

卷下又云：

> 军兴以来，州县官募勇，先挑围队自卫。此辈近官左右，习于趋跄应对，自矢报效，有似敢死。一旦遇贼，借事先逃，给口便言，官犹信其无贰。此与孙皓左右跳刀大呼决为陛下死战，得赐便走者何异。然皓犹出金宝为赐，不似今日但赏功牌遂欲人致死也。

语涉时事，遂不免稍激昂，却亦有排调之趣。但我更喜欢他别的几条，意思通达而明净，如《笔谈》卷上论薄葬云：

> 周主郭威遗命纸衣瓦棺以葬，至今要与厚葬者同归于尽。回人好洁，葬法有衾无衣，有椁无棺，血肉时化入土。余生无益于人，死亦不欲有害于人，安得负土而出之石，掘土数尺，凿空足容吾身，即石面大书刻曰栖清山人王侃之藏，死时襚以布衣，纳入其中，筑土种豆麦如故。但取古人藏其体魄勿使人畏恶之意，虽于礼俗未合，亦非无所师法也。

又《衡言》卷三云：

> 习俗移人，聪明才智之士苟无定见，鲜不随风而靡。长乐老历事四姓，亦以其时不尚气节，故反以为荣耳。使其生于南宋，道学中未必无此人也。

此外还有好些好意思，不过引用已多，大有文抄公的嫌疑，所以只好割爱了。

就上面所抄的看去，可以知道他思想的大略，这虽然不能说怎么新奇，却难得那样清楚，而且还在七八十年前，有地方实在还比现在的人更是明白。现在有谁像他那样地反对读经做八股呢?《巴山七种》随处多有，薄值可得，大家破工夫一读，其亦不无小补欤。

《花镜》

　　小时候见过的书有些留下很深的印象，到后来还时常记起，有时千方百计地想找到一本来放在书架上，虽然未必是真是要用的书。或者这与初恋的心境有点相像罢？但是这却不能引去作为文艺宣传的例，因为我在书房里念了多年的经书一点都没有影响，而这些闲书本来就别无教训，有的还只是图画而非文字，他所给我的大约单是对于某事物的一种兴趣罢了。假如把这也算作宣传，那么也没有什么不可，天地万物无不有所表示，即有所宣传也，不过这原是题外闲文，反正都没有多大的关系。

　　我所记得的书顶早的是一部《毛诗品物图考》。大抵是甲午年我正在读"上中"的时候，在亲戚家里看见两本石印小版的《图考》，现在想起来该是积山书局印的，觉得很是喜欢，里边的图差不多一张张地都看得熟了。事隔多年之后遇见这书总就想要买，可是印刷难得好的，去年冬天才从东京买得一部可以算是原刻初印，前后已相去四十年了。这是日本天明四年（一七八四）所刊，著者冈元凤，原是医师，于本草之学素有研究，图画雕刻亦甚工致，似较徐鼎的《毛诗名物图说》为胜。《图说》刻于乾隆辛卯（一七七一），序中自称"凡钓叟村农，樵夫猎户，下至舆台皂隶，有所闻必加试验而后图写"，然其成绩殊不能相符，图不工而说亦陈旧，多存离奇的传说，此殆因经师之不及医师欤。同样的情形则有陈大章的《诗传名物集览》，康熙癸巳（一七一三）刊，与江村如圭的《诗经名物辨解》，书七卷，刊于享保十五年（一七三〇），即清雍正八年也。江村亦业医，所说也比《集览》更简要。《毛诗名物图说》日本文化五年（一八〇八）有翻刻本，丹波元简有序，亦医官也。

　　其次是毛诗陆氏《草木鸟兽虫鱼疏》，在族人琴逸公那里初次见到，是一册写刻甚精的白纸印本，三十多年来随处留意却总没有找着这样的一本书。现在所有的就是这些普通本子，如明毛晋的《广要》，清赵佑的《校正》，焦循的《陆疏疏》，丁晏的《校正》，以及罗振玉的《新校正》。丁、罗的征引较详备，但据我外行的私见看来却最喜欢焦氏的编法，各条校证列注书名，次序悉照《诗经》先后，似更有条理。罗本最后出，却似未参考赵焦诸本，用那德国花字似的仿宋聚珍版所印，也觉得看了眼睛不大舒服，其实这也何妨照那《眼学偶得》或《读碑小笺》的样子刻一下子，那就要好得多了。日本渊在宽有《陆疏图解》四卷附一卷，安永八年（一七七九）所刻，大抵根据《广要》毛氏说作为图像，每一页四图，不及《名物图考》之精也。

末后所想说的是平常不见经传的书，即西湖花隐翁的《秘传花镜》。《花镜》六卷，有康熙戊辰（一六八八）序，陈淏子著，题页又称陈扶摇，当系其字。其内容，卷一花历新裁，凡十二月，每月分占验事宜两项；卷二课花十八法，附花间日课、花园款设、花园自供三篇；卷三花木类考；卷四藤蔓类考；卷五花草类考；卷六禽兽鳞虫考附焉。讲起《花镜》，自然令人想到湖上笠翁的《闲情偶寄》，其卷五种植部共五分七十则，文字思想均极清新，如竹柳诸篇都是很可喜的小品，其余的读下去也总必有一二妙语散见篇中，可以解颐。这是关于花木的小论文，有对于自然与人事的巧妙的观察，有平明而新颖的表现，少年读之可以医治作文之笨，正如竹之医俗，虽然过量地服了也要成油滑的病症。至于《花镜》，文章也并不坏，如自序就写得颇有风致，其态度意趣大约因为时地的关系罢，与李笠翁也颇相像，但是这是另外一种书，勉强地举一个比喻，可以说是《齐民要术》之流罢。本来也可说是《本草纲目》之流，不过此乃讲园圃的，所以还以农家为近。他不像经学家的考名物，专坐在书斋里翻书，征引了一大堆到底仍旧不知道原物是什么。他把这些木本藤本草本的东西一一加以考察，疏状其形色，说明其喜恶宜忌，指点培植之法，我们读了未必足为写文字的帮助，但是会得种花木，他给我们以对于自然的爱好。我从十二三岁时见到《花镜》，到现在还很喜欢他，去年买了一部原刻本，虽然是极平常的书，我却很珍重他不下于现今所宝贵的明版禁书，因为这是我老朋友之一。我从这里认识了许多草木，都是极平常，在乡间极容易遇见，但是不登大雅之堂，在花园里便没有位置，在书史中也不被提及的。例如淡竹叶与紫花地丁，射干即蝴蝶花，山踯躅即映山红，虎耳草即天荷叶，平地木即老勿大。这里想起昔时上祖坟的事，春天采映山红，冬天拔取老勿大，前几时检阅旧日记找出来的一节纪事可以抄在这里，时光绪己亥（一八九九）十月十六日也：

> 午至乌石墓所，拔老勿大约三四十株。此越中俗名也，即平地木，以其不长故名。高仅二三寸，叶如栗，子鲜红可爱，过冬不凋，乌石极多，他处亦有之。性喜阴，不宜肥，种之墙阴背日处则明岁极茂，或天竹下亦佳，须不见日而有雨露处为妙。

这个记载显然受着《花镜》的影响，山头拔老勿大与田间拔草紫（即紫云英）原是上坟的常习，因为贪得总是人情。但拿了回来草紫的花玩过固然也就丢了，嫩叶也瀹食了，老勿大仍在盆里种得好好的，明年还要多结许多子，有五六个一串的，比在山时还要茂盛，而且琐琐地记述其习性，却是不佞所独，而与不读《花镜》的族人不相同者也。《花镜》卷三记平地木，寥寥数行，却亦有致：

> 平地木高不盈尺，叶似桂，深绿色，夏初开粉红细花，结实似南天竹子，至冬大红，子下缀可观。其托根多在瓯兰之傍，虎茨之下，及岩壑幽深处。二三月份栽，乃点缀盆景必需之物也。

即以此文论，何遽不及《南方草木状》或《北户录》耶？

我初次见《花镜》是在一位族兄那里，后来承他以二百文卖给我，现在书已遗失，想起来是另一版本，与我所有者不同。他是一斋公的曾孙，杜煦序茹敦和《越言释》云："周君一斋读而悦之，缩为巾箱本重梓单行，俾越人易于家置一编。"惜此本不可得，现在常见者也只有啸园重翻本罢了。章实斋《文史通义》版旧亦藏于其家，后由谭复堂斡旋移至杭州官书局，修补重印行世（见《复堂日记》）。而李莼客日记中谓周某拟以章版刨去改刻时文，既于事实不合，且并缺乏常识矣。常闻有锯分石碑之传说，李君殆从这里想象出来的罢。

262

蔼理斯的话

蔼理斯（Havelock Ellis）是我所最佩服的一个思想家，但是他的生平我不很知道，只看他自己说十五岁时初读斯温朋（Swinburne）的《日出前之歌》，计算大约生于一八五六年顷。我最初所见的是他的《新精神》，系"司各得丛书"之一，价一先令，近来收在美国的"现代丛书"里。其次是《随感录》及《断言》。这三种都是关于文艺思想的批评，此外有两性、犯罪，以及梦之研究是专门的著述，都处处有他的对于文化之明智的批判，也是很可贵的。但其最大著作总要算是那六册的《性的心理研究》。这种精密的研究或者也还有别人能做，至于那样宽广的眼光，深厚的思想，实在是极不易得。我们对于这些学问原是外行人，但看了他的言论，得到不少利益，在我个人总可以确说，要比各种经典集合起来所给的更多。但是这样的思想，在道学家的群众面前，不特难被理解，而且当然还要受到迫害，所以这研究的第一卷出版，即被英国政府禁止发卖，后来改由美国的一个医学书局发行，才算能够出版。这部大著当然不是青年的读物，唯在常识完具的成人，看了必有好处；道学家在中国的流毒并不小于英国的清教思想，所以健全思想之养成是切要的事。

蔼理斯排斥宗教的禁欲主义，但以为禁欲亦是人性之一分子；欢乐与节制二者并存，且不相反而实相成；人有禁欲的倾向，即所以防欢乐的过量，并即以增欢乐的程度。他在《圣芳济与其他》一篇论文中曾说：

> 有人以此二者（即禁欲与耽溺）之一为其生活的唯一目的者，其人将在尚未生活之前早已死了。有人先将其一推至极端，再转而之他，其人才真能了解人生是什么，旧后将被纪念为模范的圣徒。但是始终尊重这二重理想者，那才是知生活法的明智的

263

大师。……一切生活是一个建设与破坏，一个取进与付出，一个永远的构成作用与分解作用的循环。要正当地生活，我们须得模仿大自然的豪华与其严肃。

他在上边又曾说道，"生活之艺术，其方法只在于微妙地混合取与舍二者而已"，很能简明地说出这个意思。

在《性的心理研究》第六卷跋文末尾有这两节话：

> 有些人将以我的意见为太保守，有些人以为太偏激。世上总常有人很热心地想攀住过去，也常有人热心地想攫得他们所想象的未来。但是明智的人，站在二者之间，能同情于他们，却知道我们是永远在于过渡时代。在无论何时，现在只是一个交点，为过去与未来相遇之处，我们对于二者都不能有什么争向。不能有世界而无传统，亦不能有生命而无活动。正如赫拉克来多思（Herakleitos）在现代哲学的初期所说，我们不能在同一川流中入浴二次，虽然如我们在今日所知，川流仍是不断地回流。没有一刻无新的晨光在地上，也没有一刻不见日没。最好是闲静地招呼那熹微的晨光，不必忙乱地奔向前去，也不要对于落日忘记感谢那曾为晨光之垂死的光明。

> 在道德的世界上，我们自己是那光明使者，那宇宙的顺程即实现在我们身上。在一个短时间内，如我们愿意，我们可以用了光明去照我们路程的周围的黑暗。正如在古代火炬竞走——这在路克勒丢思（Lucretius）看来似是一切生活的象征——里一样，我们手里持炬，沿着道路奔向前去。不久就要有人从后面来，追上我们。我们所有的技巧，便在怎样地将那光明固定的炬火递在他的手内，我们自己就隐没到黑暗里去。

这两节话我最喜欢，觉得是一种很好的人生观。"现代丛书"本的《新精神》卷首，即以此为题词（不过第一节略短些），或者说是蔼理斯的代表思想亦无不可。最近在《人生之舞蹈》的序里也有相类的话，大意云，赫拉克来多思云人不能在同一川流中入浴二次，但我们实在不得不承

264

认一连续的河流，有同一的方向与形状。关于河中的常变不住的浴者，也可以同样地说：

因此，世界不但有变化，亦有统一，多之差异与一之固定保其平均。此所以生活必为舞蹈，因为舞蹈正是这样：永久的微微变化的动作，而与全体的形状仍不相乖忤。

（上边的话，有说得不很清楚的地方，由于译文词不达意之故，其责全在译者。）

十三年二月

承张崧年君指示，知道蔼理斯是一八五九年生的，特补注于此。

十四年十月

《陶庵梦忆》序

平伯将重刊《陶庵梦忆》，叫我写一篇序，因为我从前是越人。

光绪二十三年（一八九七），祖父因事系杭州府狱，我跟着宋姨太太住在花牌楼，每隔两三天去看他一回，就在那里初次见到《梦忆》，是砚云甲编本，其中还有《长物志》及《槎上老舌》，也是我那时所喜欢的书。张宗子的著作似乎很多，但《梦忆》以外，我只见过《於越三不朽图赞》《琅嬛文集》《西湖梦寻》三种。他所选的《一卷冰雪文》，曾在大路的旧书店中见过，因索价太昂未曾买得。我觉得《梦忆》最好，虽然文集里也有些好文章，如《梦忆》的纪泰山，几乎就是《岱志》的节本，其写人物的几篇，也与《五异人传》有许多相像。《三不朽》是他的遗民气的具体的表现，有些画像如姚长子等未免有点可疑，但别的大人物恐怕多有所本，我看王谑庵像觉得这是不可捏造的，因为他很有点儿个性。

"梦忆"大抵都是很有趣味的。对于"现在"，大家总有点不满足，而且此身在情景之中，总是有点迷惘似的，没有玩味的余暇。所以人多有逃现世之倾向，觉得只有梦想或是回忆是最甜美的世界。讲乌托邦的是在做着满愿的昼梦，老年人记起少时的生活也觉得愉快，不，即是昨夜的事情也要比今日有趣。这并不一定由于什么保守，实在是因为这些过去才经得起我们慢慢地抚摩赏玩，就是要加减一两笔也不要紧。遗民的感叹也即属于此类，不过他还要深切些，与白发宫人说天宝遗事还有点不同，或者好比是寡妇的追怀罢。

《梦忆》是这一流文字之佳者，而所追怀者又是明朝的事，更令我觉得有意思。我并不是因为民族革命思想的影响，特别对于明朝有什么情分，老实说，只是不相信清朝人——有那一条辫发拖在背后会有什么风雅，正如缠足的女人我不相信会是美人。

《梦忆》所记的多是江南风物，绍兴事也居其一部分，而这又是与我所知道的是多么不同的一个绍兴。会稽虽然说是禹域，到底还是一个偏隅小郡，终不免是小家子相的。讲到名胜地方原也不少，如大禹的陵，平水，蔡中郎的柯亭，王右军的戒珠寺、兰亭等，此外就是平常的一山一河，也都还可随便游玩，得少佳趣，倘若你有适当的游法。但张宗子是个都会诗人，他所注意的是人事而非天然，山水不过是他所写的生活的背景。说到这一层，我记起《梦忆》的一二则，对于绍兴实在不胜今昔之感。

　　明朝人即使别无足取，他们的狂至少总是值得佩服的，这一种狂到现今就一点儿都不存留了。不知从什么时候起的，绍兴的风水变了的缘故罢，本地所出的人才几乎限于师爷与钱店官这两种，专以苛细精干见长，那种豪放的气象已全然消灭，那种走遍天下找寻《水浒传》角色的气魄已没有人能够了解，更不必说去实行了。他们的确已不是明朝的败家子，却变成了乡下的土财主，这不知到底是祸是福。"城郭如故人民非"，我看了《梦忆》之后不禁想起仙人丁令威的这句诗来。

　　张宗子的文章是颇有趣味的，这也是使我喜欢《梦忆》的一个缘由。我常这样想，现代的散文在新文学中受外国的影响最少，这与其说是文学革命的还不如说是文艺复兴的产物，虽然在文学发达的程途上复兴与革命是同一样的进展。在理学与古文没有全盛的时候，抒情的散文也已得到相当的长发，不过在学士大夫眼中自然也不很看得起。我们读明清有些名士派的文章，觉得与现代文的情趣几乎一致，思想上固然难免有若干距离，但如明人所表示的对于礼法的反动则又很有现代的气息了。

　　张宗子是大家子弟，《明遗民传》称其"衣冠揖让，绰有旧人风轨"，不是要讨人家欢喜的山人，他的洒脱的文章大抵出于性情的流露，读去不会令人生厌。《梦忆》可以说是他文集的选本，除了那些故意用的怪文句，我觉得有几篇真写得不坏，倘若我自己能够写得出一两篇，那就十分满足了，但这是欲羡不来，学不来的。

　　平伯将重刊《陶庵梦忆》，这是我所很赞成的。这回却并不是因为我从前是越人的缘故，只因《梦忆》是我所喜欢的一部书罢了。

《扬鞭集》序

　　半农的诗集将要出版了，我不得不给他做一篇小序。这并不是说我要批评半农的诗，或是介绍一下子，我不是什么评衡家，怎么能批评，我的批评又怎能当作介绍？半农的诗的好处自有诗在那里做证。这是我与半农的老交情，使我不得不写几句闲话，替他的诗集做序。

　　我与半农是《新青年》上做诗的老朋友，是的，我们也发谬论，说废话，但做诗的兴致却也的确不弱，《新青年》上总是三日两头地有诗，半农到欧洲去后也还时常寄诗来给我看。那时做新诗的人实在不少，但据我看来，容我不客气地说，只有两个人具有诗人的天分，一个是尹默，一个就是半农。尹默早就不做新诗了，把他的诗情移在别的形式上表现，一部《秋明集》里的诗词即是最好的证据。尹默觉得新兴的口语与散文格调，不很能亲密地与他的情调相合，于是转了方向去运用文言。但他是驾驭得住文言的，所以文言还是听他的话，他的诗词还是现代的新诗，他的外表之所以与普通的新诗稍有不同者，我想实在只是由于内含的气氛略有差异的缘故。半农则十年来只做新诗，进境很是明了，这因为半农驾驭得住口语，所以有这样的成功，大家只需看《扬鞭集》便可以知道这个情实。天下多诗人，我不想来肆口抑扬，不过就我所熟知的《新青年》时代的新诗作家说来，上边所说的话我相信是大抵确实的了。

　　我想新诗总是要发达下去的。中国的诗向来模仿束缚得太过了，当然不免发生剧变，自由与豪华的确是新的发展上重要的元素，新诗的趋向所以可以说是很不错的。我不是传统主义（Traditionalism）的信徒，但相信传统之力是不可轻侮的。坏的传统思想，自然很多，我们应当想法除去他，超越善恶而又无可排除的传统，却也未必少，如因了汉字而生的种种修辞方法，在我们用了汉字写东西的时候总摆脱不掉。我觉得新诗的成

268

就上有一种趋势恐怕很是重要，这便是一种融化。不瞒大家说，新诗本来也是从模仿来的，他的进化是在于模仿与独创之消长。近来中国的诗似乎有渐近于独创的模样，这就是我所谓的融化。自由之中自有节制，豪华之中实含青涩，把中国文学固有的特质因了外来影响而益美化，不可只披上一件呢外套就了事。这或者是我个人的偏见也未可知，我总觉得艺术这样东西虽是一种奢侈品，但给予时常是很吝啬的，至少也决不浪费。向来的新诗恐怕有点太浪费了，在我这样旧人——是的，我知道自己是很旧的人，有好些中国的艺术及思想上的传统占据着我的心，——看来，觉得不很满意，现在因了经验而知稼穑之艰难，这不能不说是文艺界的一个进步了。

新诗的手法，我不很佩服白描，也不喜欢唠叨的叙事，不必说唠叨的说理，我只认抒情是诗的本分，而写法则觉得所谓"兴"最有意思，用新名词来讲或可以说是象征。让我说一句陈腐话，象征是诗的最新的写法，但也是最旧，在中国也"古已有之"，我们上观国风，下察民谣，便可以知道中国的诗多用兴体，较赋与比要更普通而成就亦更好。譬如"桃之夭夭"一诗，既未必是将桃子去比新娘子，也不是指定桃花开时或是种桃子的家里有女儿出嫁，实在只因桃花的浓艳的气氛与婚姻有点共通的地方，所以用来起兴，但起兴云者并不是陪衬，乃是也在发表正意，不过用别一说法罢了。中国的文学革命是古典主义（不是拟古主义）的影响，一切作品都像是一个玻璃球，晶莹透彻得太厉害了，没有一点儿朦胧，因此也似乎缺少了一种余香与回味。正当的道路恐怕还是浪漫主义，——凡诗差不多无不是浪漫主义的，而象征实在是其精意。这是外国的新潮流，同时也是中国的旧手法；新诗如往这一路去，融合便可成功，真正的中国新诗也就可以产生出来了。

我对于中国新诗曾摇旗呐喊过，不过自己一无成就，近年早已歇业，不再动笔了，但暇时也还想到，略有一点意见，现在乘便写出，当作序文的材料，请半农加以指教。

海外民歌译序

　　我平常颇喜欢读民歌。这是代表民族的心情的，有一种浑融清澈的地方，与个性的诗之难以捉摸者不同，在我们没有什么文艺修业的人常觉得较易领会。我所喜读的是，英国的歌词（Ballad），一种叙事的民歌，与日本的俗谣，普通称作"小呗"（Ko－uta）。小呗可以说是纯诗，他的好处，——自然是在少数的杰作里，如不怕唐突"吾家"先王，很有乐而不淫、哀而不伤的意思。但是，讲到底这还是他的江南的儿女文学的风趣，使我恋慕，正如我们爱好《子夜歌》一样。歌词都是叙事诗，他的性质仿佛在弹词与"节诗"之间，不过弹词太长太有结构了，而节诗又太流畅，的确是近代的出品。我爱歌词是在他的质素，有时又有点像韵文的童话。有些套语，在个人的著作中是很讨嫌的，在这的人自会知道；如有人不曾见到呢，那么买这部民歌选去一看也就知道了。总之半农的笔去写民谣是很适宜的，《瓦缶》一集，有书为证。

《谈龙集》《谈虎集》序

　　近几年来所写的小文字，已经辑集的有《自己的园地》等三册一百二十篇，又《艺术与生活》里二十篇，但此外散乱着的还有好些，今年暑假中发心来整理他一下，预备再编一本小册子出来。等到收集好了之后一看，虽然都是些零星小品，篇数总有一百五六十，觉得不能收在一册里头了，只得决心叫他们"分家"。将其中略略关涉文艺的四十四篇挑出，另编一集，叫作"谈龙集"；其余的一百十几篇留下，还是称作"谈虎集"。

　　书名为什么叫作谈虎与谈龙，这有什么意思呢？这个理由是很简单的。我们（严格地说应云我）喜谈文艺，实际上也只是乱谈一阵，有时候对于文艺本身还不曾明了，正如我们著《龙经》画水墨龙，若问龙是怎样的一种东西，大家都没有看见过，据说从前有一位叶公很喜欢龙，弄得一屋子里尽是雕龙画龙，等得真龙下降，他反吓得面如土色，至今留下做人家的话柄。我恐怕自己也就是这样地可笑。但是这一点我是明白的，我所谈的压根儿就是假龙，不过姑妄谈之，并不想请他来下雨，或是得一块的龙涎香。有人想知道真龙的请去找豢龙氏去，我这里是找不到什么东西的。我就只会讲空话，现在又讲到虚无缥缈的龙，那么其空话之空自然更可想而知了。

　　《谈虎集》里所收的是关于一切人事的评论。我本不是什么御史或监察委员，既无官守，亦无言责，何必来此多嘴，自取烦恼？我只是喜欢讲话。与喜欢乱谈文艺相同，对于许多不相干的事情，随便批评或注释几句，结果便是这一大堆的稿子。古人云"谈虎色变"，遇见过老虎的人听到谈虎固然害怕，就是没有遇见过的谈到老虎也难免心惊，因为老虎实在是可怕的东西，原是不可轻易谈得的。我这些小文，大抵有点得罪人得罪社会，觉得好像是踏了老虎尾巴，私心不免惴惴，大有色变之虑，这是我所以集名谈虎之由来，此外别无深意。这一类的文字总数大约在二百篇以上，但是有一部分经我删去了，小半是过了时的，大半是涉及个人的议论，我也曾想拿来另编一集，可以表表在"文坛"上的一点战功，但随即打消了这个念头。因为我的绅士气（我原是一个中庸主义者）到底还是颇深，觉得这样做未免太自轻贱，所以决意模仿孔仲尼笔削的故事，而曾经广告过的《真谈虎集》于是也成为有目无书了。

《谈龙》《谈虎》两集的封面画都是借用古日本画家光琳（Korin）的，在《光琳百图》中恰好有两张条幅，画着一龙一虎，便拿来应用，省得托人另画。——《真谈虎集》的图案本来早已想好，就借用后《甲寅》的那个木铎里黄毛大虫，现在计划虽已中止，这个巧妙的移用法总觉得很想得不错，废弃了也未免稍可惜，只好在这里附记一下。

《杂拌儿》跋

北京风俗于过年时候多吃杂拌儿，平伯取以名其文集。杂拌儿系一种什锦干果，故乡亦有之，称曰梅什儿，唯繁简稍不同。梅什儿虽以梅名，实际却以糖煮染红的荸荠片和紫苏为主，半梅之类乃如晨星之寥落，不似杂拌儿之自瓜子以至什么果膏各种都有也。平伯借他来做文集的名字，大约是取他杂的意思，集内三十二篇文章，确有五分之一的样子是有考据性质的，但是，正如瓜子以至果膏究竟还是同样的茶食，这些文章也与别的抒情小品一样是文学的作品。平伯所写的文章自具有一种独特的风致。——喔，在这个年头儿大家都在检举反革命之际，说起风致以及趣味之类恐怕很有点违碍，因为这都与"有闲"相近。可是，这也没有什么法儿，我要说诚实话，便不得不这么说。我觉得还应该加添一句：这风致是属于中国文学的，是那样地旧而又这样地新。

我以前在重刊本《梦忆》序上曾经说过："现代的散文在新文学中受外国的影响最少，这与其说是文学革命的还不如说是文艺复兴的产物，虽然在文学发达的程途上复兴与革命是同一样的进展。在理学与古文没有全盛的时候，抒情的散文也已得到相当的长发，不过在学士大夫眼中自然也不很看得起。我们读明清有些名士的文章，觉得与现代文的情趣几乎一致，思想上固然难免有若干距离，但如明人所表示的对于礼法的反抗则又很有现代的气息了。"唐宋文人也做过些性灵流露的散文，只是大都自认为文章游戏，到了要做"正经"文章时便又照着规矩去做古文；明清时代也是如此，但是明代的文艺美术比较地稍有活气，文学上颇有革新的气象。公安派的人能够无视古文的正统，以抒情的态度做一切的文章，虽然后代批评家贬斥他为浅率空疏，实际却是真实的个性的表现，其价值在竟陵派之上。以前的文人对于著作的态度，可以说是二元的，而他们则是一元的，在这一点上与现代写文章的人正是一致。现在的人无论写什么都用白话文，也就是统一的一例，与庚子前后的新党在《爱国白话报》上用白话，自己的名山事业非用古文不可的绝不相同了。以前的人以为文是"以载道"的东西，但此外另有一种文章却是可以写了来消遣的；现在则又把他统一了，去写或读可以说本于消遣，但同时也就是传了道了，或是闻了道。除了还是想要去以载道的老少同志以外，我想现在的人的文学意见大抵是这样，这也可以说是与明代的新文学家的意思相差不远的。在这个情形之下，现代的文学——现在只就散文说——与明代的有些相像，正是不足怪的，虽然并没有去模仿，或者也还很少有人去读明文。又因时代的关系在文字上很有欧化的地方，思想上也自然要比四百年前有了明显的改变。现代的散文好像是一条湮没在沙土下的河水，多少年后又在下流被掘了出来；这是一条古河，却又是新的。我读平伯的文章，常想起这些话来，现在便拿来写在后边，算作一篇题记。久病初起，糊涂的头脑更加糊涂，有些话说得不得要领，愿平伯勿笑也。

《燕知草》跋

小时候读书不知有序，每部书总从目录后面第一页看起。后来年纪稍长，读外国书知道索引之必要与导言之有益，对于中国的序跋也感到兴趣。桐城派的文章固然无聊，只要他说得出道理来，那也就值得看，譬如吴挚甫的《天演论》序与林琴南的"哈氏丛书"诸序，虽然有好些谬语，却是颇有意思。因为我喜欢读序，所以也就有点喜欢写序；不过，序实在不好做，于是改而写跋。

做序是批评的工作，他须得切要地抓住了这书和人的特点，在不过分的夸扬里明显地表现出来，这才算是成功；跋则只是整个读过之后随感地写出一点印象，所以较为容易了。但是话虽如此，我却恐怕连这个也弄不好。平伯的这些文章，我都是一篇篇地读过的，大部分还是原稿，只有三两篇是从印本上看来，可是现在回想整个的印象，实在有点儿迷糊了。我觉得里边的文字都是写杭州的，这个证以佩弦的序言可以知道是不错。可惜我与杭州没有很深的情分，十四五岁曾经住过两个年头，虽然因了幼稚的心的感动，提起塔儿头与清波门都还感到一种亲近，本来很是嫌憎的杭州话也并不觉得怎么讨厌，但那时环境总是太暗淡了，后来想起时常是从花牌楼到杭州府的一条路，发现自己在这中间，一个身服父亲的重丧的小孩隔日去探望在监的祖父。我每想到杭州，常不免感到些忧郁。但是，我总还是颇有乡曲之见的人，对于浙江之事物很有点好奇心，特别是杭州——我所不愿多想的杭州的我所不知道的事情，却很愿意听，有如听人家说失却的情人的行踪与近状，能够得到一种寂寞的悦乐。《燕知草》对于我理应有此一种给予，然而平伯所写的杭州还是平伯多而杭州少，所以就是由我看来也仍充满着温暖的色彩与空气。

我平常称平伯为近来的第三派新散文的代表，是最有文学意味的一种，这类文章在《燕知草》中特别地多。我也看见有些纯粹口语体的文章，在受过新式中学教育的学生手里写得很是细腻流丽，觉得有造成新文体的可能，使小说戏剧有一种新发展，但是在论文——不，或者不如说小品文，不专说理叙事而以抒情分子为主的，有人称他为"絮语"过的那种散文上，我想必须有涩味与简单味，这才耐读，所以他的文辞还得变化一点。以口语为基本，再加上欧化语、古文、方言等分子，杂糅调和，适宜地或各啬地安排起来，有知识与趣味的两重的统制，才可以造出有雅致的俗语文来。我说雅，这只是说自然、大方的风度，并不要禁忌什么字句，或是装出乡绅的架子。平伯的文章便多有这些雅致，这又就是他近于明朝人的地方。不过我们要知道，明朝的名士的文艺诚然是多有隐遁的色彩，但根本却是反抗的，有些人终于做了忠臣，如王谑庵到覆马士英的时候便有"会稽乃报仇雪耻之乡，非藏垢纳污之地"的话，大多数的真正文人的反礼教的态度也很显然。这个统系我相信到了李笠翁、袁子才还没有全绝，虽然他们已都变成了清客了。中国新散文的源流我看是公安派与英国的小品文两者所合成，而现在中国情形又似乎正是明季的样子，手拿不动竹竿的文人只好避难到艺术世界里去，这原是无足怪的。我常想，文学即是不革命，能革命就不必需要文学及其他种种艺术或宗教，因为他已有了他的世界了。接着吻的嘴不再要唱歌，这理由正是一致。但是，假如征服了政治的世界，而在别的方面还有不满，那么当然还有要到艺术世界里去的时候，那颇仑在军营中带着维特的烦恼可以算作一例。文学所以虽是不革命，却很有他的存在的权利与必要。——从《燕知草》说到明朝，又从明朝说到革命，这个野马跑得太远了，实在我只想说明，文学是不革命，然而原来是反抗的，这在明朝小品文是如此，在现代的新散文亦是如此。平伯这部小集是现今散文一派的代表，可以与张宗子的文笔相比，各占一个时代的地位，所不同者只是平伯年纪尚轻，《燕知草》的分量也较少耳。

《泽泻集》序

　　近几年来我才学写文章，但是成绩不很佳。因为出身贫贱，幼时没有好好地读过书，后来所学的本业又与文学完全无缘，想来写什么批评文字，非但是身份不相应，也实在是徒劳的事。这个自觉却是不久就得到，近来所写只是感想小篇，但使能够表得出我自己的一部分，便已满足，绝无载道或传法的意思。有友人问及，在这一类随便写的文章里有哪几篇是最好的，我惭愧无以应。但是转侧一想，虽然够不上说好，自己觉得比较地中意，能够表出一点当时的情思与趣味的，也还有三五篇，现在便把他搜集起来，作为"苦雨斋小书"之一。戈尔特堡（Isaac Goldberg）批评蔼理斯（Havelock Ellis）说，"在他里面有一个叛徒与一个隐士"，这句话说得最妙。并不是我想援蔼理斯以自重，我希望在我的趣味之文里也还有叛徒活着。我毫不踌躇地将这册小集同样地荐于中国现代的叛徒与隐士们之前。

　　至于书名泽泻，那也别无深意，——并不一定用《楚辞》的"筐泽泻以豹鞹兮"的意思，不过因为喜欢这种小草，所以用作书名罢了。在日本的"纹章"里也有泽泻，现在就借用这个图案放在卷首。

《过去的生命》序

　　这里所收集的三十多篇东西，是我所写的诗的一切。我称他为诗，因为觉得这些的写法与我的普通的散文有点不同。我不知道中国的新诗应该怎么样才是，我却知道我无论如何总不是个诗人，现在"诗"这个字不过是假借了来，当作我自己的一种市语罢了。其中二十六篇，曾收在《雪朝》第二集中，末尾七篇是新加入的，就用了第十二篇《过去的生命》做了全书的名字。这些"诗"的文句都是散文的，内中的意思也很平凡，所以拿去当真正的诗看当然要很失望，但如算他是别种的散文小品，我相信能够表现出当时的情意，亦即是过去的生命，与我所写的普通散文没有什么不同。因为这样缘故，我觉得还可以把他收入"苦雨斋小书"的里边，未必是什么敝帚自珍的意思，若是献丑狂（Exhibitionism）呢，那与天下滔滔的文士一样，多少怕有一点儿罢。

　　书面图案系借用库普加（Frank Kupka）的画，题曰"生命"。我是不懂美术的，只听说他的画是神秘派的，叫作什么 Orphism，也不知道他是哪里人。

草木虫鱼小引

　　明李日华著《紫桃轩杂缀》卷一云：白石生辟谷嘿坐，人问之不答，固问之，乃云"世间无一可食，亦无一可言"。这是仙人的话，在我们凡人看来不免有点过激，但大概却是不错的，尤其是关于那第二点。在写文章的时候，我常感到两种困难，其一是说什么，其二是怎么说。据胡适之先生的意思这似乎容易解决，因为只要"要说什么就说什么"和"话怎么说就怎么说"便好了，可是在我这就是大难事。有些事情固然我本不要说，然而也有些是想说的，而现在实在无从说起。不必说到政治大事上去，即使偶然谈谈儿童或妇女身上的事情，也难保不被看出反动的痕迹，其次是落伍的证据来，得到古人所谓笔祸。这个内容问题已经够繁难了，而表现问题也并不比他更为简易。我平常很怀疑心里的"情"是否可以用了"言"全表了出来，更不相信随随便便地就表得出来。什么嗟叹啦，咏歌啦，手舞足蹈啦的把戏，多少可以发表自己的情意，但是到了成为艺术再给人家去看的时候，恐怕就要发生了好些的变动与间隔，所留存的也就是很微末了。死生之悲哀，爱恋之喜悦，人生最深切的悲欢甘苦，绝对地不能以言语形容，更无论文字，至少在我是这样感想，世间或有天才自然也可以有例外，那么我们凡人所可以文字表现者只是某一种情意，固然不很粗浅但也不很深切的部分，换句话来说，实在是可有可无不关紧急的东西，表现出来聊以自宽慰消遣罢了。

　　从前在上海某月刊上见过一条消息，说某人要提倡文学无用论了，后来不曾留心不知道这主张发表了没有，有无什么影响，但是我个人却的确是相信文学无用论的。我觉得文学好像是一个香炉，他的两旁边还有一对蜡烛台，左派和右派。无论哪一边是左是右，都没有什么关系，这总之有两位，即是禅宗与密宗，假如容我借用佛教的两个名称。文学无用，而这

279

左右两位是有用有能力的。禅宗的作法的人不立文字，知道他的无用，却寻别的途径，霹雳似的大喝一声，或一棍打去，或一句干屎橛，直接地使人家豁然开悟，这在对方固然也需要相当的感受性，不能轻易发生效力，但这办法的精义实在是极对的，差不多可以说是最高理想的艺术。不过在事实上艺术还着实有志未逮，或者只是音乐有点这样的意味，缠缚在文字语言里的文学虽然拿出什么象征等物事来在那里挣扎，也总还追随不上。密宗派的人单是结印念咒，揭谛揭谛波罗揭谛几句话，看去毫无意义，实在含有极大力量。老太婆高唱阿弥陀佛，便可安心立命，觉得西方有份；绅士平日对于厨子呼来喝去，有朝一日自己做了光禄寺小官，却是顾盼自雄，原来都是这一类的事。即如古今来多少杀人如麻的钦案，问其罪名，只是大不敬或大逆不道等几个字儿，全是空空洞洞的，当年却有许多活人死人因此处了各种极刑，想起来很是冤枉，不过在当时，大约除本人外没有不以为都是应该的罢。名号——文字的威力大到如此，实在是可敬而且可畏了。

文学呢，他是既不能令又不受命，他不能那么解脱，用了独一无二的表现法直接地发出来，却也不会这么刚勇，凭空抓了一个唵字塞住了人家的喉管，再回不过气来，结果是东说西说，写成了四万八千卷的书册，只供闲人的翻阅罢了。我对于文学如此不敬，曾称之曰不革命，今又说他无用，真是太不应当了。不过我的批评全是好意的，我想文学的要素是诚与达，然而诚有障害，达不容易，那么留下来的，试问还有些什么？老实说，禅的文学做不出，咒的文学不想做，普通的文学克复不下文字的纠缠的可做可不做，总结起来与"无一可言"这句话岂不很有同意么？话虽如此，文章还是可以写，想写，关键只在这一点，即知道了世间无一可言，自己更无做出真文学来之可能，随后随便找来一个题目，认真去写一篇文章，却也未始不可，到那时候或者简直说世间无一不可言，也很可以罢。只怕此事亦大难，还须得试试来看，不是一步就走得到的。

我在此刻还觉得有许多事不想说，或是不好说，只可挑选一下再说，现在便姑且择定了草木虫鱼，为什么呢？第一，这是我所喜欢；第二，他们也是生物，与我们很有关系，但又到底是异类，由得我们说话。万一讲草木虫鱼还有不行的时候，那么这也不是没有办法，我们可以讲讲天气罢。

《看云集》序

　　把过去两年的文章搜集起来，编成一册书，题曰《看云集》。光阴荏苒大半年了，书也没有印出来，序也没有做得。书上面一定要有序的么？这似乎可以不必，但又觉得似乎也是要的，假如是可以有，虽然不一定是非有不可。我向来总是自己做序的，我不曾请人家去做过，除非是他们写了序文来给我，那我自然也是领情的，因为我知道序是怎样的不好做，而且也总不能说得对或不错，即使用尽了九牛二虎之力去写一篇小小的小序。自己写呢，第一层麻烦着自己比较不要紧，第二层则写了不好不能怪别人，什么事都可简单地了结。唠叨地讲了一大套，其实我只想说明序虽做不出而还是要做的理由罢了。

　　做序之一法是从书名去生发，这就是赋得五言六韵法。看云的典故出于王右丞的诗，"行到水穷处，坐看云起时"，照规矩做起来，当然变成一首试帖诗，这个我想似乎不大合适。其次是来发挥书里边或书外边的意思。书里边的意思已经在书里边了，我觉得不必再来重复地说，书外边的或者还有点意思罢。可是说也奇怪，近来老是写不出文章，也并不想写，而其原因则都在于没有什么意思要说。今年所做的集外文拢总只有五六篇，十分之九还是序文，其中的确有一篇我是想拿来利用的，就是先给《莫须有先生》当序之后再拿来放在《看云集》上，不过这种一石投双鸟的办法，有朋友说是太取巧了，所以我又决意停止了。此外有一篇《知堂说》，只有一百十二个字，录在后面，还不费事。其词曰：

　　　孔子曰：知之为知之，不知为不知，是知也。荀子曰：言而
　　当，知也；默而当，亦知也。此言甚妙，以名吾堂。昔杨伯起不
　　受暮夜赠金，有四知之语，后人钦其高节，以为堂名，由来旧

矣。吾堂后起，或当作新四知堂耳。虽然，孔荀二君生于周季，
不新矣，且知亦不必以四限之，因截其半，名曰知堂云尔。

这是今年三月二十六日所写的，可以表示我最近的一点意见，或者就
拿过来算作这里的序文也罢。虽然这如用作《知堂文集》的序较为适当，
但是这里先凑合用了也行，《知堂文集》序到用时再说可也。

《自己的园地》旧序

这一集里分有三部，一是《自己的园地》十八篇，一九二二年所作；二是《绿洲》十五篇，一九二三年所作；三是杂文二十篇，除了《儿童的文学》等三篇外，都是近两年内随时写下的文章。

这五十三篇小文，我要申明一句，并不是什么批评。我相信批评是主观的欣赏不是客观的检察，是抒情的论文不是盛气的指摘；然而我对于前者实在没有这样自信，对于后者也还要有一点自尊，所以在真假的批评两方面都不能比附上去。简单地说，这只是我的写在纸上的谈话，虽然有许多地方更为生硬，但比口说或者也更为明白一点了。

大前年的夏天，我在西山养病的时候，曾经做过一条杂感曰"胜业"，说因为"别人的思想总比我的高明，别人的文章总比我的美妙"，所以我们应该少做多译，这才是胜业。荏苒三年，胜业依旧不修，却写下了几十篇无聊的文章，说来不免惭愧，但是仔细一想，也未必然。我们太要求不朽，想于社会有益，就太抹杀了自己；其实不朽决不是著作的目的，有益社会也并非著者的义务，只因他是这样想，要这样说，这才是一切文艺存在的根据。我们的思想无论如何浅陋，文章如何平凡，但自己觉得要说时便可以大胆地说出来，因为文艺只是自己的表现，所以凡庸的文章正是凡庸的人的真表现，比讲高雅而虚伪的话要诚实得多了。

世间欺侮天才，欺侮着而又崇拜天才的世间也并轻蔑庸人。人们不愿听荒野的叫声，然而对于酒后茶余的谈笑，又将凭了先知之名去加以呵斥。这都是错的。我想，世人的心与口如不尽被虚伪所封锁，我愿意倾听"愚民"的自诉衷曲，当能得到如大艺术家所能给予的同样的慰安。我是爱好文艺者，我想在文艺里理解别人的心情，在文艺里找出自己的心情，得到被理解的愉快。在这一点上，如能得到满足，我总是感谢的。所以我享乐——我想——天才的创造，也享乐庸人的谈话。世界的批评家法兰西（Anatole France）在《文学生活》（第一卷）上说：

> 著者说他自己的生活，怨恨、喜乐与忧患的时候，他并不使我们觉得厌倦。……
>
> 因此我们那样地爱那大人物的书简和日记，以及那些人所写的。他们即使并不是大人物，只要他们有所爱，有所信，有所望，只要在笔尖下留下了他们自身的一部分。若想到这个，那庸人的心的确即是一个惊异。

我自己知道这些文章都有点拙劣生硬，但还能说出我所想说的话；我平常喜欢寻求友人谈话，现在也就寻求想象的友人，请他们听我的无聊赖的闲谈。我已明知我过去的蔷薇色的梦都是虚幻，但我还在寻求——这是生人的弱点——想象的友人，能够理解庸人之心的读者。我并不想这些文章会于别人有什么用处，或者可以给予多少怡悦；我只想表现凡庸的自己的一部分，此外并无别的目的。因此我把近两年的文章都收在里边，除了许多讽刺的"杂感"以及不惬意的一两篇论文；其中也有近于游戏的文字，如《山中杂信》等，本是"杂感"一类，但因为这也可以见我的一种癖气，所以将他收在本集里了。

我因寂寞，在文学上寻求慰安，夹杂读书，胡乱作文，不值学人之一笑，但在自己总得了相当的效果了。或者国内有和我心情相同的人，便将这本杂集呈献与他；倘若没有，也就罢了。——反正寂寞之上没有更上的寂寞了。

《雨天的书》序一

　　今年冬天特别地多雨，因为是冬天了，究竟不好意思倾盆地下，只是蜘蛛丝似的一缕缕地洒下来。雨虽然细得望去都看不见，天色却非常阴沉，使人十分气闷。在这样的时候，常引起一种空想，觉得如在江村小屋里，靠玻璃窗，烘着白炭火钵，喝清茶，同友人谈闲话，那是颇愉快的事。不过这些空想当然没有实现的希望，再看天色，也就愈觉得阴沉。想要做点正经的工作，心思散漫，好像是出了气的烧酒，一点味道都没有，只好随便写一两行，并无别的意思，聊以对付这雨天的气闷光阴罢了。

　　冬雨是不常有的，日后不晴也将变成雪霰了。但是在晴雪明朗的时候，人们的心里也会有雨天，而且阴沉的期间或者更长久些，因此我这雨天的随笔也就常有续写的机会了。

《雨天的书》序二

前年冬天《自己的园地》出版以后，起手写《雨天的书》，在半年里只写了六篇，随即中止了。但这个题目我很欢喜，现在仍旧拿了来做这本小书的名字。

这集子里共有五十篇小文，十分之八是近两年来的文字，《初恋》等五篇则是从《自己的园地》中选出来的。这些大都是杂感随笔之类，不是什么批评或论文。据说天下之人近来已看厌这种小品文了，但我不会写长篇大文，这也是无法。我的意思本来只想说我自己要说的话，这些话没有趣味，说又说得不好，不长，原是我自己的缺点，虽然缺点也就是一种特色。这种东西发表出去，厌看的人自然不看，没有什么别的麻烦，不过出版的书店要略受点损失罢了，或者，我希望，这也不至于很大罢。

我编校这本小书毕，仔细思量一回，不禁有点惊诧，因为意外地发现了两件事。一，我原来乃是道德家，虽然我竭力想摆脱一切的家数，如什么文学家批评家，更不必说道学家。我平素最讨厌的是道学家（或照新式称为法利赛人），岂知这正因为自己是一个道德家的缘故；我想破坏他们的伪道德不道德的道德，其实却同时非意识地想建设起自己所信的新的道德来。我看自己一篇篇的文章，里边都含着道德的色彩与光芒，虽然外面是说着流氓似的土匪似的话。我很反对为道德的文学，但自己总做不出一篇为文章的文章，结果只编集了几卷说教集，这是何等滑稽的矛盾。也罢，我反正不想进文苑传（自然也不想进儒林传），这些可以不必管他，还是"从吾所好"，一径这样走下去罢。

二，我的浙东人的气质终于没有脱去。我们一族住在绍兴只有十四世，其先不知是哪里人，虽然普通称是湖南道州，再上去自然是鲁国了。这四百年间越中风土的影响大约很深，成就了我的不可拔除的浙东性，这就是世人所通称的"师爷气"。本来师爷与钱店官同是绍兴出产的坏东西，民国以来已逐渐减少，但是他那法家的苛刻的态度，并不限于职业，却弥漫及于乡间，仿佛成为一种潮流，清朝的章实斋、李越缦即是这派的代表，他们都有一种喜骂人的脾气。我从小知道"病从口入，祸从口出"的古训，后来又想混迹于绅士淑女之林，更努力学为周慎，无如旧性难移，燕尾之服终不能掩羊脚，检阅旧作，满口柴胡，殊少敦厚温和之气。呜呼，我其终为"师爷派"矣乎？虽然，此亦属没有法子，我不必因自以为是越人而故意如此，亦不必因其为学士大夫所不喜而故意不如此；我有志为京兆人，而自然乃不容我不为浙人，则我亦随便而已耳。

我近来做文极慕平淡自然的境地，但是看古代或外国文学才有此种作品，自己还梦想不到有能做的一天，因为这气质境地与年龄的关系，不可勉强。像我这样褊急的脾气的人，生在中国这个时代，实在难望能够从容镇静地做出平和冲淡的文章来。我只希望，祈祷，我的心境不要再粗糙下去，荒芜下去，这就是我的大愿望。我查看最近三四个月的文章，多是照例骂那些道学家的，但是事既无聊，人亦无聊，文章也就无聊了，便是这样的一本集子里也不值得收入。我的心真是已经太荒芜了。田园诗的境界是我以前偶然的避难所，但这个我近来也有点疏远了。以后要怎样才好，还须得思索过，——只可惜现在中国连思索的余暇都还没有。

十四年十一月十三日，病中倚枕书

英国十八世纪有约翰·妥玛斯密著有一本书，也可以译作"雨天的书"，但他是说雨天看的书，与我的意思不同。这本书我没有见过，只在讲诗人勃莱克的书里看到一节引用的话，因为他是勃莱克的一个好朋友。

十五日又记

《近代散文抄》序

　　启无编选明清时代的小品文为一集，叫我写一篇序或跋，我答应了他，已将有半年了。我们预约在暑假中交卷，那时我想，离暑假还远，再者到了暑假也还有七十天闲暇，不愁没有工夫，末了是反正不管序跋，随意乱说几句即得，不必问切不切题，因此便贸贸然地答应下来了。到了现在鼻加答儿好了之后，仔细一算已过了九月十九，听因百说启无已经回到天津，而平伯的跋也在《草》上登了出来，乃不禁大着其忙，急急地来构思作文。本来颇想从平伯的跋里去发现一点提示，可以拿来发挥一番，较为省力，可是读后只觉得有许多很好的话都被平伯说了去，很有点儿怨平伯之先说，也恨自己之为什么不先做序，不把这些话早截留了，实是可惜之至。不过，这还有什么办法呢？只好硬了头皮自己来想罢。然而机会还是不肯放弃，我在平伯的跋里找到了这一句话，"小品文的不幸无异是中国文坛上的一种不幸"做了根据，预备说几句，虽然这些当然是我个人负责。

　　我要说的话干脆就是，启无的这个工作是很有意思的，但难得受人家的理解和报酬。为什么呢？因为小品文是文艺的少子，年纪顶幼小的老头儿子。文艺的发生次序大抵是先韵文，次散文。韵文之中又是先叙事抒情，次说理；散文则是先叙事，次说理，最后才是抒情。借了希腊文学来做例，一方面是史诗和戏剧，抒情诗，格言诗；一方面是历史和小说，哲学，——小品文。这在希腊文学盛时实在还没有发达，虽然那些哲人（Sophistai）似乎有这一点气味，不过他们还是思想家，有如中国的诸子，只是勉强去仰攀一个渊源，直到基督纪元后希罗文学时代才可以说真是起头了，正如中国要在晋文里才能看出小品文的色彩来一样。我鲁莽地说一句，小品文是文学发达的极致，他的兴盛必须在王纲解纽的时代。未来的

288

事情，因为我到底不是问星处，不能知道，至于过去的史迹却还有点可以查考。我想古今文艺的变迁曾有两个大时期，一是集团的，一是个人的，在文学史上所记大都是后期的事，但有些上代的遗留如歌谣等，也还能推想前期的文艺的百一。在美术上便比较地看得明白，绘画完全个人化了，雕塑也稍有变动，至于建筑、音乐、美术工艺如瓷器等，却都保存原始的迹象，还是民族的集团的而非个人的艺术，所寻求表示的也是传统的而非独创的美。在未脱离集团的精神之时代，硬想打破他的传统，又不能建立个性，其结果往往青黄不接，呈出丑态，固然不好，如以现今的瓷器之制作绘画与古时相较，即可明了。但如颠倒过来叫个人的艺术复归于集团的，也不是很对的事。对不对是别一件事，与有没有是不相干的，所以这两种情形直到现在还是并存，不，或者是对峙着。集团的美术之根据最初在于民族性的嗜好，随后变为师门的传授，遂由硬化而生停滞，其价值几乎只存在技术一点上了。文学则更为不幸，授业的师傅让位于护法的君师，于是集团的"文以载道"与个人的"诗言志"两种口号成了敌对，在文学进了后期以后，这新旧势力还永远相搏，酿成了过去的许多五花八门的文学运动。在朝廷强盛，政教统一的时代，载道主义一定占势力，文学大盛，统是平伯所谓"大的高的正的"，可是又就"差不多总是一堆垃圾，读之昏昏欲睡"的东西。一到了颓废时代，皇帝祖师等等要人没有多大力量了，处士横议，百家争鸣，正统家大叹其人心不古，可是我们觉得有许多新思想好文章都在这个时代发生，这自然因为我们是诗言志派的。小品文则在个人的文学之尖端，是言志的散文，他集合叙事说理抒情的分子，都浸在自己的性情里，用了适宜的手法调理起来，所以是近代文学的一个潮头，他站在前头，假如碰了壁时自然也首先碰壁。因为这个缘故，启无选集前代的小品文，给学子当作明灯，可以照见来源去路，不但是在自己很有趣味，也是对于别人很有利益的事情。不过在载道派看来这实在是左道旁门，殊堪痛恨，启无的这本文选其能免于覆瓿之厄乎，未可知也。但总之也没有什么关系。是为序。

《陀螺》序

刘侗《帝京景物略》记童谣云"杨柳儿活抽陀螺",又云:"陀螺者木制如小空钟,中实而无柄,绕以鞭之绳而无竹尺,卓于地,急掣其鞭,一掣,陀螺则转无声也。视其缓而鞭之,转转无复住。转之急,正如卓立地上,顶光旋旋,影不动也。"英国哈同(A. C. Haldon)教授在《人之研究》中引希勒格耳(G. V. Schlegel)之说,谓荷兰之陀耳(Tol)从爪哇传至日本,称作独乐,后又流入中国。唯日本源顺(Minamoto no Shitagau)编《和名抄》云:"独乐,(和名)古末都玖利,有孔者也。"独乐明明是汉语,日本语今简称"古末"(Koma)。源顺系十世纪初的人,当中国五代,可见独乐这玩具的名称在唐朝已有,并不是从外洋传入的了。

我用"陀螺"做这本小书的名字,并不因为这是中国固有的旧物,我只觉得陀螺是一件很有趣的玩具,幼小时玩过一种有孔能叫的,俗名"地鹁鸽",至今还记得。此外又因了《帝京景物略》里的歌词以及希腊的陶器画,便使我想定了这个名称。这一册小集子实在是我的一种玩意儿,所以这名字很是适合。我本来不是诗人,亦非文士,文字涂写,全是游戏,——或者更好说是玩耍。平常说起游戏,总含有多少不诚实的风雅和故意的玩笑的意味,这也是我所不喜欢的,我的乃是古典文字本义的游戏,是儿戏(Paidia),是玩,书册图像都是(Paignia)之一。我于这玩之外别无工作,玩就是我的工作,虽然此外还有日常的苦工,驮砖瓦的驴似的日程。驮砖瓦的结果是有一口草吃,玩则是一无所得,只有差不多的劳碌,但是一切的愉快就在这里。昨天我看满三岁的小侄儿小波波在丁香花下玩耍,他拿了一个煤球的铲子在挖泥土,模仿苦力的样子用右足踏铲,竭力地挖掘,只有条头糕一般粗的小胳膊上满是汗了。大人们来叫他去,他还是不歇,后来心思一转这才停止,却又起手学摇煤球的人把泥土一瓢一瓢地舀去倒在台阶上了。他这样地玩，不但是得了游戏的三昧，并且也到了艺术的化境。这种忘我地造作或享受之悦乐，几乎具有宗教的高尚意义，与时时处处拘囚于小主观的风雅大相悬殊。我们走过了童年，赶不着艺术的人，不容易得到这个心境，但是虽不能至，心向往之，既不求法，亦不求知，那么努力学玩，正是我们唯一的道了。

这集子里所收都是翻译。我的翻译向来用直译法，所以译文实在很不漂亮，——虽然我自由抒写的散文本来也就不漂亮。我现在还是相信直译法，因为我觉得没有更好的方法。但是直译也有条件，便是必须达意，尽汉语的能力所能及的范围内，保存原文的风格，表现原语的意义，换一句话就是信与达。近来似乎不免有人误会了直译的意思，以为只要一字一字地将原文换成汉语，就是直译，譬如英文的 Lying on his back 一句，不译作"仰卧着"而译为"卧着在他的背上"，那便是欲求信而反不词了。据我的意见，"仰卧着"是直译，也可以说即意译；将他略去不译，或译作"袒腹高卧"以至"卧北窗下自以为羲皇上人"是胡译；"卧着在他的背上"这一派乃是死译了。古时翻译佛经的时候，也曾有过这样的事，如《金刚经》中"与大比丘众千二百五十人俱"这一句话，达摩笈多译本为"大比丘众共半十三比丘百"，正是相同的例。在梵文里可以如此说法，但译成汉文却不得不稍加变化，因为这是在汉语表现力的范围之外了。这是我对于翻译的意见，在这里顺便说及，至于有些有天才的人不但能够信达雅，而且还能用了什么译把文章写得更漂亮，那自然是很好的，不过是别一问题，现在可以不多说了。

集内所收译文共二百七十八篇，计希腊三十四，日本百六十二，其他各国八十二。这些几乎全是诗，但我都译成散文了。去年夏天发表几篇希腊译诗的时候，曾这样说过："诗是不可译的，只有原本一首是诗，其他的任何译文都是塾师讲唐诗的解释罢了。"所以我这几首《希腊诗选》的翻译实在只是用散文达旨，但因为原本是诗，有时也就分行写了。分了行未必便是诗，这是我所想第一声明的。所以这不是一本译诗集。集中日本的全部，希腊的二十九篇，均从原文译出，其余八十七篇则依据英文及世界语本，恐怕多有错误，要请识者的指教。这些文章系前后四五年间所写，文体很不统一，编订时不及改正，好在这都是零篇，不相统属，保存原形或者反足见当时的感兴——姑且以此作为辩解罢。

这一点小玩意儿——一个陀螺——实在没有什么大意思，不过在我是愉快的玩耍的纪念，不免想保留他起来。有喜欢玩耍的小朋友我也就把这个送给他，在纸包上面写上希腊诗人的一句话道：

　　　　一点点的礼物，
　　　　藏着个大大的人情。

书 信 序

小峰兄：

　　承示拟编书信，此亦无不可，只是怕没有多大意思。此集内容大抵可分为两部分，一是书，二是信。书即是韩愈以来各文集中所录的那些东西，我说韩愈为的是要表示崇敬正宗，这种文体原是"古已有之"，不过汉魏六朝的如司马迁、杨恽、陶潜等作多是情文俱至，不像后代的徒有噪音而少实意也。宋人集外别列尺牍，书之性质乃更明了，大抵书乃是古文之一种，可以收入正集者，其用处在于说大话，以铿锵典雅之文辞，讲正大堂皇的道理。而尺牍乃非古文，桐城义法做古文忌用尺牍语，可以证矣。尺牍即此所谓信，原是不拟发表的私书，文章也只是寥寥数句，或通情愫，或叙事实，而片言只语中反有足以窥见性情之处，此其特色也。但此种本领也只有东坡、山谷才能完备，孙内简便已流于修饰，从这里变化下去，到秋水轩是很自然的了。大约自尺牍刊行以后，作者即未必预定将来石印，或者于无意中难免作意矜持，这样一来便失了天然之趣，也就损伤了尺牍的命根，不大能够生长得好了。

　　风凉话讲了不少，自己到底怎么样呢？这集里所收的书共二十一篇，或者连这篇也可加在里边，那还是普通的书，我相信有些缺点都仍存在，因为预定要发表的，那便同别的发表的文章一样，写时总要矜持一点，结果是不必说而照例该说的话自然逐渐出来，于是假话公话多说一分，即是私话真话少说一分，其名曰书，其实却等于论了。但是，这有什么办法呢？我希望其中能够有三两篇稍微好一点，比较地少点客气，如《乌篷船》，那就很满足了。至于信这一部分，我并不以为比书更有价值，只是比书总更老实点，因为都是随便写的。集中所收共计七十七篇，篇幅很短，总计起来分量不多，可是收集很不容易。寄出的信每年不在少数，但是怎么找得回来，有谁保留这种旧信等人去找呢？幸而友人中有二三好事者还收藏着好些，便去借来选抄，大抵选不到十分之一。计给平伯的信三十五封，给启无的二十五封，废名承代选择，交来十八封，我又删去其一，计十七封。挑选的标准只取其少少有点感情有点事实，文句无大疵谬的便行，其办理公务或雌黄人物者悉不录。挑选结果仅存此区区，而此区区者又如此无聊，复阅之后不禁叹息。没有办法。这原不是情书，不会有什么好看的。这又不是宣言书，别无什么新鲜话可讲。反正只是几封给朋友的信，现在不过附在这集里再给未知的朋友们看看罢了。虽说是附，在这里实在这信的一部分要算是顶好的了，别无好处，总写得比较地诚实点，希望少点丑态。兼好法师尝说人们活过了四十岁，便将忘记自己的老丑，想在人群中胡混，私欲益深，人情物理都不复了解。行年五十，不免为兼好所诃，只是深愿尚不忘记老丑，并不以老丑卖钱耳。但是人苦不自知，望兄将稿通读一过，予以棒喝，则幸甚矣。

《苦茶庵笑话选》序

　　查笑话古已有之，后来不知怎的忽为士大夫所看不起，不复见著录，意者其在道学与八股兴起之时乎。幼时读圣经贤传，见孟子述宋人揠苗助长茫茫然归情状，不禁微笑；孔夫子说其父攘羊其子证之，至今尚有如此笑话；若韩非子所录种种宋人故事，简直是后来呆女婿的流亚了。《隋经籍志》中著录魏邯郸淳的《笑林》三卷，至唐有侯白的《启颜录》等。宋初所编类书中尚多引用，但宋朝这类的著作便很少，虽然别方面俗文学正逐渐生长，笑话在文学的地位却似乎没落下去了。明朝中间王学与禅宗得势之后，思想解放影响及于文艺，冯梦龙编《笑府》十三卷，笑话差不多又得附小说戏曲的末座了。然而三月十九天翻地覆，胡人即位，圣道复兴，李卓吾与公安竟陵悉为禁书，墨憨斋之名亦埋没灰土下，《笑府》死而复活为《笑林广记》，永列为下等书，不为读书人所齿，以至今日。其实，这是很不公道的，笑话自有其用处，显明可数。其一，说理论事，空言无补，举例以明，和以调笑，则自然解颐，心悦意服，古人多有取之者，比于寓言。其二，群居会饮，说鬼谈天，诙谐小话亦其一种，可以破闷，可以解忧，至今能说笑话者犹得与弹琵琶唱小曲同例，免于罚酒焉。其三，当作文学看，这是故事之一，是滑稽小说的根芽，也或是其枝叶，研究与赏鉴者均可于此取资，唯中国滑稽小说不知为何独不发达，笑话遂有孤苦伶仃之感耳。其四，与歌谣故事谚语相同，笑话是人民所感的表示，凡生活情形、风土习惯、性情好恶，皆自然流露，而尤为直接彻透，此正是民俗学中第三类的好资料也。如小脚的嗜好，固为社会上明白的事实，诗文歌谣弹词戏剧随处致其赞美，再看笑话中《脚像观音》及《逐段烘》诸条，则美刺具备，而男子们对于小脚之感情乃大明了矣。又如《换灰》（此本未录）《卖粪》，具见南方民间风俗之一斑。此种小事从来文人学士素不屑记，除了贾思勰、郝懿行这几位，但这都是北方学者，编笑话者多系南人，大抵缺少这种朴实的学风，而无意中却在这里保留下好些风俗琐事，大是可喜的事。石天基记录过一则笑话，说儿子割了别人的股去行孝，这一面是"二十四孝"提倡的一个反影，一面又何尝不是中国社会的一个写真，忠实地写下来只略略地滑稽化而已。我们自国难以来，这两年里所见所闻，像这"割股"的事情岂不亦已多乎？这种的笑话是先民的脉案，然而到现在还可应用，皮鞭打出去，鞭梢还回到自己的脊梁上来，笑话也而有苦辣的讽刺小说的风味，此又其别有意义的用处之一也。但是，我的意思还是重在当作民俗学的资料，兹先选抄明清文人所编者为一集，如能更往民间从老百姓口头录下现时通行笑话为第二集，则其价值当更大矣。

笑话的内容，根据《笑林广记》的分类，有十二类，即一古艳（官职科名等），二腐流，三术业，四形体，五殊禀（痴呆善忘等），六闺风，七世讳（帮闲倡优等），八僧道，九贪吝，十贫窭，十一讥刺，十二谬误，是也。总合起来又可以简单地分作挖苦与猥亵两大类，二者之间固然常有相混的地方，但是猥亵的力量很大，而且引人发笑的缘故又与别的显然不同，如挖苦呆女婿的故事，以两性关系为材料，则听者之笑不在其呆而在猥亵，如《戳破肚皮》（见《笑府》，此本未录）等例可见，即均属此类，故猥亵的笑话为数殆极多。所谓挖苦者指以愚蠢残废谬误失败为材料的皆是，此类性质不一，有极幼稚简单者，亦有较复杂者。大抵人情恶常而喜变，对于违反习俗改变常态的事物言动多感兴趣，此在儿童最为明显，故"张貌"则笑，见爹爹戴宝宝的帽或宝宝戴爹爹的帽亦均可笑，而贾波林在银幕上且以此艺术倾倒一世，可谓伟矣。其次则幸灾乐祸，虽是人之大病，然而此种机微的表现在凡人都不能免，听了人家的愚蠢谬误，能够辨别，显出智力的优胜，见了别人的残废失败，反映出自己的幸运，这大抵是使人喜乐的原因，或者也可以做精神的体操之一助罢。十年前我记录《徐文长的故事》数则，说明中曾云："从道德方面讲，这故事里的确含有好些不可为训的分子，然而我们要知道，老百姓的思想还有好些和野蛮人相像，他们相信力即是理，无论用了体力智力或魔力，只要能得到胜利，即是英雄，对于愚笨孱弱的失败者没有什么同情，这只要检查中外的童话传说就可以知道。"这几句话借了来又可以当作别一部分的说明。至于猥亵的分子在笑话里自有其特殊的意义，与上面所说的颇有不同。——的确，猥亵的事物在各色社会上都是禁制的，他的突然的出现原也是一种违反习俗改变常态的事，与反穿大皮鞋或酒糟鼻子有些相像，不过他另有一种无敌的刺激力，便是引起人生最强大的大欲，促其进行，不过并未抵于实现而以一笑了事，此所以成为笑话而又与别的有殊者也。这个现象略与呵痒相似，据蔼理斯说，呵痒原与性的悦乐相近，容易引起兴奋，但因生活上种种的障碍，不能容许性的不时的发泄，一面遂起阻隔，抵牾之后阻隔随去，而余剩的力乃发散为笑乐，其实悦乐在笑先，笑则不复乐也。英国格莱格（J. Y. T. Greig）在所著《笑与喜剧的心理》第五章论两性的猥亵的（男女关系事物）不雅的（两便事物）篇中曾说："在野蛮民族及各国缺少教育的人民中间，猥亵的笑话非常通行，其第一理由是容易说。只消一二暗示的字句，不意地说出，便会使得那些耕田的少年和挤牛奶的女郎都咯咯地笑，一种猥亵的姿势使得音乐堂里充满了笑声。其第二个更为重要的理由则是有力量，猥亵的笑话比别种的对于性欲更有强烈的刺激力。"由此看来，我们对于这类笑话的横行可以得到谅解，但是其本相亦随明了，短长显然可知。翻开各笑话书即见此类迭出不穷，而选择安排到恰好处，可入著作之林者，盖极不易得，即为此故。其表示刻露者，在民俗资料上多极有价值，今惜未能选入，但可取其稍稍尔雅者耳。猥亵歌谣故事与猥亵语之搜集工作亦甚切要，今日国风乃趋于浮薄与苛酷两端，如何可言，即云且待将来，亦不知此将来将在何日或毕竟有否也。

闲话少说。且说不佞今所集录笑话，凡三种，皆明末清初原本，一为《笑府》，二为《笑倒》，《山中一夕话》本，三为《笑得好》，《传家宝》一二集本。我的意思是想使笑话在文艺及民俗学上稍恢复他的一点地位，故有三种计划，一辑录古书中的笑话，二搜集民间的笑话，三选取现存的笑话书。第一种考古的工作非我现在所能担任，第二种事业虽更繁重我却愿意投效，不过成功须在将来，到那时再说，目下所做的便是那第三种的玩意儿了。说到现存的笑话书，范围很大，分量也当不小，要求完备当然是不可能，此外还有一个限制，便是尽先取用有编者姓名的，结果是决定了这三种书，而《笑林广记》以至《一见哈哈笑》之流也就只能暂请落第了。

《笑府》原本十三卷，题墨憨斋主人撰。墨憨斋是冯梦龙的公开的笔名，他用这别号所编著的戏曲小说等书甚多，其地位盖在李卓吾、金圣叹之间，是明季纯文学界的主帅之一人。他所编《古今谈概》集史传笑谈之大成，至清初为人删改，名《古今笑》或《古笑史》，有李笠翁的序文。《笑府》则纯系假作，以讥笑为目的，二者的异同正犹传说之与童话焉。《笑府》后改编为《笑林广记》，原本遂不传，今所知者唯大连满铁图书馆云有一部，亦未得见，今但以日本刻选本二种为依据，其一有二卷，一只一卷，题风来山人删译。风来山人为十八世纪日本天才作家，译虽未知真伪，但其声名正足与墨憨抗衡，故书坊遂取用之亦未可知。二本内容多不同，今参酌抄录，猥亵类有太甚者不得已暂从舍割，原有序文，今录于下，亦妙文也。文曰：

古今来莫非话也，话莫非笑也。两代之混沌开辟，列圣之揖让征诛，见者其谁耶？夫亦话之而已耳。后之话今，亦犹今之话昔，话之而疑之，可笑也，话之而信之，尤可笑也。经书子史，鬼话也，而争传焉。诗赋文章，淡话也，而争工焉。褒讥伸抑，乱话也，而争趋避焉。或笑人，或笑于人，笑人者亦复笑于人，笑于人者亦复笑人，人之相笑宁有已时？

《笑府》，集笑话也，十三篇犹云薄乎云尔。或阅之而喜，请勿喜，或阅之而嗔，请勿嗔。古今世界一大笑府，我与若皆在其中供话柄，不话不成人，不笑不成话，不笑不话不成世界。布袋和尚，吾师乎，吾师乎。墨憨斋主人题。

说到这里，不禁联想起《开卷一笑》卷七的一篇布袋和尚的《呵呵令》来了，不嫌烦冗，把全文录在下面，因为很有点儿意义，而且原书也不易见。文曰：

你道我终日里笑呵呵，笑着的是谁？我也不笑那过去的骷髅，我也不笑那眼前的蝼蚁。第一笑那牛头的伏羲，你画什么卦，惹是招非，把一个圆圆圈的太极儿弄得粉花碎。我笑那吃草的神农，你尝什么药，无事寻事，把那千万般病根儿都提起。我笑那尧与舜，你让天子。我笑那汤与武，你夺天子。你道是没有

298

个旁人儿觑，觑破了这意思儿也不过是个十字街头小经纪。还有什么龙逢比干伊和吕，也有什么巢父许由夷与齐，只这般唧唧哝哝的，我也哪里工夫笑着你。我笑那李老聃五千言的道德，我笑那释迦佛五千卷的文字，干惹得那些道士们去打云锣，和尚们去打木鱼，弄些儿穷活计，哪曾有什么青牛的道理，白牛的滋味。怪的又惹出那达摩老臊胡来，把这些干屎橛的渣儿，嚼了又嚼，洗了又洗。

又笑那孔子的老头儿，你絮叨叨说什么道学文章，也平白地把好些活人都弄死。又笑那张道陵许旌阳，你便白日升天也成何济，只这些未了精精儿到底来也只是一个冤苦的鬼。住住住！还有一笑。我笑那天上的玉皇，地下的阎王，与那古往今来的万万岁，你戴着平天冠，穿着衮龙袍，这俗套儿生出什么好意思？你且去想一想，苦也么苦，痴也么痴，着什么来由干碌碌大家喧喧嚷嚷地无休息。去去去！这一笑笑得那天也愁，地也愁，人也愁，鬼也愁，三世佛也愁，哪管他灯笼儿缺了半边的嘴。

呵呵呵！这一笑，这一笑，你道是毕竟的笑着谁？罢罢罢！说明了，我也不笑那张三李四，我也不笑那七东八西，呀，笑杀了他的咱，却原来就是我的你。

这末了几句就是墨憨斋所师法的地方罢，上头对于两仪列圣的不敬其实也从此出，不但此也，即那归玄恭或熊鱼山所做的有名的《万古愁》曲其格调意思与《呵呵令》很多相像。我们不好说布袋和尚一定是这群人的老师，但至少总可以见那时文坛上有这么一种空气，而《万古愁》这种做法也不是作者一人的创始，这是很明了的事实了。

《开卷一笑》有日本宝历五年（西历一七五五）翻刻第二卷本，巢庵主人小序中云，《开卷一笑》明李卓吾所辑，屠赤水亦加参阅，后人删补改曰《山中一夕话》，上集下集各有七卷，上集专集辞赋传记，下集多出笑言嘲咏。北京大学藏有一部，有老田海内氏家藏图书印，盖亦系从海外传来，原刻上集七卷，序目皆改称《一夕话》，而版心均仍作《开卷一笑》，卷首署"卓吾先生编次"。第三卷尚留存"一衲道人屠隆参阅"一行字样，余悉挖改矣。下集原刻未见，今通行《山中一夕话》盖即其改刻本，其中有《笑倒》一卷，皆录笑话，今便据以选录。全书上有序，为"咄咄夫"所作，文亦佳妙，今并抄之于下：

> 莫怪一夕间有许多饶舌也。古今一旦暮尔，孩髦一梦觉尔，窃闻尧舜中天方属正午，不知今夕何夕，曾交未申时不？嗟乎哉，苍苍者天，茫茫者地，即不幻出无数皮囊，亦觉饶有别趣，何苦板板捏住轮回，夺头诱人于生生死死之中，复诱人于不生不死之地哉。因悟天地无人殊大寂寞，定不可少此万亿陪堂，演此一本大戏文来也。咄咄夫不知何许人，亦不知生旦净丑中哪角色，更不知演到第几出将半本未。一夕思烦神躁，忽欲邀天地于几案而问答之，而又苦声臭都无，不可理会，因大呼曰：天何言哉，夕死可矣。于是从无可消遣中觅一消遣法，唯有对快士作快谈，代为天地设一传宣官而已。因与口先锋约曰：今夕大阅，赖尔能颐我，原为天地轮回，今且欲轮回天地也。话须冲破斗牛，慎勿效俗儒喋喋，不令人点首勿话，不令人拍案勿话，不令人忽笑忽哭，不令人忽欲手舞足蹈勿话。如有听之欲卧者皆汝罪，若不话宁但作咄咄声，闷气犹得从此处发泄也。爰集十种话，聊破一夕颜，若以为胜十年读书也则吾岂敢。时戊戌春正月望日，咄咄夫题于半庵。

《笑倒》为十种之四，上面有一篇小引，其文曰：

> 大地一笑场也，装鬼脸，跳猴圈，乔腔种种，丑状般般。我欲大恸一番，既不欲浪掷此闲眼泪，我欲埋愁到底，又不忍锁杀此瘦眉尖。客曰：闻有买笑征愁法，子易效之？予曰：唯唯。然则笑倒乎，哭倒也。集《笑倒》。

《笑倒》和《笑府》的序态度颇有点相近，都是发牢骚，借了笑话去嘲弄世间，但是到了《笑得好》便很不相同，笑话还是笑话，却是拿去劝善惩恶，有点像寓言了。《笑得好》一卷，二集一卷，首有自序，说明用意，而文殊不佳，今姑录存于下：

人性皆善，要知世无不好之人，其人之不好者总由物欲昏蔽，俗习熏陶，染成痼疾，医药难瘳，墨子之悲深可痛也。即有贤者，虽以嘉言法语，大声疾呼，奈何迷而不悟，岂独不警于心，更且不入于耳。此则言如不言，彼则听如不听，真堪浩叹哉。正言闻之欲睡，笑话听之恐后，今人之恒情，夫既以正言训之而不听，曷若以笑话怵之之为得乎？予乃著笑话书一部，评列警醒，今读者凡有过愆偏私蒙昧贪痴之种种，闻予之笑，悉皆惭愧悔改，俱得成良善之好人矣，因以"笑得好"三字名其书。或有怪予立意虽佳但语甚刻毒，令闻者难当，未免破笑成怒，大非圣言含蕴之比，岂不以美意而种恨因乎？予谓沉疴痼疾非用猛药何能起死回生，若听予之笑，不自悔改而反生怒恨者，是病已垂危，医进良药，尚迟疑不服，转咎药性之猛烈，思欲体健身安，何可得哉？但愿听笑者入耳警心，则人性之天良顿复，遍地无不好之人，方知刻毒语言有功于世者不小，全要闻笑即愧即悔，是即学好之人也。石成金天基撰。

用笑话作教训，说得古一点，这倒是孔孟的传统罢，不过物以稀为贵，古人偶一为之，后世又当作古逸笑话的吉光片羽，所以很有意思，若是整本地去做，就难免是笨伯了。而且顶奇怪的是在这道学派的笑话集中特别多那些极不堪的故事，有些简直除猥亵外别无什么可取，附加的教训自然全是胡扯，在这里我想那编者的态度实在也同普通说猥亵话的一样，教训只是一种掩饰，向来标榜名教而写淫书的人便多是如此，《野叟曝言》著者夏二铭即其一例。但平心论之，石天基《传家宝》四集的宗旨大都是教人苟全性命于治世而已，卫道气还不十足，其编集笑话虽内容芜秽，也还肯用真姓名，这是还可取的一点罢。

中国现时似乎盛行"幽默"，这不是什么吉兆。帝俄时代一个文人说，讽刺是奴隶的言语，这话很有意思。乡民相遇，说某人"伽蓝菩"了，虽与当铺钱店的伙计酒醉饭饱将头比屁股为戏仿佛相似，实际却有一个暗黑的背景。让人民去谈论，发泄他们的鸟气，无论是真的苦痛或是假的牢骚，这倒是一种太平气象罢。在此刻来编集笑话，似乎正赶上幽默的流行，有点儿近于趋时，然而不然，我没有幽默，不想说笑话，只是想听人家说的笑话，虽然听笑话在笑话里也要被嘲笑。我现在找几种编者署名的笑话书，再由我署名编选为一集，当作俗文学及民俗资料的一种，将来如能找到原刊《笑府》和《开卷一笑》下集加以补正，那便是我最大的快乐了。

《艺术与生活》序一

这一本书是我近十年来的论文集，自一九一七至一九二六年间所做，共二十篇，文章比较地长，态度也比较地正经，我对于文艺与人生的意见大抵在这里边了，所以就题名曰"艺术与生活"。

这里边的文章与思想都是没有成熟的，似乎没有重印出来给人家看的价值，但是我看这也不妨，因为我们印书的目的并不在宣传，去教训说服人，只是想把自己的意思说给人听，无论偏激也好浅薄也好，人家看了知道这大略是怎么一个人，那就够了。至于成熟那自然是好事，不过不可强求，也似乎不是很可羡慕的东西，——成熟就是止境，至少也离止境不远。我如有一点对于人生之爱好，那即是他的永远的流转；到得一个人官能迟钝，希望"打住"的时候，大悲的"死"就来救他脱离此苦，这又是我所有对于死的一点好感。

这集里所表示的，可以说是我今日之前的对于艺术与生活的意见之一部分，至于后来怎样，我可不能知道。但是，总该有点不同罢。其实这在过去也已经可以看出一点来了，如集中一九二四年以后所写的三篇，与以前的论文便略有不同，照我自己想起来，即梦想家与传道者的气味渐渐地有点淡薄下去了。

一个人在某一时期大抵要成为理想派，对于文艺与人生抱着一种什么主义。我以前是梦想过乌托邦的，对于新村有极大的憧憬，在文学上也就有些相当的主张。我至今还是尊敬日本新村的朋友，但觉得这种生活在满足自己的趣味之外恐怕没有多大的觉世的效力，人道主义的文学也正是如此，虽然满足自己的趣味，这便已尽有意思，足为经营这些生活或艺术的理由。以前我所爱好的艺术与生活之某种相，现在我大抵仍是爱好，不过目的稍有转移，以前我似乎多喜欢那边所隐现的主义，现在所爱的乃是在

303

那艺术与生活自身罢了。

此外我也还写些小文章，内容也多是关系这些事情的，只是都是小篇，可以算是别一部类，——在现今这种心情之下，长篇大约是不想写了，所以说这本书是我唯一的长篇的论文集亦未始不可。我以后想只做随笔了。集中有三篇是翻译，但我相信翻译是半创作，也能表示译者的个性，因为真的翻译之制作动机应当完全由于译者与作者之共鸣，所以我就把译文也收入集中，不别列为附录了。

《苦茶随笔》小引

十七年春间想到要写"夜读抄",曾做了一篇小引,其文曰:

　　幼时读古文,见《秋声赋》第一句云"欧阳子方夜读书",辄涉幻想,仿佛觉得有此一境,瓦屋纸窗,灯檠茗碗,室外有竹有棕榈。后来虽见"红袖添香夜读书"之句,觉得也有趣味,却总不能改变我当初的空想。先父在日,住故乡老屋中,隔窗望邻家竹园,常为言其志愿,欲得一小楼,清闲幽寂,可以读书。但先父侘傺不得意,如卜者所云,"性高于天,命薄如纸",才过本寿,遽以痼疾卒。病室乃更湫隘,窗外天井才及三尺,所云理想的书室仅留其影像于我的胸中而已。我自十一岁初读《中庸》,前后七八年,学书不成,几乎不能写一篇满意的文章,庚子之次年遂往南京充当水兵,官费读书,关饷以作零用,而此五年教练终亦无甚用处,现在所记得者只是怎样开枪和爬桅杆等事。以后奉江南督练公所令派往日本改习建筑,则学"造房子"又终于未成,乃去读古希腊文,拟改译《新约》,虽然至今改译也不曾实行,——这个却不能算是我的不好,因为后来觉得那官话译本已经适用,用不着再去改译为古奥的文章了。这样我终于没有一种专门的学问与职业,二十年来只是打杂度日,如先父所说的那样书室我也还未能造成,只存在我的昼梦夜梦之间,使我对于夜读也时常发生一种爱好与憧憬。我时时自己发生疑问,像我这样的可以够得上说是读书人么?这恐怕有点难说罢。从狭义上说,读书人应当说是学者,那我当然不是。若从广义上说来,凡是拿着一本书在读,与那不读的比较,也就是读书人了,那么或者我也可以说有时候是在读书。夜读呢，那实在是不，因为据我的成见，夜读须得与书室相连的，我们这种穷忙的人哪里有此福分，不过还是随时偷闲看一点罢了。看了如还有工夫，便随手写下一点来，也并无什么别的意思，只是不愿意使自己的感想轻易就消散，想叫他多少留下一点痕迹，所以写下几句。因为觉得夜读有趣味，所以就题作"夜读抄"，其实并不夜读已如上述，而今还说诳称之曰夜读者，此无他，亦只是表示我对于夜读之爱好与憧憬而已。

民国十七年一月三日于北京

光阴荏苒，四年的时光差不多过去了，"夜读抄"还只写了一节，拣出来看，殊不胜其感慨。小引的文章有些近于感伤，略有点不喜欢，但是改也可以不必了。而写"夜读抄"之类的意思却还是有，实在这几年来时时想到，只是总没有动笔的兴致，所以终于搁下，这回因友人们的策励，决心再来续写，仍将旧引抄上，总题目改为"苦茶随笔"，盖言吃苦茶时所写者耳。

在这小文章里所说的大抵是关于书或人，向来读了很受影响或是觉得喜欢的，并不是什么新著的批评介绍，实在乃是一种回忆罢了。这里所谈差不多都是外国的东西，这当然不是说中国的无可谈，其原因很简单，从小读中国书惯了，就不以为奇，所受影响自己也不大觉得，所以有点茫然，即使想说也有无从说起之概。中国思想大约可以分为儒道释三家，释道二氏之说有时觉得极透彻可喜，但自己仔细思量，似乎我们的思想仍以儒家为大宗，我想这也无可讳言，不过尚不至于与后世的儒教徒合流，差堪自慰耳。古代文人中我最喜诸葛孔明与陶渊明，孔明的《出师表》是早已读烂了的古文，也是要表彰他的忠武的材料，我却取其表现不可为而为之的精神，是两篇诚实的文章，知其不可而为之确是儒家的精神，但也何尝不即是现代之生活的艺术呢？渊明的诗不必再等我们来恭维，早有定评了，我却很喜欢他诗中对于生活的态度。所谓"衣沾不足惜，但使愿无违"，似乎与孔明的同是一种很好的生活法。六朝的著作我也有些喜欢，如《世说新语》《洛阳伽蓝记》《颜氏家训》等。末一种尤有意思，颜之

306

推虽皈依佛教，而思想宽博，文辞恬淡，几近渊明，《终训》一篇与自挽诗有殊途同归之致，常叹中国缺少如兼好法师那样的人，唯颜之推可与抗衡。陶公自然也行，只是散文流传太少，不足以充分表现罢了。降至明季，公安、竟陵两派的文章也很引动我的注意，三袁虽自称上承白苏，其实乃是独立的基业，中国文学史上言志派的革命至此才算初次成功，民国以来的新文学只是光复旧物的二次革命，在这一点上公安派以及竟陵派（可以算是改组派罢？）运动是很有意思的。而其本身的文学亦复有他的好处，如公安之三袁，伯修、中郎、小修，竟陵之谭友夏、刘同人、王季重，以及集大成的张宗子，我觉得都有很好的作品，值得研究和诵读。但是，我只是罗列个人偏好的几类文章，还没有敢来批评讲解的力气和意思，所以暂且不多谈了。此外尚有八股试帖诗钟对联灯谜等东西，我也很看重他们，觉得要了解中国古今的文学，实有旁通这些学问的必要，很想对于他们做一严肃的研究。不过这是五年十年的事业，现在这种涉猎只是吃路旁草，够不上说起头，自然更不配来开口了。

《旧梦》

大白先生的《旧梦》将出版了，轮到我来做一篇小序。我恐怕不能做一篇合适的序文，现在只以同里的资格来讲几句要说的话。

大白先生我不曾会见过，虽然有三四年同住在一个小城里。但是我知道他的家世，知道他的姓名——今昔的姓名，知道他的学业。这些事我固然知之不深，与这诗集又没有什么大关系，所以不必絮说，但其中有应当略略注意者，便是他的旧诗文的功夫。民国初年，他在《禹域新闻》发表许多著作，本地的人大抵都还记得。当时我的投稿里一篇最得意的古文《希腊女诗人》（讲 Sappho 的文章），也就登在这个报上。过了几年，大白先生改做新诗，这部《旧梦》便是结果，虽然他自己说诗里仍多传统的气味，我却觉得并不这样。据我看来，至少在《旧梦》这一部分内，他竭力地摆脱旧诗词的情趣，倘若容我的异说，还似乎摆脱得太多，使诗味未免清淡一点，——虽然这或者由于哲理入诗的缘故。现在的新诗人往往喜学做旧体，表示多能，可谓好奇之过。大白先生富有旧诗词的蕴蓄，却不尽量地利用，也是可惜。我不很喜欢乐府调词曲调的新诗，但是那些圆熟的字句在新诗正是必要，只需适当地运用就好，因为诗并不专重意义，而白话也终是汉语。

我于别的事情都不喜讲地方主义，唯独在艺术上常感到这种区别。大白先生是会稽的平水人，这一件事于我很有一种兴味。当初《禹域新闻》附刊《章实斋文集》《李越缦日记抄》之类，随后订为《禹域丛书》，我是爱读者之一，而且自己也竭力收罗清朝越中文人的著作，这种癖性直到现在还存留着。现在固未必执守乡曲之见去做批评，但觉得风土的力在文艺上是极重大的，所以终于时常想到。幼时到过平水，详细的情形已经记不起了，只是那大溪的印象还隐约地留在脑里。我想起兰亭、鉴湖、射的、平水、木栅那些地方的景色，仿佛觉得朦胧地聚合起来，变成一幅"混合照相"似的，各个人都从那里可以看出一点形似。我们不必一定在材料上有明显的乡土的色彩，只要不钻入哪一派的篱笆里去，任其自然长发，便会到恰好的地步，成为有个性的著作。不过我们这时代的人，因为对于褊隘的国家主义的反动，大抵养成一种"世界民"（Kosmopolites）的态度，容易减少乡土的气味，这虽然是不得已，却也是觉得可惜的。我仍然不愿取消世界民的态度，但觉得因此更须感到地方民的资格，因为这二者本是相关的，正如我们因是个人，所以是"人类一分子"（Homarano）一般。我轻蔑那些传统的爱国的假文学，然而对于乡土艺术很是爱重，我相信强烈的地方趣味也正是"世界的"文学的一个重大成分。具有多方面的趣味，而不相冲突，合成和谐的全体，这是"世界的"文学的价值，否则是"拔起了的树木"，不但不能排到大林中去，不久还将枯槁了。我常怀着这种私见去看诗文，知道的因风土以考察著作，不知道的就著作以推想风土。虽然倘若固就成见，过事穿凿，当然也有弊病，但我觉得有相当的意义。大白先生的乡土是我所知道的，这是使我对于他的诗集特别感到兴趣的一种原因。

我不能说大白先生的诗里有多大的乡土趣味，这是我要请他原谅的。我希望他能在《旧梦》里更多地写出他真的今昔的梦影，更明白地写出平水的山光、白马湖的水色，以及大路的市声。这固然只是我个人的要求，不能算作什么的，——而且我们谁又能够做到这个地步呢？我们生在这个好而又坏的时代，得以自由地创作，却又因为传统的压力太重，以致有非连着小孩一起便不能把盆水倒掉的情形，所以我们向来的诗只在表示反抗而非建立，因反抗国家主义遂并减少乡土色彩，因反抗古文遂并少用文言的字句。这都如昨日的梦一般，还明明白白地留在我的脑里，——留在自己的文字上。

以上所说并不是对于大白先生的诗的批评，只是我看了《旧梦》这一部分而引起的感想罢了。读者如想看批评，我想最好去看那卷首的一篇自记，——虽然不免有好些自谦的话。因为我想，著者自己的话总要比别人的更为可信。

图书在版编目(CIP)数据

知堂谈艺·久久有得／周作人著. — 北京：中国
文史出版社，2020.3
ISBN 978 - 7 - 5205 - 1578 - 8

Ⅰ.①知… Ⅱ.①周… Ⅲ.①散文集 - 中国 - 现代
Ⅳ.①I266

中国版本图书馆 CIP 数据核字(2019)第 251747 号

主　　编：林　杉
责任编辑：牟国煜

出版发行：**中国文史出版社**

社　　址：北京市海淀区西八里庄 69 号院　邮编：100142
电　　话：010 - 81136606　81136602　81136603（发行部）
传　　真：010 - 81136655
印　　装：北京东君印刷有限公司
经　　销：全国新华书店
开　　本：720×1020　1/16
印　　张：20　　　　　字数：313 千字
版　　次：2020 年 3 月第 1 版
印　　次：2020 年 3 月第 1 次印刷
定　　价：59.80 元